Maggie Exton

ZOÉ SHEPARD

Maggie Exton

J'AI LU

Entre les poissons, dont les lacs et les rivières
qui s'y déchargent sont remplis,
Champlain en remarque un, qu'il nomme chaousarou,
apparemment du nom que lui donnent les sauvages :
c'est une espèce particulière du poisson-armé
qui se trouve en divers autres endroits. [...]
Non seulement ce poisson est un vrai pirate
pour les habitants de l'eau ;
mais il fait aussi une guerre terrible à ceux de l'air.

Antoine François PRÉVOST,
Histoire générale des voyages
(1746-1761).

Prologue

Il s'est installé comme à son habitude, dos à la fenêtre, penché sur sa machine à coudre.

Il pourrait faire ces gestes les yeux fermés. Placer le fil et le support sur le porte-bobine. Glisser le fil dans le guide. L'enrouler dans le sens horaire des disques de tension. Glisser le fil dans la canette. La placer sur l'axe du bobineur avant de la pousser vers la droite en tenant l'extrémité du fil. Appuyer sur le rhéostat de la machine. Couper le fil. Repousser l'axe du bobineur vers la gauche. Retirer la canette.

Un gémissement l'interrompt.

Avec ce qu'il lui a donné, elle ne devrait pas être réveillée. Il aurait dû la peser, être plus minutieux. Le Docteur a toujours détesté la négligence. Lorsqu'il a préparé l'injection, il a estimé son poids à quarante-cinq kilos, mais elle est musclée. Peut-être pèse-t-elle plus lourd qu'il n'y paraît ?

Il regarde l'heure et décide d'aller jusqu'au bout de la préparation. S'il n'est pas interrompu, il peut finir la doublure avant d'aller travailler. Demain, il se rendra dans cette minuscule boutique qu'il adore, récupérera sa commande, éprouvera la douceur de l'organza entre ses doigts et se mettra à l'ouvrage.

Le patron est prêt, les essayages ont été concluants, elle sera magnifique. Plus petite que Grace, mais avec sa taille fine, la robe lui ira à merveille.

Elle le mérite, elle n'est pas comme les autres. Elle sera le cadeau d'anniversaire du Docteur. Le premier 14 janvier qu'ils ne fêteront pas ensemble depuis des années. Il sait qu'il doit faire vite, mais il n'a pas peur. Il est prêt, les autres n'ont été qu'un entraînement, une lente et minutieuse préparation de ce moment.

Il prend une large respiration, insère la canette dans son logement, tire le fil et le place dans l'encoche avant de refermer le couvercle d'un geste sûr.

Il vérifie que le fil n'est pas cassé et le tire délicatement.

Son doigt caresse la photo quand un raclement métallique le décide à aller la voir.

Les premières fois, il aimait les entendre supplier, promettre, tenter de négocier leur liberté. Depuis que la deuxième s'est coupé la lèvre à force de se mordre, il les endort. Il ne peut pas se permettre qu'elles soient abîmées.

Il attrape sa cagoule, sa paire de gants, les enfile et pénètre dans la pièce surchauffée.

Il ne lui adresse même pas un regard et entre dans la salle de bains contiguë. Au moment de remplir la seringue, il hésite. Hors de question qu'elle meure aujourd'hui. Chaque étape est soigneusement prédéterminée. Il doit la garder en vie encore quelques jours.

Il sort de la salle de bains et se plante devant elle.

Assise par terre, les bras tendus en arrière à travers les barreaux d'un lit en fer solidement arrimé au sol par des plaques métalliques, les mains menottées, les jambes tendues, elle le regarde. Les ecchymoses qui constellaient ses jambes lorsqu'elle a repris conscience la première fois ont quasiment disparu. D'ici quelques jours, elle sera parfaite.

Il lui ôte son bâillon.

— Combien pèses-tu ?

Elle a du mal à respirer. Ses cheveux collent à son front, à sa nuque, poisseux, trempés. Il va falloir lui donner un bain pour nettoyer tout ça.

Elle remue doucement ses membres ankylosés.

— Combien ? insiste-t-il.

— Cinquante-deux kilos.

Il remet le bâillon et retourne dans la salle de bains.

Lorsqu'il revient, il évite de croiser son regard. Il doit impérativement rester concentré durant la phase de préparation. Il s'agenouille pour lui poser un garrot lorsqu'il entend une clé tourner dans la serrure de la porte d'entrée.

PARTIE I

Vendredi 8 janvier 2016

1

Baltimore, 22 heures

— Comment convaincre ma femme qu'elle passe avant mon boulot si je dois quitter le restaurant avant le dessert ? grommela le chef Thomas Lynch pendant que son adjoint négociait un virage serré sur South Clinton Street.

L'inspecteur Higgins hocha la tête d'un air compréhensif.

— Le boss a été informé du texto à 21 h 15, donc…

— Je sais.

— C'était quel restaurant ?

— Le Charleston, dans Little Italy.

Higgins en poussa un sifflement d'admiration.

— Les portions sont minuscules, j'ai une de ces dalles, reprit Thomas. Ah, c'est joliment présenté avec des virgules de sauce et des légumes en forme de fleurs ! Mais comment espèrent-ils vraiment nourrir les gens avec trois tagliatelles qui se battent en duel ?

Il soupira et, appuyant sa tête contre la vitre, regarda défiler la Patapsco River.

Quelques heures auparavant, il avait garé le break familial devant chez son beau-frère et avait décidé que le reste de la journée serait raté. Apparemment ses prédictions étaient encore trop optimistes.

Avant même de sonner à la porte, sa femme l'avait soigneusement briefé : quoi qu'il arrive, quelle que soit l'énormité qui sort de la bouche de Richard, tu ne cries pas.

Donc Thomas n'avait pas crié.

Il avait stoïquement supporté le match de soccer coincé sur le canapé avec son beau-frère qui, entre deux gorgées de bière et une poignée de cacahuètes, invectivait chaque joueur à coup de « Mais cours ! Bordel, cours ! C'est payé des millions de dollars et ça court pas ! Trop haut ! Et voilà, il n'était pas sur ses appuis ! Et l'autre qui bouge même pas. Ils ont quand même tous des gueules d'abrutis, non ? »

Thomas avait avisé l'improbable crotte qu'un des attaquants arborait au-dessus du crâne et avait acquiescé pendant qu'au micro le commentateur essayait de convaincre les téléspectateurs qu'il y avait une tension énormissime.

5-0 à trois minutes de la fin. Un suspense insoutenable.

Ne pas crier, il en était parfaitement capable. Il était possible qu'il implose ou entre en autocombustion spontanée avant que sa femme et sa sœur aient fini de se préparer pour aller dîner au restaurant, mais ça valait le coup d'essayer.

— Tu peux être con sans avoir une gueule d'abruti, mais eux, ils le portent sur eux. Plus jamais je regarderai ces cons jouer, le soccer, c'est vraiment un sport de merde, avait conclu Richard.

Comme à chaque fin de match.

Au restaurant, le festival avait continué avec un exercice que son beau-frère affectionnait particulièrement : la paraphrase de Fox News.

Non que Thomas se soit jamais attendu à un décryptage percutant de l'actualité de la part d'un type passant ses journées à tenter de refourguer des crédits à des familles surendettées, mais Richard s'était surpassé. En moins d'une heure, il avait donné son avis éclairé sur les fusillades de l'Umpqua Community College, de Colorado Springs et San Bernadino avant d'enchaîner sur son sujet préféré : la mort de Freddie Gray, décédé des suites d'une fracture des vertèbres cervicales une semaine après son interpellation par le département de police de Baltimore – « Tes collègues n'y sont pas allés de main morte » – et les manifestations contre la violence policière qui en avaient découlé.

Celles-ci avaient tellement dégénéré que les autorités avaient déclaré l'état d'urgence et fait venir la garde nationale et ses équipements militaires.

Neuf mois après les émeutes – « les plus importantes depuis 1968, j'ai regardé sur Internet » –, Richard ne se lassait toujours pas.

Six des collègues de Thomas avaient été suspendus à la suite du décès. Une enquête avait été ouverte et Richard, qui habitait dans un quartier blanc et riche un pavillon aligné sur une pelouse si verte que Thomas le soupçonnait de passer plus de temps à l'arroser qu'à s'y prélasser, n'avait jamais omis de lui faire part de son analyse éclairée mâtinée de racisme sur la situation. « Mais t'inquiète pas, avait-il précisé généreusement, si on me demande, je dirai que depuis quinze ans qu'on se connaît, tu ne m'as jamais paru violent. Et s'ils comptaient se débarrasser de toi, ils ne t'auraient pas promu chef de police il y a deux mois ! Je vais finir par croire que t'es pas si mauvais que ça », avait-il conclu, avant de lui asséner une grande claque dans le dos.

Richard était en train de gratifier la tablée de ses théories sur la citoyenneté de Barack Obama lorsque l'adjoint de Thomas, Higgins, l'avait appelé pour l'avertir qu'ils venaient de recevoir un texto anonyme. Le corps de Claire Spencer, disparue il y a près de deux mois, se trouvait dans un entrepôt désaffecté du port de Baltimore. Il avait grogné pour la forme et la longévité de son couple, mais avait sauté sur ses pieds et était sorti en hâte du restaurant.

Un fourgon de l'identification judiciaire et une voiture de police étaient déjà sur place lorsque Higgins pila devant l'entrée d'une immense bâtisse de brique rouge aux fenêtres cassées. L'un des deux agents positionnés devant le 2012, South Clinton Street souleva la rubalise de scène de crime et les deux policiers entrèrent dans le bâtiment. Le sol était jonché de verre brisé, de bouts de ferraille et de vieux cartons en voie de décomposition avancée. Thomas poussa un soupir de soulagement en constatant l'absence de matelas. Pas de squatteur. Cela leur faciliterait la tâche.

Engoncés dans leur combinaison blanche, les techniciens de l'identification judiciaire étaient déjà répartis sur les quelque cinq cents mètres carrés de l'entrepôt désaffecté de trois étages, mais leur chef d'équipe, Augustus Thorne, s'avança vers eux et ôta ses gants en latex pour leur serrer la main.

— Le corps est là depuis longtemps ?

— Difficile à dire. Probablement moins d'une semaine, il y a peu de poussière sur les vêtements, estima Augustus en se frottant pensivement la barbe.

Depuis presque vingt ans que Thomas travaillait avec lui, sa barbe avait pris de l'ampleur au fur et à mesure que ses cheveux se clairsemaient. À l'aube des années 2000, Augustus portait le bouc et une tignasse frisée, aujourd'hui il était chauve et arborait une barbe de bûcheron canadien.

— Comment est-il entré ?

— Par la porte de derrière, sûrement. La serrure a été forcée. Mais il est sorti par celle de devant. Sur les quatre verrous, un seul était encore fermé, et encore, pas complètement. Il voulait qu'on entre facilement.

— Où est-elle ?

— Tout au fond. On a déjà pris les photos *in situ*. Le légiste n'est pas encore arrivé. Thomas, c'est incompréhensible : il pleut non-stop depuis plus de dix jours, on est là depuis une demi-heure et on n'a trouvé aucune empreinte de pas. À croire que ce taré a pris la peine d'enfiler une paire de pantoufles avant d'entrer, s'agaça-t-il avant de commencer à projeter du Lumicyano. Ça réagit avec les éléments organiques présents et ça se polymérise en laissant un dépôt fluorescent. Ensuite, grâce à la lampe UV, nous allons pouvoir repérer et photographier les traces, expliqua-t-il.

Augustus mettait toujours un point d'honneur à détailler à chaque scène de crime l'utilité des différents produits qu'il utilisait. Son supérieur, bientôt à la retraite, était régulièrement sollicité pour des interviews et Augustus semblait s'entraîner inlassablement à lui succéder.

— Si tant est qu'il ait laissé des traces, rajouta-t-il avant de projeter la colle instantanée.

Thomas faillit lui dire que, comme dans les cas précédents, le tueur aurait été suffisamment méticuleux pour qu'aucune trace exploitable ne soit retrouvée, mais il se souvint *in extremis* des cours de management qu'il avait dû subir pour être promu – toujours encourager ses équipes, il faut les garder motivées – et se contenta d'acquiescer.

— Prenez des lampes, ordonna Augustus. Quand j'ai googlé le bâtiment, je ne pensais pas qu'il serait aussi profond. Un collègue arrive d'ici vingt minutes avec du matériel supplémentaire. Et n'allez pas tout me saloper ! Marchez bien sur la bande de plastique !

Thomas enfila les chaussons de protection, braqua la lampe que lui tendait Higgins et commença à naviguer entre les étagères et les cartons détrempés, progressant lentement, écartant les plus grosses des toiles d'araignées installées depuis la fermeture de l'entrepôt deux ans auparavant.

Il sentit son pied s'enfoncer dans une flaque d'eau et poussa un juron, provoquant une galopade effrénée de ce qu'il espérait n'être que des souris.

De très grosses souris, à en croire les ombres projetées par la lampe d'Higgins qui trottinait derrière son chef, les phalanges blanchies sur la lampe.

Une heure plus tôt, le commissaire Tim Guildenstein avait reçu un texto d'un numéro inconnu indiquant : « Cargill Inc. »

Un numéro intraçable, avait déclaré le service informatique.

— Elle est là, annonça Higgins avant de faire délibérément un pas de côté.

Thomas fit courir le faisceau lumineux de sa lampe, révélant le miroitement terni d'un téléphone en bakélite tenu par une main aux ongles soigneusement vernis. Plus haut, la lumière révéla des bras recouverts de manches en dentelle. Thomas remonta jusqu'à la découpe délicate d'une robe bustier rouge et approcha sa main au-dessus du fin pendentif doré. Il leva la tête jusqu'au visage encadré d'une perruque platine bouclée et croisa les yeux bleus de Claire Spencer.

Parfaitement figés.

2

L'effondrement des tours jumelles avait ébranlé la puissance symbolique des États-Unis et une certaine idée de la liberté. Au nom de la sécurité intérieure, le *Patriot Act*, voté six semaines après le 11-Septembre, avait sacrifié quelques-unes des libertés fondamentales et en moins de quinze ans, trente millions de caméras de surveillance supplémentaires, habilement rebaptisées « vidéo protection », avaient été installées dans tout le pays.

Baltimore s'était érigée au rang des excellents élèves orwelliens. Dès 2005, un vaste système de surveillance avait progressivement essaimé dans toute la ville. Aujourd'hui, aux quelque sept cents caméras de surveillance municipales s'ajoutaient celles des citoyens ayant adhéré au City Watch Community Partnership lancé en 2012.

Mais que Baltimore soit considérée comme la ville pionnière en matière de surveillance ne semblait nullement gêner le monstre qui y avait déjà déposé les corps embaumés de quatre femmes avant d'informer la police par texto et de prévenir les médias pour qu'ils constatent l'impuissance des forces de l'ordre.

Un bruit sourd fit sursauter Thomas. Le médecin légiste venait d'arriver et de lâcher sa sacoche de toute sa hauteur. Ignorant ostensiblement les deux policiers, le quinquagénaire maussade enfila une paire de gants en latex et commença à relever les empreintes.

Le Dr Brenner avait choisi la seule spécialité lui permettant de ne jamais informer le patient de ce qu'il s'apprêtait à lui faire. Parler aux familles ne lui avait plus jamais posé problème lorsqu'il avait compris que son assistante était capable de s'en charger avec une empathie qu'il ne serait jamais capable de feindre.

Ses cheveux grisonnants coupés à ras et son dos droit – vestige d'une opération contre la scoliose qui avait enchâssé sa colonne vertébrale dans deux barres de fer – portaient les gens à le croire ancien militaire. Il avait attendu sept ans avant d'avouer à Thomas qu'il n'avait jamais mis un pied dans l'armée – tous des cons –, mais il avait toujours adoré MASH et laissait volontiers les gens – tous des cons – expliquer ses manières abruptes par un traumatisme de son passé de médecin militaire héroïque pendant la guerre du Golfe – encore une guerre à la con.

Il était sans nul doute le plus désagréable et le plus brillant des légistes avec lesquels Thomas ait eu l'occasion de travailler.

— Que pouvez-vous nous dire, Doc ?

— Pour le moment, la seule chose que je puisse vous dire sans trop m'avancer est qu'elle est décédée, grogna-t-il.

— Je vous remercie de votre précieux diagnostic.

— Sachant que le pseudo-expert médical qui s'est occupé de la première victime a pris la peine de démontrer dans un rapport de quinze pages qu'il pouvait fort bien s'agir d'un décès naturel, je ne me sens pas complètement stupide en commençant par ce constat.

Brenner contempla les yeux du cadavre d'un air pensif :

— À première vue, je serais tenté de vous dire que, comme les trois autres, elle a été embaumée, ce qui va rendre compliqué de déterminer avec précision le jour et l'heure de la mort.

Il adressa un signe de tête à deux brancardiers en combinaison qui positionnèrent le corps de Claire Spencer dans un grand sac noir avant de le déposer sur un brancard en métal.

— Je la ferai passer demain matin. Si je ne trouve rien, c'est qu'il n'a rien laissé, conclut Brenner qui avait toujours eu une grande conscience de sa valeur professionnelle.

*
* *

— Chef, je vous dépose au restaurant ?

Lynch regarda sa montre et secoua la tête.

0 h 15.

Richard devait être en train de ronfler dans son lit, la télécommande de son sommier électrique

– « un confort incroyable, je ne comprends pas que tu n'aies pas déjà investi » – dans la main. Emily avait dû rentrer chez eux, payer la baby-sitter et la raccompagner.

— Chez vous ?

Thomas se tourna vers Higgins. C'est lui qui l'avait accueilli dans son équipe à sa sortie en tête du classement de l'école de police.

« Oui, emmène-moi à la maison et rentre chez toi. Repose-toi. Demain sera un autre jour, on chopera le taré qui a tué Claire Spencer et tout ira bien », aurait voulu répondre Thomas.

Il soupira et secoua la tête :

— Au commissariat, plutôt.

— Vous pensez qu'on va recevoir un autre appel ? Qu'une autre femme va être enlevée ? demanda Higgins nerveusement.

— Rentre chez toi. Si on reçoit un appel, je te préviens.

C'est ce qu'il fit trois heures plus tard lorsque le commissaire Guildenstein l'appela : le chef du département de police métropolitaine du district de Columbia venait de l'informer de la disparition du Dr Maggie Exton, trente-neuf ans, psychiatre, aperçue pour la dernière fois à 18 heures quittant son bureau de l'université Johns-Hopkins à Baltimore, d'origine caucasienne, un mètre soixante, cinquante-deux kilos, cheveux blonds coupés aux épaules, yeux bleus et épouse du chef de cabinet adjoint du président des États-Unis d'Amérique.

Samedi 9 janvier 2016

3

Washington, 4 h 05

Quatre voitures de police, tous gyrophares allumés, étaient alignées devant l'imposante maison en brique rouge des Exton lorsque Thomas Lynch arriva à Georgetown. Il évita les journalistes qui, malgré l'heure, grouillaient déjà en quête d'informations, brandissant leurs caméras et pianotant sur leurs smartphones comme des déments, et monta les marches.

Un jeune en uniforme le fit entrer dans un hall immense. La maison avait été récemment rénovée, sans nul doute à grands frais, réalisa Lynch en avisant le parquet de chêne massif, le lustre qui avait dû coûter l'équivalent de trois mois de son salaire et les murs immaculés. Elle laissait une impression de vide et de froid. Le genre de maisons sur lesquelles sa femme s'extasiait lorsqu'elle surfait sur des sites de décoration de luxe, mais dans lesquelles il s'était toujours félicité de ne pas vivre tant elles semblaient impersonnelles.

Il se trouvait dans la maison de la troisième personne la plus puissante de l'administration d'un pays comptant près de trois cent vingt-cinq millions d'habitants et produisant un cinquième du PIB mondial et il se demandait une seule chose : où est-ce que ses occupants déposaient leurs chaussures et leur manteau en rentrant chez eux ?

Au bout du hall, par la double porte ouverte, Lynch aperçut un pan d'une cuisine blanc immaculé que seuls possèdent les gens qui ne la font jamais. Il continua, entra dans une pièce immense qu'il identifia comme le salon et aperçut Martin Exton assis au bord d'un canapé en cuir, tassé sur lui-même, la main crispée sur son portable, appuyant sur le bouton de rappel à intervalles réguliers et ne relevant la tête que pour faire part aux trois personnes présentes du même constat depuis l'arrivée de la police : « Aucun de ses deux téléphones ne répond. »

Les trois hommes se retournèrent et Lynch reconnut son chef, le commissaire Tim Guildenstein, un quinquagénaire afro-américain chauve et massif, engoncé dans un costume anthracite qu'il devait posséder en une douzaine d'exemplaires. Il se demanda fugacement comment ce dernier avait fait pour rallier aussi vite les soixante-cinq kilomètres séparant Baltimore de Washington. À ses côtés, Edward Stern, directeur du bureau du FBI à Washington, lui lança un regard peu avenant avant de soupirer.

Il se sentit soudainement gauche dans ses mocassins qui n'avaient toujours pas séché et toussota.

— Je vous présente Thomas Lynch, chef du département de police de Baltimore, annonça

Guildenstein. Le chef Lynch est l'un de nos meilleurs éléments, rajouta-t-il.

Thomas rougit violemment et remua ses orteils de plus belle.

C'était bien le moment de balancer des informations inédites.

— C'est lui qui s'occupe de l'enquête dont je vous ai parlé.

— Vous pensez que Maggie a pu être enlevée par le Cinéphile ? demanda Martin.

— Monsieur Exton, mon rôle est d'envisager toutes les hypothèses. Nous avons effectivement découvert que chacune des dates de disparition correspondait à celle où l'on découvre le corps de sa dernière victime. Mais il peut y avoir une multitude d'explications beaucoup moins tragiques au fait que votre femme ne soit pas rentrée chez vous et que, pour le moment, nous n'arrivons pas à la joindre, s'empressa-t-il de rajouter.

— Mais vous avez découvert le corps de sa dernière victime aujourd'hui ? insista Martin.

Lynch hocha la tête.

Campé sur ses jambes légèrement écartées, les mains croisées dans le dos, le front plissé par l'incrédulité, Stern observait la scène d'un air navré, avant de s'avancer et de se planter devant Thomas :

— Le bureau du FBI à Washington, que je dirige, a aussi la charge des tâches de police dans le district de Columbia, annonça-t-il.

Soit, en langage clair : si vous pensiez mener seul l'enquête, c'est raté.

— Avez-vous mis des barrages en place ? demanda Martin.

— Votre épouse a été vue pour la dernière fois à 18 h 30, en sortant de son bureau. Vous avez prévenu la police à 2 h 30. Mettre en place des barrages ne servirait plus à rien.

Thomas alluma son portable et le déposa précautionneusement sur une table basse qu'il avait étiquetée « hors de prix et ne faisant pas plus d'un mois dans une famille avec enfants ». Surtout les siens. Trois garçons de huit à quinze ans dont le temps passé devant des écrans était soigneusement limité par sa femme et qui semblaient vouloir dépenser leur trop-plein d'énergie en ravageant la maison. Les week-ends sans qu'il ait à réparer une vitre cassée ou un trou dans un mur étaient à marquer d'une pierre blanche.

— J'ai besoin que mon équipe soit mise au courant afin d'agir rapidement, expliqua-t-il.

— Comme je vous l'ai dit, répondit Guildenstein, le Dr Exton a disparu entre l'université Johns-Hopkins, qu'elle a quittée à 18 h 30, et son domicile. En quittant la fac, elle a envoyé un texto à son mari pour dire qu'elle récupérait leurs vêtements au pressing avant de rentrer chez eux, à Washington. Le pressing ferme à 22 heures et elle n'y est pas passée. Quand M. Exton est rentré, il a trouvé la maison vide et a essayé, sans succès, de la joindre. Il a donc appelé la police. L'officier de garde a vérifié : aucun accident n'a été signalé sur le Baltimore-Washington Parkway qu'emprunte le Dr Exton. Nous entendons travailler main dans la main avec le Bureau ainsi qu'avec l'un des amis de M. Exton, un ancien du FBI devenu détective privé. Il ne devrait pas tarder à arriver.

Thomas opina du chef avant de se tourner vers Martin :

— Monsieur Exton, puis-je vous demander pourquoi vous n'avez signalé la disparition de votre épouse qu'à 2 h 30 du matin ?

— Je prépare le discours sur l'état de l'Union. Je suis parti vers 6 heures hier matin et ne suis rentré qu'à 2 h 15 ce matin. Lorsque j'ai vu que Maggie n'était pas là et qu'elle ne répondait pas au téléphone, j'ai appelé la police.

— Quand avez-vous vue votre épouse pour la dernière fois ?

— Vers 5 h 30 hier matin. Nous avons pris un café ensemble, elle allait donner ses cours à l'université et devait rentrer avant 22 heures.

— Y a-t-il eu un événement inhabituel au cours de ces derniers jours ?

— Samedi dernier, nous avons dîné au Komi. Lorsque nous sommes sortis, vers 21 h 30, nous avons été pris à partie par un groupe, sans doute des militants hostiles au *Patriot Act*, Occupy, l'ACLU[1] ou les Sentinelles. Ils avaient des pancartes « *Stop Watching Us* ». Nous n'avons pas voulu faire d'esclandre et sommes rentrés en voiture. Maggie regardait dans le rétroviseur et, d'après elle, nous n'avons pas été suivis. Je l'ai signalé.

1. American Civil Liberties Union = Union américaine pour les libertés civiles.

Hochant la tête d'un air pénétré afin de donner l'impression qu'il validait les informations égrenées par Martin et remuant ses orteils dans ses mocassins toujours humides, Lynch continua de poser des questions.

— Avez-vous prévenu sa famille ?

— Ses parents sont décédés lorsqu'elle était à l'université et elle est fille unique.

— Certains de ses patients sont-ils violents ?

— Maggie est pédopsychiatre. Elle travaille exclusivement avec des enfants et des adolescents. Plus enclins à se faire du mal qu'à en faire aux autres. Ma femme a une conception assez stricte du secret professionnel. Nous parlons rarement travail à la maison.

— A-t-elle de l'argent sur elle ?

— Jamais beaucoup de liquide. Elle paie principalement par carte bancaire.

— Higgins ? Tu as entendu ? demanda Thomas en se penchant sur son téléphone. Vérifie les derniers mouvements des cartes et regarde si de l'argent a été retiré.

Edward Stern accusa le coup, ôta ses lunettes qu'il essuya pensivement avec sa cravate avant de rendre son verdict :

— Vous vous occupez d'enquêter sur Baltimore, mais j'attends de vous que vous mettiez mes hommes au courant de chaque nouvelle information. Nous nous occuperons personnellement de l'analyse des données techniques. Le Bureau a plus de moyens que la police de Baltimore, Dieu merci, conclut-il, jamais avare d'une petite mise au point humiliante.

— Comme je vous l'ai dit, M. Exton a insisté pour que l'un de ses amis participe à l'enquête. Le mieux serait qu'il fasse directement équipe avec vous, intervint Guildenstein en se tournant vers Lynch.

4

Depuis plus de vingt-cinq ans que je le connais, découvrir où Martin vit a toujours constitué un grand moment d'ébahissement et l'immense maison victorienne devant laquelle je débarquai vers 4 h 30 du matin, ce samedi 9 janvier, ne fit pas exception.

Je m'extirpai du taxi et fus accueilli par la nuée de journalistes surexcités qui campaient devant l'escalier. Je montai les marches rapidement et, après avoir montré patte blanche à un gorille peu amène, rentrai dans un vestibule aussi grand que mon salon-salle à manger-cuisine-chambre. Comme toutes les maisons dans lesquelles Martin avait habité, celle-ci était immense, impersonnelle et vide.

Je suivis les voix et entrai dans le salon. En face d'un quadragénaire blond immense habillé d'un costume sombre et d'une paire de mocassins en daim trempés, j'aperçus Martin qui sauta sur ses pieds et se précipita vers moi.

L'antipathie faite bureaucrate, Edward Stern, l'air aussi méprisant que dans mon souvenir, me toisa de haut en bas avec un air incrédule avant de fixer Martin :

— Donc ce n'était pas un homonyme. Vous voulez vraiment que Jack Miller participe à l'enquête.

— Jack est le seul en qui j'ai confiance. J'entends qu'il dirige l'enquête et que vos hommes soient à sa disposition, clarifia Martin.

*
* *

J'ai grandi dans le comté de Carbon, à quelques kilomètres d'un lieu-dit portant le doux nom de Muddy Gap – fossé boueux –, dans le Wyoming, l'État le plus élevé et le moins peuplé des États-Unis, qui a fait du rodéo son sport national. Dernier d'une fratrie de cinq garçons d'un couple d'agriculteurs catholiques spécialisés dans la culture de betteraves et l'élevage bovin, né plus de huit ans après le quatrième, à une période faste de la ferme familiale, j'y passai une enfance heureuse et parfaitement protégée.

Alors que mes aînés n'avaient jamais manifesté de goût pour leur scolarité, je me plongeai dans les études avec un ravissement qui ne cessait d'étonner mes parents. Mon père, qui s'inquiétait de me voir absorbé dans des notices de machines agricoles – seule lecture de la maison –, parla de mon cas au curé de la paroisse qui s'employa à me fournir en grands classiques et me coopta pour intégrer une école catholique où mes bons résultats me permirent de participer à plusieurs colonies de vacances réservées aux morveux à lunettes asociaux et rétifs à tout exercice physique dans mon genre, pendant que mes aînés s'engageaient comme un seul homme dans les tâches de la ferme, prêts à reprendre un flambeau dont la seule évocation me collait des crises d'angoisse.

Je redoublai d'efforts et, peu après mon seizième anniversaire, devins le seul de la famille à pouvoir prétendre à une bourse dans une université, qui plus est de l'Ivy League : Princeton.

Lorsque la lettre d'admission arriva, mon père sauta dans son pickup et fit le tour du patelin pour annoncer à tout le monde que son petit dernier était admis dans la même université que John Fitzgerald Kennedy, et quelques semaines plus tard, en plein mois d'août 1989, je débarquais à Princeton après vingt-huit heures de voyage dans la Dodge familiale, accompagné de mes parents.

Je commençais à déballer mes affaires lorsque avait débarqué un adolescent chétif d'à peine quatorze ans suivi d'un valet qui déposa trois valises au pied du lit avant de repartir aussi sec, non sans avoir gratifié le gringalet d'une esquisse de courbette et d'un « Monsieur, je vous souhaite beaucoup de réussite. »

Le choc des cultures avait été total.

Ma mère, qui s'était mis en tête d'organiser ma moitié de chambre pour que je sois installé le mieux possible, en avait lâché l'oreiller et mon père avait fait ce qu'il fait toujours pour détendre l'atmosphère : parler.

Mon père ne supportait pas les silences inconfortables et s'était toujours employé à les meubler. Il était resté quelques secondes bouche bée avant de se ressaisir et de tapoter le mur d'un air connaisseur.

— C'est du solide. La pierre de taille, il n'y a que ça de vrai. Dans plusieurs siècles, je parie que ce bâtiment n'aura pas bougé. Contrairement à nous, rajouta-t-il avant d'enchaîner sur un sujet qu'il maîtrisait mieux et pouvait donc étendre à l'envi : les difficultés de la culture de la betterave dans le Wyoming. Et plus particulièrement les pratiques de lutte contre les mauvaises herbes et ce débat infini : quel produit permettrait de désherber sans affaiblir la betterave ?

Tout en regardant ma mère ranger mes vêtements dans l'armoire et en écoutant mon père lui exposer une évolution comparée des prix du sucre de betterave et de canne, mon nouveau coturne se balançait d'un pied sur l'autre et je décidai de braver la timidité maladive qui me caractérisait à l'époque.

— L'homme qui portait tes valises, c'était ton père ? Il est déjà parti ?

— C'était l'un des valets. Il était pressé.

— « L'un des valets » ? s'était étranglé mon père.

Ma mère l'avait foudroyé du regard avant qu'il ne se fende d'une petite diatribe sur les gosses de riches. Il faut dire que l'époque s'y prêtait : quelques jours auparavant, les frères Menéndez avaient tué leurs richissimes parents de plusieurs balles de fusil dans le dos dans leur luxueux manoir de Beverly Hills.

Sans se départir de son sourire, elle s'était tournée vers l'adolescent écarlate qui se tordait les mains en fixant la moquette.

— Bon, jeune homme, où sont vos draps ? Il est temps de personnaliser cette chambre.

Et pendant que celui qui allait changer le cours de mon existence et moi faisions plus ample connaissance, ma mère avait commencé à faire le lit de l'unique héritier de la huitième plus grosse fortune des États-Unis.

*
* *

À Princeton, les étudiants se divisaient *grosso modo* en trois catégories : les héritiers, les nerds et les cools.

Être issu d'une famille de *farmers* du fin fond du Wyoming m'interdisait l'accès au premier groupe, les rares étudiants à savoir ce qu'il s'y passait n'en connaissaient que le parc national de Yellowstone où je n'avais jamais mis les pieds, puisqu'il se trouvait à quatre cents kilomètres de chez nous. N'avoir côtoyé d'ordinateurs qu'une heure par semaine durant ma dernière année de lycée rendait délicate mon intégration dans le second groupe et, en dépit de tous mes efforts, je ne parvenais pas à entrer dans la secte des gens cools malgré la fascination qu'ils exerçaient sur moi.

Après avoir dépensé mes premières paies de serveur à la cafétéria du campus en vêtements susceptibles de faciliter mon adoubement, je tombai de haut lorsqu'un charmant camarade m'apprit froidement que le style ne s'achetait pas. Je redoublai d'effort, affichant un air entendu lorsque mes camarades s'émouvaient de la mort de types dont j'avais jusque-là ignoré l'existence et ponctuaient chaque revue funéraire d'un « tu te rends compte ». J'acquiesçais avec gravité, même si j'avais du mal à réaliser quelle perte tragique pour la Nation représentait le décès d'un psycho-sociologue dont la gloire consistait à avoir rédigé une poignée d'articles abscons dans une revue que je n'avais jamais ouverte.

Le summum fut le chœur de lamentations qui s'éleva du groupe que je rêvais d'intégrer lorsqu'un cheval de course, apparemment très connu et répondant au doux nom de Secretariat, cassa sa pipe.

Ayant acté qu'il valait mieux passer pour un mystérieux taiseux que pour un ignare, je ne parlais pour ainsi dire qu'à mon coturne, passant de longues heures à déplorer mon incapacité à m'intégrer et donc l'échec évident de ma vie future.

— Penser que la richesse humaine dépend d'une forme de statut social est terriblement réducteur et éthnocentré. Tu sais traire une vache, faire des multiplications à quatre chiffres de tête, analyser un budget comme personne, ta mémoire et ta capacité de travail sont démentielles. Ça te sera toujours plus utile que d'organiser des hommages éplorés à un cheval, même un pur-sang consacré deux années de suite « meilleur cheval de l'année ».

— Mais comment sais-tu tout ça ? geignis-je.

— L'un de mes précepteurs pariait son salaire aux courses.

Il élabora une liste d'ouvrages susceptibles de me permettre d'accumuler le capital culturel qui, aux dires de certains, me faisait tant défaut, et au terme de longues heures passées à la bibliothèque universitaire, je me familiarisais avec de nouveaux concepts, tels le pervers narcissique – dans le Wyoming on appelait ça un connard à qui il fallait un bon coup de pied au cul pour faire un appel d'air qui débouche le cerveau. En échange, mon père ayant acté que ce gosse de riches n'était pas comme les autres, j'initiais Martin aux Noëls en famille et aux petits boulots de la ferme pendant les vacances.

***

Après Princeton et avec 50 000 dollars de prêt sur le dos malgré ma bourse, entrer au FBI me parut une option raisonnable. Je pourrais toujours intégrer ensuite une *law school* de laquelle, je l'avais décidé, je sortirais avocat fiscaliste.

Le banquier, qui me harcelait à chaque retard de paiement, se jetterait à mes pieds en implorant mon pardon et se flagellerait de ne pas avoir compris l'immensité de mon potentiel. Je me retrouvais donc dans une pièce sans fenêtre de dix mètres carrés, avec un homme qui se présenta comme « l'agent X » (*sic*) et une femme qui, après s'être sèchement présentée comme « analyste du renseignement », ne desserra pas les dents durant les quatre-vingt-dix minutes que dura l'entretien. Le tout sans me quitter du regard.

Trois mois de vérifications de mes antécédents, de tests de détecteur de mensonge et d'interrogatoire en règle du beau-père de ma voisine du dessus me permirent d'intégrer Quantico dont, après six mois à apprendre à tirer et à me rouler dans la boue du Yellow Brick Road, je sortis diplômé.

Ce qui devait être une entrée fracassante dans la vie active se transforma en rédaction de rapports dans une cabine d'open space. Je caressais l'idée de démissionner lorsque, le 24 janvier 1994, Louis Freeh, le directeur du FBI, décida de muter six cents agents spéciaux de postes administratifs sur le terrain.

Le 1er février, je débutai mon apprentissage d'agent sous couverture. Après avoir passé une bonne partie de mes études à tenter de devenir quelqu'un d'autre, être payé pour ça me parut idéal. Je venais de débuter ma première mission lorsque, le 7 août 1998, deux attentats à la voiture piégée, dirigés contre nos ambassades de Nairobi et Dar es-Salaam, firent des centaines de morts et des milliers de blessés.

Le FBI, la CIA et d'autres agences fédérales créèrent une Joint Terrorist Task Force dans laquelle je fus recruté dans la foulée.

Trois mois de formation plus tard et toujours sous couverture, je partageai la cellule de prison d'un apprenti terroriste ayant fait ses classes auprès de Ramzi Yousef, le cerveau de l'attentat fomenté dans les sous-sols du World Trade Center le 26 février 1993. Arrêté à Islamabad, deux ans plus tard, il avait admis avoir été sponsorisé par une association dirigée par un certain Oussama Ben Laden, un des anciens « combattants pour la liberté » musulmans que la CIA avait armés et financés pour mener la sainte croisade contre les Russes au début des années 1980.

Moins de vingt ans plus tard, la créature se retournait contre son créateur, déterminée à montrer au monde entier que la victoire sur les Russes préfigurait de nouvelles batailles héroïques contre les *kouffar* d'Occident.

Convaincue qu'il suffisait de couper le robinet financier pour stopper net le déferlement du fanatisme, la CIA avait enfanté un monstre sans en évaluer le danger : si les moudjahidin qu'elle avait armés et financés poursuivaient le même objectif qu'elle, chasser les Soviétiques d'Afghanistan, eux ne considéraient pas cette victoire comme une fin en soi mais comme une étape vers leur but final : y instaurer un État islamique.

Les précédentes tentatives d'approche des réseaux islamistes implantés à New York *via* nos informateurs s'étant soldées par des échecs cuisants, le FBI avait donc décidé de mettre en œuvre notre propre version de la *taqiya*[1] : l'infiltration d'agents du FBI dans des groupuscules terroristes.

Et c'est ainsi qu'assis dans la cellule crasseuse de Rikers Island, arborant une barbe de

1. Doctrine autorisant tout musulman à faire usage de tromperie afin, notamment, de se défendre.

trois semaines et des verres de contact marron, j'essayais, en ce mois de septembre 1998, de me faire passer pour un apprenti guerrier saint, fanatique, déterminé à payer de sa vie pour détruire le *taghout*, n'attendant que sa libération pour mettre l'Amérique à genoux.

À ma sortie, je mis six mois pour intégrer une microcellule terroriste. Six mois à fréquenter quotidiennement la mosquée où prêchait celui qui se révélerait être l'une des figures de proue du terrorisme islamiste. Six mois à faire mes preuves et endormir les soupçons d'une organisation paranoïaque. Six mois à mettre mes connaissances en matière d'explosifs à la disposition de partisans de la charia, d'électrons libres du djihad prônant l'idéologie de la barbarie comme seul remède contre le caractère impie de leurs ennemis.

Une fois accepté dans une organisation que mon gouvernement entendait, à terme, anéantir, je m'appliquai à manipuler les cibles, semer la zizanie dans le groupe, savoir ce qu'il s'y tramait et transmettre les renseignements à mon agent traitant. Joe me fournissait ce dont j'avais besoin et n'omettait jamais de vérifier que je n'avais pas de velléités de passer de l'autre côté de la barrière.

Sur le papier, les règles du jeu étaient simples : tout était permis sauf la provocation.

Mais en pratique, la frontière restait floue et je redoutais de donner malgré moi les clés manquantes aux admirateurs de « cheick Oussama » pour accomplir leurs attentats, afin de préserver ma couverture.

Le 12 octobre 2000 à 12 h 35, alors qu'il était en cours de ravitaillement dans le port d'Aden, au Yémen, le destroyer américain lance-missiles *USS Cole* fut percuté par un bateau à moteur bourré d'explosifs, provoquant la mort de dix-sept marins et en blessant trente-neuf autres. Nous venions d'entrer en guerre mais nous ne le savions pas encore.

Dans les heures qui suivirent, l'attaque suicide fut revendiquée par l'Armée islamique d'Aden et al-Qaida.

Et Martin manqua de ruiner ma couverture.

5

Du plus loin que je m'en souvenais, Martin avait toujours voulu sauver le monde. Il croyait en Dieu et en la vocation exceptionnelle de l'Amérique. Fervent défenseur de la Destinée manifeste, habité par un zèle militant, il avait toujours voulu œuvrer en faveur de l'universalisation des valeurs américaines.

Vaste programme.

Pendant nos études à Princeton, le « nouvel ordre mondial » présenté par Bush Senior comme « véritable objectif de la guerre du Golfe » l'avait interpellé, mais ne pas savoir en quoi devait consister cet ordre censé « faire régner la paix pendant cent ans » avait refroidi ses ardeurs. Tout changea avec le « *shape the world* » de Clinton. Adapter le monde au système américain et délivrer les peuples de leur médiocrité en les guidant vers la lumière du modèle américain l'enthousiasma.

Tout en suivant les cours de la Harvard Law School, il s'engagea au Parti démocrate et s'impliqua à fond dans sa mission tout en mettant un point d'honneur à accomplir avec une ferveur méthodique toutes les ambitions nourries par ses parents à sa place depuis le jour de sa conception.

L'examen du barreau en poche, en février 1997, sur les instructions de son père il intégra le cabinet new-yorkais Peabody, Sherman et Hawles, les spécialistes du droit pharmaceutique de la côte Est. Divisant son temps entre ses obligations familiales, multipliant les galas de charité et autres réjouissances organisés par la fondation de ses parents, ses dossiers et son travail *pro bono*, Martin s'octroyait désormais deux solides heures de sommeil les nuits fastes.

Le commando de plusieurs dizaines d'agents spéciaux dirigé par l'un des plus brillants agents du FBI, le Libano-Américain Ali Soufan, n'était pas encore sur le tarmac de l'aéroport d'Aden lorsque je découvris deux choses : le plus effacé des zélotes musulmans de l'organisation que j'avais infiltrée comptait utiliser les connaissances que je lui avais transmises pour se faire sauter en plein Times Square et Martin m'avait désigné comme son contact en cas d'urgence.

Pendant qu'à onze mille kilomètres de là, dans le port d'Aden, le corps expéditionnaire du FBI s'apprêtait à fouiller parmi les décombres de l'*USS Cole* à la recherche d'ADN et de débris de bombe, je m'engouffrai hors d'haleine dans une bouche de métro, ôtant la batterie et la carte SIM de mon portable.

Je descendis quelques stations plus loin, me précipitai vers une cabine téléphonique et donnai rendez-vous à mon agent traitant dans l'arrière-boutique d'un obscur barbier de Harlem.

Vingt minutes plus tard et avant même de me dire bonjour, Joe s'alluma une clope et m'offrit son analyse stratégique :

— Ça pue cette histoire d'*USS Cole*. O'Neil est sur les dents. Il se passe un putain de truc sur place.

Je sortis la photo du plus inconsistant des membres de la cellule que j'avais infiltrée.

— À propos de putain de truc, Amid Aberkan va se faire sauter sur Times Square. Entre 18 et 20 heures.

— Lui ? s'étrangla-t-il avant d'observer la photo. Mais tu m'avais dit qu'il était inoffensif !

Amid avait débarqué un matin de juillet 1999, envoyé par l'imam de la mosquée que nous avions mis sous surveillance, un prédicateur radical qui avait réussi à convaincre cet adolescent de dix-sept ans que les États-Unis étaient responsables de son mal-être, persécutaient les musulmans et qu'il devait les défendre.

Qu'il ne se sente pas intégré à la société capitaliste américaine était une chose, mais qu'il décide de se transformer en kamikaze avait constitué la première sidération de la journée.

— La bombe n'explosera pas, ce n'est pas de l'acétone qui lui a été fourni.

— TATP ?

— Avec des clous et des vis.

TATP, tripéroxyde de triacétone ou péroxyde d'acétone, surnommé la « mère de Satan » par ses adeptes. L'arme de choix des terroristes : elle provoquait un souffle et une puissance proches de ceux de la TNT sans que sa confection ne nécessite de compétences techniques poussées.

Un simple contact électrique suffisait à créer une flamme et enclencher le dispositif.

— J'ai besoin que tu me couvres. Auprès du Bureau. Que je m'absente quarante-huit heures n'aura aucune incidence sur ma couverture. Surtout si vous arrêtez Amid, ils penseront que je me planque, c'est parfait.

Joe acquiesça.

— Et j'ai besoin de ta voiture.

Il soupira et me tendit ses clés.

Je sortis du magasin au pas de charge et sautai dans la voiture, maudissant les embouteillages new-yorkais, les feux rouges et les conducteurs qui klaxonnaient, espérant peut-être déclencher la fonction hélicoptère de leurs véhicules. Je m'engageai dans l'Upper East Side et garai la voiture de Joe devant l'entrée des urgences de l'hôpital du Mont-Sinaï.

Après un quart d'heure de négociations avec un médecin, je lançai un sac de médicaments sur le siège passager et allongeai un Martin groggy sur les sièges arrière.

*
* *

Peu avant 22 heures, à la sortie de Chicago, alors que j'essayais de trouver un motel où passer la nuit, j'entendis Martin bouger.

— Tout va bien, tu es à l'arrière de ma voiture.

— Jack ?

— *Yep.*

— Qu'est-ce que je fais à l'arrière de ta voiture ?

— Je t'emmène en villégiature à Muddy Gap.

Je l'observai tenter de se redresser et plisser les yeux dans le rétroviseur.

— J'ai trois réunions et un gala d'inauguration au MOMA en soirée.

— Il est 22 heures. Ils se sont passés de ta présence et s'en passeront durant les trois semaines à venir. Ton patron est d'accord, il a cru que tu faisais un infarctus. Tuer l'unique héritier de la huitième plus grosse fortune des États-Unis n'est pas la publicité dont il rêve.

— Septième, marmonna Martin.

— Félicitations.

— Ce n'est qu'un petit coup de fatigue. Dépose-moi à l'aéroport le plus proche, je dois rentrer à New York.

— Tu crois sincèrement que ton boss, celui qui n'arrive pas à garder une assistante plus de deux mois avant qu'elle ne parte en dépression et qui se réjouit ouvertement d'être appelé « le psychopathe du barreau », aurait appelé lui-même une ambulance lorsqu'il t'a vu t'écrouler en pleine réunion pour un petit coup de fatigue ? Je sais que ton père te met une pression dingue, mais il va falloir apprendre à te reposer un minimum.

6

Washington, 5 h 30

Pendant que Martin se flagellait en expliquant qu'il travaillait trop, ne passait pas suffisamment de temps avec Maggie et que tout était sa faute – un grand classique chez lui –, Lynch râlait auprès de son supérieur à voix moins basse qu'il ne le pensait.

— Travailler avec un détective privé, je ne le sens pas, annonça-t-il.

— Vous êtes efficace, organisé, vous avez des qualités indéniables de manager…

— Essayer de m'avoir par de la basse flatterie, c'est indigne de vous.

— Mais ça marche ? s'enquit Guildenstein.

— Continuez, je vais voir.

— M. Exton tient à ce que ce détective privé soit impliqué.

— Plus qu'impliqué, si j'ai bien compris, grommela Lynch.

Au début du mois de novembre, il avait été promu chef de police et nommé à la tête de la division des enquêtes criminelles. Le commissaire Guildenstein, pourtant connu pour dispenser les compliments au compte-gouttes, avait serré sa main et l'avait félicité. Lynch faisait honneur au département de police de Baltimore. Son travail était irréprochable, il était apprécié de ses collègues et sa hiérarchie se réjouissait de le voir accéder à un poste à plus hautes responsabilités.

Thomas n'avait pas eu le temps de se reposer sur ses lauriers que le corps d'une plasticienne de trente-cinq ans, disparue en septembre, avait été retrouvé vêtu d'un tailleur-jupe longue avec un chapeau-cloche que sa sœur, pourtant très proche d'elle, ne lui connaissait pas. Le lendemain, la voix déformée d'un homme avait appelé le *Baltimore Sun* et annoncé au réceptionniste que ce n'était « pas sa première Grace Kelly ».

Une indiscrétion d'un ambulancier présent sur les lieux le soir de la découverte du corps et un journaliste adepte du cinéma des années 1950 avaient fait le reste : le tueur avait immédiatement été surnommé le « Cinéphile » par toute la presse.

Moins d'une semaine après que le Dr Brenner l'eut appelé pour dire que le corps de Michelle Hancock avait été embaumé – un vrai travail d'artiste, avait-il ajouté, incapable de masquer l'excitation que lui procurait cette découverte –, deux journalistes d'investigation avaient découvert l'identité d'une autre victime. Joan Gould, une avocate de trente-trois ans, avait été portée disparue en mars et retrouvée à Dundalk mi-juin vêtue d'un manteau de fourrure noir avec une voilette et un collier de perles. La tenue de Grace Kelly dans *14 heures*, un film d'Henry Hathaway, précisait l'article qui s'étalait sur quatre pages. Dès le lendemain, tous les journaux locaux avaient consacré leur une au « Cinéphile, tueur en série héritier du Zodiac qui narguait la police de Baltimore ».

Un mois d'épluchage de tous les dossiers de disparition depuis début 2015 avait permis à Lynch et son équipe d'en arriver à la conclusion suivante : Michelle Hancock n'était pas la deuxième, mais au moins la troisième victime du Cinéphile. En disposant les deux premiers corps en banlieue, le tueur avait pris de l'avance. Chacun des sept enquêteurs des trois juridictions impliquées avait échafaudé diverses théories, du suicide au rituel sectaire, avant de classer le dossier et de passer à autre chose.

Et pendant ce temps, le meurtrier avait enlevé Claire Spencer et l'avait tuée.

Enquêter sur une série de crimes impliquait de travailler avec plusieurs juridictions avec lesquelles il était impératif de coopérer pour ne rater aucun détail. Une évidence sur le papier, une tannée dans les faits. L'exercice avait eu au moins le mérite de faire comprendre à Thomas que si lui avait parfois du mal à se sentir légitime et compétent dans son boulot, tel n'était pas le cas de la plupart des gens. Le coroner de Dundalk, qui s'était occupé du corps de Joan Gould, n'avait pas de diplôme de médecine légale et avait bâclé son rapport. Lorsque Thomas lui avait fait remarquer qu'une suicidée embaumait rarement son propre corps, il avait haussé les épaules avant de tapoter sa montre et d'expliquer qu'il était attendu. Quant à celui d'Essex, il avait conclu que Jenny Lane, consultante informatique de trente-sept ans retrouvée trois mois et demi après sa disparition dans une longue robe blanche, était morte de cause naturelle. Lorsque Brenner avait découvert que Michelle Hancock avait été embaumée et que les médias s'étaient emparés de l'affaire, le commissaire Guildenstein avait fait venir un psychiatre. Il apporterait « sans doute des éléments essentiels à la résolution de l'affaire », avait-il marmonné en poussant Lynch dans la salle de réunion.

Après s'être fait copieusement reproché de ne pas l'avoir consulté plus tôt, le psy – un personnage charmant qui semblait attendre le prochain meurtre avec une excitation qu'il n'arrivait même pas à cacher – lui avait remis un dossier de quatre-vingts pages « à lire absolument » avant de le gratifier d'une sorte de synthèse de tout ce qui était susceptible de partir en vrille chez un être humain. Il l'avait congédié en précisant que toutes les données – lesquelles ? n'avait osé demander Thomas dont le principal problème était justement l'absence d'informations concrètes – indiquaient que le suspect aimait probablement torturer des animaux lorsqu'il était petit. Ce qui, au vu de l'air grave qu'il avait pris, indiquait que c'était rarement bon signe.

Thomas était rentré chez lui et avait longuement observé ses trois fils jouer avec le chien – un labrador grassouillet malgré les croquettes anti-obésité dont il était nourri. *A priori*, aucune déviance à signaler. Pour l'instant. Il s'était plongé dans le rapport et en avait tiré ses propres conclusions : un flic n'avait pas besoin de huit ans d'études pour constater que oui, être confronté à un prédateur dont on ignore tout, qui tue au hasard, sans raison apparente, était véritablement problématique. Que l'absence de témoins obligeait les autorités en charge de l'enquête à attendre qu'il commette une erreur. Que l'intervalle entre les meurtres s'accélérait. Que l'incapacité à l'arrêter lui donnait un sentiment de puissance tel qu'il recommencerait probablement dans un avenir proche. Quelle perspective réjouissante.

Depuis deux mois, Lynch allait de fausses pistes en impasses et son incapacité à mettre la main sur le Cinéphile lui mettait les nerfs à vif. Lorsqu'il avait découvert que le Cinéphile n'en était effectivement pas à sa première victime et qu'il n'avait pas menti à la presse, il avait commencé à soigner ses angoisses à coups de donuts. Il connaissait le dossier sur le bout des doigts, avait choisi chacun des membres de son équipe et était épaulé par Higgins, probablement le flic le plus fiable et le plus travailleur de tout le département de police. Ils passaient des heures enfermés dans son bureau à récapituler les faits et à essayer de trouver des réponses à leur longue liste de questions : pourquoi le tueur avait-il choisi ces femmes plutôt que d'autres ? Comment les avait-il rencontrées ? Les rapports d'enquête avaient tous établi l'absence de blessures de défense. Comment ce malade arrivait-il à convaincre des femmes de le suivre ?

Les photos des victimes étaient punaisées aux murs comme autant de rappels de leur impuissance.

Higgins n'avait plus d'ongles et avait commencé à arracher méthodiquement les peaux de ses doigts avec ses dents. Guildenstein allumait ses cigarettes avec le mégot des précédentes et passait les trois quarts de son temps à négocier avec le procureur et à haranguer ses équipes. Thomas avait caressé l'espoir que Jane, son assistante depuis dix ans, garderait la tête froide, mais il avait vite déduit que changer de couleur de cheveux toutes les semaines n'était pas une manifestation évidente de stoïcisme.

Chaque fausse piste se soldait par un arrachage en règle des photos des suspects qu'Higgins rangeait soigneusement. Au bout de deux mois, les cartons dédiés aux fausses pistes commençaient à prendre une place inquiétante et leurs collègues s'adressaient à eux avec une voix douce et des regards de condoléances.

Thomas avisa l'homme qui discutait avec Martin Exton et secoua la tête. Il ne manquait vraiment plus que ça dans le décor ! Que la femme d'un des personnages les plus en vue du monde politique disparaisse le jour même où le corps de Claire Spencer avait été retrouvé embaumé. Tous les efforts qu'il avait déployés pour tenir la presse à l'écart seraient fichus. Car Martin Exton ne se contentait pas d'être l'un des plus proches collaborateurs du président des États-Unis. Il était également le fils de John Exton, septième plus grosse fortune des États-Unis, adjoint du maire de New York en charge du département de la protection de l'environnement, le Monsieur « Eau potable » de New York, comme avait récemment titré le *New York Times*, et favori aux prochaines élections municipales. La popularité du quadragénaire auprès des femmes atteignait des sommets.

Y compris auprès de sa propre épouse. Emily ne tarissait pas d'éloges lorsqu'elle tombait sur une de ses interviews à la télévision. Il observa les deux hommes et se promit de ne pas oublier de mentionner quand il rentrerait chez lui que Martin Exton était plus petit en vrai que sur CNN.

Une bonne dizaine de centimètres de moins que le détective privé sorti d'on ne sait quel chapeau. Un ancien du FBI. Il semblait avoir lâché la tenue réglementaire au profit d'un jean affaissé, d'une paire de chaussures de randonnée et d'une épaisse tignasse en bataille, mais Thomas n'allait pas se laisser abuser par l'aspect décontracté d'un type pareil. Avec une devise comme « fidélité, bravoure et intégrité », il ne fallait pas chercher très loin pour en déduire qu'il allait faire corps avec les agents envoyés par le Bureau et qu'Higgins et lui allaient être considérés comme quantité négligeable.

La voix de Guildenstein le fit sursauter :

— J'espère ne pas vous avoir donné l'impression que travailler avec Jack Miller était optionnel, rappela-t-il, rythmant ses mots d'un index pointé vers lui.

Thomas soupira, déchiré entre l'opportunité de bénéficier d'un regard neuf pour attraper ce fumier et une angoisse sourde et inavouable : que deviendrait sa crédibilité en tant que chef de police si l'ancien du FBI résolvait l'affaire en deux coups de cuillère à pot ?

Guildenstein se pencha vers lui et murmura :

— S'il y a possibilité de contrer Stern, je prends. Que ce soit ce Jack Miller, ma grand-mère ou un ragondin à poil long. Ce type est une plaie et apparemment votre nouveau partenaire n'est pas en odeur de sainteté, ce qui me le rend extrêmement sympathique.

— Est-ce que je pourrais au moins y réfléchir ?

— Aussi longtemps que vous voudrez. Et ensuite, vous ferez ce que je vous dis. Et vous lui donnerez toutes les informations. Peinture comprise, OK ?

Thomas allait répliquer lorsque son portable se mit à sonner. Il s'excusa et se replia dans le hall.

*
* *

Je vis le grand flic blond sortir du salon précipitamment. Son commissaire s'avança et fit signe à Martin de le suivre. Je restai planté et aperçus, encadrée au mur, la photographie de remise des diplômes de Martin et moi nous tenant par les épaules. Deux têtes brunes souriantes, la sienne soigneusement coiffée, la mienne… j'avais fait du mieux que je pouvais à grand renfort de gel, mais on ne lutte pas contre la génétique. Mes parents nous encadraient, éclatant de fierté. Ceux de Martin lui avaient fait envoyer une montre à 20 000 dollars, mais n'avaient pas pris la peine de se déplacer pour assister à la cérémonie consacrant les quatre années d'études que leur fils unique venait de passer dans l'une des universités les plus prestigieuses du pays.

Nous entendîmes Lynch aboyer à son interlocuteur de ne laisser personne toucher le véhicule et de faire rappliquer les maîtres-chiens. Lorsqu'il revint dans le salon, c'était un homme changé :

— On vient de retrouver la voiture de Maggie à Baltimore, sur Charles Street, devant un 7-Eleven. Portières non verrouillées et clés sur le contact. Mais aucune trace de son sac à main ni de sa sacoche.

— Maggie ne laisse jamais ses clés sur le contact, assura Martin.

— Quel est son groupe sanguin ? La voiture sera examinée, nous n'avons pas vu de traces de sang pour l'instant, se hâta de rajouter Lynch devant l'air alarmé de Martin.

— O négatif.

— Nous aurions besoin d'un vêtement porté par votre épouse pour faire sentir quelque chose aux chiens.

Martin se leva d'un bond et redescendit moins d'une minute plus tard avec une étole sombre qu'il tendit à Lynch.

— Je rentre à Baltimore, je vous tiendrai informé dès que j'en saurai plus.

— Je veux que mes hommes soient au courant de la moindre avancée de l'enquête, intervint Stern. Je vous rappelle que je suis directeur du bureau du FBI à Washington. Vous avez bien compris ?

Lynch acquiesça et se dirigea vers la sortie. Arrivé à la porte, il se retourna et me lança un regard peu avenant :

— Bon, vous vous magnez ? Mes hommes sont déjà sur les lieux.

Nous dégringolâmes les marches et dépassâmes un homme en costume à l'air sombre qui répétait en boucle à une caméra que des voitures de police étaient garées devant la maison du chef de cabinet adjoint du président des États-Unis quand une jeune journaliste fondit sur nous.

— La femme du chef de cabinet adjoint du président a disparu. Elle se trouvait à Baltimore. Pensez-vous qu'il s'agisse du Cinéphile ?

Comme si cette éventualité la comblait de joie.

— Vous pensez que c'est la cinquième ? continua-t-elle.

Lynch grommela et m'indiqua sa voiture d'un signe de tête. J'ouvris la portière et me figeai.

Mon nouveau partenaire considérait de toute évidence sa voiture comme une extension de son dressing doublée d'une poubelle. Un costume sous housse et un poncho en plastique côtoyaient des gobelets en carton imbibés de café au fond desquels surnageaient quelques mégots et des serviettes en papier froissées et maculées de gras.

Il avisa mon regard perplexe, s'installa et me tendit un spray de désodorisant.

Je secouai la tête et demandai :

— La cinquième quoi ?

7

— Il y a un taré dans la nature. Enfin, il y en a beaucoup plus que ça, mais en ce moment, c'est l'un d'eux qui m'intéresse, commença Lynch.

Et tout en ignorant ostensiblement le code de la route, il s'empressa de me mettre au courant.

Jusqu'à présent, quatre femmes semblaient s'être évaporées dans la nature avant que leurs corps ne soient retrouvés embaumés dans un rayon de vingt kilomètres autour de Baltimore, la première à Dundalk, la seconde à Essex et les deux autres à Baltimore même.

Première nouvelle.

— Le Cinéphile a fait quatre victimes ? La presse n'en a évoqué que deux. Comment cette journaliste est-elle au courant ?

Tout en conduisant, Lynch se retourna, fouilla dans le capharnaüm de la banquette arrière et extirpa un journal qu'il me tendit.

— Nous avons enquêté sur toutes les disparitions ayant eu lieu dans un rayon de cent cinquante kilomètres autour de Baltimore depuis plus d'un an. Parmi les affaires résolues dans lesquelles la femme disparue a été retrouvée morte, nous avons découvert des anomalies. Notamment l'absence d'autopsies et des rapports indiquant que des proches de la victime ne reconnaissaient pas les vêtements dans lesquels elle avait été retrouvée. Nous avons donc dû faire exhumer le corps de trois femmes. Deux d'entre elles avaient été embaumées avant inhumation. Outre en dire long sur les arnaques de certaines maisons funéraires, cela nous a permis de déterminer que le Cinéphile avait fait non pas deux mais quatre victimes, en comptant Claire Spencer, dont le corps a été découvert il y a quelques heures. Une indiscrétion nous vaut de faire la une des journaux locaux d'hier soir et d'ici quelques heures tout le pays saura que le Cinéphile vient d'intégrer le cercle très privé des *serial killers*.

Lynch sacrifia une priorité à droite sur l'autel du coup d'accélérateur subit de celui qui veut passer quoi qu'il arrive et s'engagea sur l'autoroute tout en continuant son résumé :

— Ses victimes ne partagent aucune caractéristique physique commune si ce n'est leur ethnie – elles sont toutes caucasiennes – et leur âge – la trentaine. Elles semblent avoir été choisies au hasard, uniquement pour assouvir les fantasmes de reconstitution morbide de ce criminel. La disparition de sa première victime, une avocate de trente-trois ans, a été signalée plus de trois mois avant que la police de Dundalk ne reçoive un appel anonyme indiquant l'adresse d'un immeuble désaffecté où son corps embaumé a été retrouvé, vêtu d'un manteau de fourrure noir avec une voilette et un collier de perles. La tenue de Grace Kelly dans *14 heures*, un film d'Henry Hathaway. C'était le 18 juin. Vient ensuite une consultante en informatique de trente-sept ans. Jenny Lane. Son employeur a signalé sa disparition après qu'elle ne s'est pas rendue à une présentation qu'elle devait animer. Le jour de sa disparition ?

— Le 18 juin.

— Bingo. Le 3 septembre, le schéma s'est reproduit. Un coup de fil anonyme a permis aux autorités de police d'Essex de la retrouver déguisée dans une longue robe blanche à fanfreluches.

— *Le train sifflera trois fois* ?

— Exactement. Le 1er septembre, Michelle Hancock s'est rendue à une réunion d'anciens élèves au Hilton de Washington et n'a été signalée disparue que cinq jours plus tard quand elle ne s'est pas rendue à son propre vernissage. Son corps a été retrouvé le 15 novembre.

— Vêtue d'un tailleur-jupe longue avec un chapeau-cloche ?

Lynch me jeta un regard admiratif avant de réaliser que j'étais sur Wikipédia.

— Ouais, *Mogambo*. C'est à ce moment-là que l'enquête m'a été confiée. Et donc la quatrième victime découverte il y a quelques heures, Claire Spencer, vendeuse dans un magasin de fringues branchées de DC, portée disparue depuis mi-novembre. Elle venait de fêter son trentième anniversaire, ce qui en fait la plus jeune des victimes. Le toubib l'autopsie demain matin à 10 heures.

Je m'entendis prononcer une phrase que je ne pensais absolument pas.

— J'aimerais y assister.

— Si ça peut vous faire plaisir.

Voir un mort se faire ouvrir de haut en bas ? Ma passion.

— Toutes disparaissent entre Washington et Baltimore, continua Lynch, mais elles n'appartiennent pas à la même catégorie socioprofessionnelle, ne se connaissent pas, n'ont aucune fréquentation commune et n'habitent pas la même ville. Les disparitions ont débuté début mars, ce qui nous a conduit à envisager qu'il ait été récemment libéré de prison ou bien soit sorti d'un hôpital psychiatrique. Mais au vu de la mise en scène qu'il a orchestrée, je ne vois pas comment il pourrait s'agir d'un aliéné lambda.

— Les psychotiques arrivent rarement à échapper à la police sur des durées aussi longues.

— Exact. Un psychiatre que nous avons consulté a déterminé que notre homme était sans doute blanc.

— Les *serial killers* tuent généralement à l'intérieur de leur groupe ethnique.

— Et qu'il a probablement entre vingt-cinq et quarante ans, compléta Lynch.

— Si les quatre corps ont été retrouvés à suffisamment de distance les uns des autres, on peut en déduire qu'il possède un véhicule.

— Je comprends mieux pourquoi M. Exton a insisté pour que vous participiez à cette enquête. Un type qui conduit, voilà ce qui restreint considérablement le champ des suspects.

— Et il n'est ni musulman, ni israélite, ni orthodoxe, ni bouddhiste.

— Et pourquoi ?

— Par principe religieux, ils sont opposés à l'embaumement.

— Ce qui nous ôte quoi ? 3-4 % de la population américaine.

— Environ.

— Et il peint leurs ongles à la peinture, rajouta Lynch dans un profond soupir avant de grommeler qu'il espérait ne pas regretter de me donner cette information. Pink Lady 13-2806 TCX de chez Pantone. Cela n'a pas fait avancer l'enquête d'un iota, mais nous a permis de recenser tous les revendeurs de la marque sur la côte Est. Si vous voulez repeindre vos chiottes en rose bonbon, je peux vous indiquer le fournisseur le moins cher. C'est une donnée confidentielle que nous utilisons pour éliminer les faux aveux.

J'acquiesçai. Vous seriez surpris d'apprendre combien de tarés en quête de sensations fortes et de notoriété s'accusent de meurtres.

— Aucun lien n'a pu être établi entre l'endroit où il a enlevé ces femmes et celui où il a disposé leurs corps, poursuivit-il. L'état dans lequel nous les avons retrouvées ne nous a pas permis de déterminer avec précision le jour et l'heure de la mort, mais nous pensons qu'il a un lieu où les garder et pratiquer les embaumements car, de toute évidence, il ne le fait pas à l'endroit où il dépose les corps.

— Et les effets personnels des victimes ?

— Nous ne les avons pas retrouvés. Soit il s'en débarrasse, soit il les garde comme trophées. Écoutez, je sais que le mari de Maggie Exton vous veut sur cette affaire et je comprends. Mais cela fait deux mois non-stop qu'on travaille comme des brutes sur cette affaire. On s'échine à trouver un dénominateur commun entre les quatre femmes et on est peut-être en train de perdre du temps en conjectures alors que ce malade les choisit au hasard. Rien ne nous garantit qu'il sache précisément ce qu'il fait. Un psychopathe agit par pulsion, sans réel mobile. En tout cas, nous n'en avons pas trouvé. Et franchement, je ne vois pas ce que vous allez pouvoir apporter à l'enquête.

Je hochai la tête et ne répondis rien.

— Pour autant que nous sachions, et s'il s'avère que c'est lui qui a enlevé Maggie Exton, il n'a peut-être aucune idée de qui elle est et de qui est son mari, reprit Lynch, apparemment soulagé d'avoir pu dire à quel point il pensait que je ne servais à rien.

J'observai la photo de l'épouse de mon meilleur ami avec attention. L'instantané que nous avait remis Martin montrait une femme blonde aux yeux bleus dénuée de caractéristiques particulières, ce que confirmaient ses papiers d'identité. Signes distinctifs : néant.

— Jusqu'à ce que la presse l'en informe.

— Jusqu'à ce que la presse l'en informe, acquiesça Lynch. Cela dit, dans le cas qui nous intéresse, je vais être bien clair : ce malade a une place non négligeable dans nos hypothèses de travail mais il est loin de constituer la seule piste.

Lynch avait deux moyens de conserver son calme, comme je devais le découvrir rapidement : les fast-foods, ce que le léger renflement sous sa chemise commençait à trahir, et citer des statistiques.

— Deux mille trois cents personnes disparaissent chaque jour aux États-Unis, dont cent par enlèvement, éventuellement suivi d'un meurtre, ce qui donne un total de trente mille personnes sur ces dix derniers mois, récita-t-il sans bégayer. Quatre seulement sont le fait de ce *serial killer*. Statistiquement, cela ne peut pas être notre scénario de prédilection. Je ne vous rappelle pas qui est le mari de Maggie ? Vous le connaissez d'où, du reste ?

— Nous partagions une chambre à l'université.

— Vraiment ? Je croyais qu'il avait fait Princeton.

— Oui, c'est là où nous nous sommes rencontrés.

Lynch me dévisagea d'un air incrédule.

Dix bonnes secondes.

À plus de 150 km/heure.

— Vous ne voudriez pas vous concentrer sur la route ?

Lynch haussa les épaules et reprit :

— Votre copain ne s'est pas fait que des amis depuis qu'il bosse avec le président. N'importe qui peut avoir enlevé sa femme. Quelqu'un qui veut le faire chanter – il a l'oreille du président et il est richissime –, un pacifiste, un membre d'un des groupes antisurveillance ou un mec qui a pété un plomb à force d'être fouillé dès qu'il prend l'avion sous prétexte qu'il a une barbe et le teint basané. Et sa femme est entourée de tarés, conclut Lynch, qui, je le découvrirais rapidement, avait toujours eu foi en l'être humain.

— Son père est richissime, pas lui.

— Il est le fils unique de la septième plus grosse fortune des États-Unis, objecta Lynch.

— La situation est plus complexe que ça, marmonnai-je, mais comme je ne voulais pas entrer dans de plus amples explications, je continuai. Et certes, Maggie est psychiatre, ce qui pourrait être une piste intéressante si l'écrasante majorité de ses patients n'étaient pas des ados souffrant de troubles du comportement alimentaire et des enfants hyperactifs.

— Pas uniquement. Mon collègue a appelé son assistante et tout ce qu'elle lui a dit est que Maggie avait une nouvelle patiente : une gamine que ses parents ont surpris sur un forum Internet en train de demander si c'était halal de s'épiler les sourcils. Ils ont flippé et l'ont envoyée chez le psy.

— À 4 heures du matin, ladite assistante n'a peut-être pas les idées très claires.

— Certes, mais Môssieur-le-Directeur-du-bureau-du-FBI-à-Washington Stern et vos potes du FBI ont failli s'évanouir de joie en l'apprenant, donc il va falloir vérifier.

— Je n'appartiens plus au FBI.

— Mouais, c'est ça. Vous qui le connaissez mieux que moi, c'est normal que votre ancien camarade de classe ait l'air aussi stoïque ?

Si c'était ma femme qui avait disparu, je serais dans tous mes états.

Martin avait été élevé dans l'idée que toute manifestation d'émotion était un signe de faiblesse qu'il était impératif de masquer. Il avait enterré suffisamment de personnes depuis que je le connaissais pour savoir qu'il développerait un ulcère avant de paraître affecté par une situation.

Lynch accéléra et me jeta un coup d'œil à la dérobée. Martin serait en tête de sa liste des suspects, je n'avais aucun doute là-dessus. Comme s'il lisait dans mes pensées, il ajouta :

— Quand une femme se fait descendre, le mari est toujours le premier suspect[1], donc je ne vois pas pourquoi ce ne serait pas le cas lorsqu'elle disparaît.

— « Ce qui vous donne un petit aperçu de ce que les gens pensent réellement du mariage[2]. »

— Ma femme est géniale, me coupa Lynch. Ce sont les pièces rapportées qui sont des catastrophes. Vous êtes marié ?

— Divorcé.

— Des enfants ?

— Ma femme n'en voulait soi-disant pas. Son nouveau mari et elle viennent d'avoir des jumeaux.

— Dur, convint Lynch avant de regarder sa montre. Il est plus de 6 heures du mat. D'ici une heure, on va avoir les fédéraux sur le cul. La plaie, rajouta-t-il en me jetant un coup d'œil

1. George Orwell, *Un peu d'air frais*, 1939.
2. *Ibidem.*

à la dérobée. Enfin, je suppose que si Maggie Exton est retrouvée déguisée en Lisa Fremont de *Fenêtre sur cour*, ils veulent pouvoir dire au mari qu'ils auront tout essayé.

8

Baltimore, 6 h 15

Deux voitures de police étaient garées devant le SUV noir de Maggie lorsque Lynch négocia un virage qui ne serait jamais homologué par un moniteur d'auto-école et arrêta sa voiture en biais sur le trottoir. Avachi sur son siège, l'un des conducteurs sursauta au bruit du claquement de la portière et bondit sur ses pieds.

— On n'a touché à rien, chef.

— Des traces de lutte ?

— Apparemment aucune, mais nous n'avons pas ouvert la voiture.

Je regardai par la fenêtrc dc la Lexus et aperçus les clés sur le contact. Lynch me tendit une paire de gants en latex et j'ouvris la porte précautionneusement pendant que le chef de l'unité canine me présentait ses deux chiens.

Starsky et Hutch.

— Ce sont des chiens à forte capacité olfactive, déclara-t-il fièrement, ce que nous ne devions pas manquer de constater quelques minutes plus tard.

— La caméra de surveillance est en panne depuis des lustres, constata Lynch. Vers 8 heures, il faudra commencer à interroger les habitants des immeubles alentour. Ils ont peut-être vu quelque chose.

Il se dirigea vers le coffre et l'ouvrit.

— Vide. Qu'est-ce qu'ils branlent à la police scientifique ? Je les ai appelés y a une demi-heure !

Je m'accroupis et fis le tour de la voiture dans cette position, ramassant tout ce que je trouvais.

J'entendis Lynch mettre les choses au point :

— Ça ne m'emballe pas plus que vous qu'un détective privé, qui plus est ancien du FBI, fourre son nez dans nos affaires, mais Guildenstein et le chef de cabinet adjoint du cabinet de la Maison-Blanche en personne ont insisté. Alors, même s'il fait le poirier contre la roue arrière, on bosse avec lui, compris ? Et en plus, comme l'a fait remarquer Guildenstein, ça fera chier Stern. C'est toujours bon à prendre.

Pendant que le malinois, après avoir reniflé le siège conducteur, entraînait son maître dans le 7-Eleven, l'autre fin limier, un chien-loup, s'engagea sur le trottoir avant de s'arrêter net, de lever la patte contre le mur et de se soulager abondamment.

— Franchement, je ne sais pas pourquoi je m'acharne à faire venir ces deux tocards, soupira Lynch.

— Si vous disparaissiez, vous voudriez que ce soit eux qui vous cherchent, rétorqua le chef de l'unité canine d'un ton vexé.

Lynch lui lança un regard peu convaincu.

— Il a tendance à faire ses besoins en plusieurs fois et alors ? Vous vous frottez les yeux depuis que vous êtes arrivé et j'ai eu la délicatesse de ne pas vous l'avoir fait remarquer.

— Il est 6 h 30 du matin, je n'ai pas dormi depuis vingt-quatre heures et je viens de faire l'aller-retour à Washington. Mais désolé si j'ai vexé Starsky.

Le chef de l'unité canine parut réfléchir un instant avant de rendre son verdict :

— C'est Hutch, mais nous acceptons vos excuses.

Lynch me rejoignit et me présenta ses conclusions :

— Ils sont complètement piqués dans cette brigade. Fréquenter des clébards toute la journée, ça doit pas les arranger. C'est quoi ?

— Le porte-clés de Maggie.

— On dirait un flamand rose, mais bleu.

— C'est un héron bleu.

— Je suis ravi de l'apprendre. Qu'est-ce que vous avez ramassé par terre ?

— Un mégot, un bouchon de bouteille d'eau et un reçu de l'épicerie pour un pack de six bières du 7-Eleven.

— Allons voir si le caissier se souvient d'elle.

Contrairement à ce que son nom pouvait laisser présumer, le 7-Eleven était ouvert vingt-quatre heures sur vingt-quatre. Nous nous dirigeâmes vers la caisse où un jeune boutonneux d'une vingtaine d'années nous lança un regard las en passant sur son visage des doigts anxieux évaluant le degré d'infection de chaque scrofule.

— Reconnaissez-vous cette femme ?

Le caissier tâta d'un index prudent un bouton particulièrement purulent et se pencha sur la photo avant de répondre :

— Ouais, je fais 18 heures-7 heures et je l'ai déjà vue. Elle achète de la bière. Parfois elle prend des sandwichs.

— Et elle est venue hier soir ?

— Vers 18 h 45. Elle a juste pris de la bière.

Je tendis le ticket :

— Celles-ci ?

— Ouais. Regardez, l'heure est indiquée : 18 h 44.

— On vient de fouiller la voiture et aucune trace des canettes. À part un parapluie sur le plancher devant le siège conducteur et les clés sur le contact, la voiture était vide, m'informa Lynch.

— Elle serait donc partie avec son sac, sa mallette de documents et ses bières sous le bras ?

Lynch haussa les épaules :

— Il y a plusieurs types d'empreintes sur la poignée. Stern veut que nous les envoyions au labo du FBI. Autant ne pas se le mettre à dos immédiatement, répliqua Lynch en extrayant son portable de sa poche pendant que le maître de Starsky et Hutch nous annonçait que les chiens avaient perdu la piste à un feu rouge.

9

Il verse de l'eau dans la bouilloire avant de la faire chauffer, la vide dans le lavabo et commence à se raser soigneusement. Passer deux coups, rincer la lame, passer deux coups, rincer la lame. Avant de rencontrer le Docteur, il se massacrait le visage avec des rasoirs jetables qu'il gardait des mois entiers. Un matin, le Docteur lui avait tendu une boîte en inox contenant un blaireau et un rasoir à lames et lui avait montré les gestes adéquats.

Il enfile son costume sombre et une paire de baskets défraîchies. Ses chaussures de travail, méticuleusement cirées, sont déjà emballées dans un sac en plastique qu'il posera à plat dans son sac à dos avant de partir.

Comme tous les jours, il est très en avance, alors il effleure chacune des brosses en ivoire qu'il a soigneusement alignées sur l'étagère. Il en sélectionne une, la repose, en attrape une autre et commence à se récurer chaque ongle avec une rage maniaque.

À 22 h 30 précises, il referme la porte de son minuscule studio et marche une dizaine de minutes.

C'est le Docteur qui lui a conseillé de s'installer à Anacostia, lui vantant l'histoire du quartier et ses prix défiant toute concurrence. De toute évidence, il avait omis de lui parler du trafic de drogue et des gangs qui y sévissaient, mais il ne lui en voulait pas pour autant. Anacostia était proche du premier « salon » dans lequel il avait tout appris, avant que le Docteur ne décide de relocaliser le salon à Baltimore, à cause d'un « pépin », comme il avait dit.

Évidemment, il n'avait jamais demandé quel était ce « pépin » et il avait commencé à faire les allers-retours entre Washington et Baltimore.

Derrière lui, un bruit de pas lui fait serrer les poings.

— T'as du feu ? le hèle un jeune.

Il continue de marcher en baissant les yeux, maudissant sa lâcheté.

Les pas s'accélèrent et le rattrapent. Il sent une main attraper son bras et le forcer à se retourner.

— Hé, j'te parle.

Il se confond en excuses. Non, il n'a pas de feu. Il ne fume pas. Pas après avoir vu le Docteur agoniser.

— Allez, dégage !

Il déglutit, essaie de calmer sa respiration et s'enfonce dans l'Anacostia Metro Station.

Greenbelt pour cinq stations jusqu'à Gallery Place Chinatown, puis la Red jusqu'à Dupont Circle.

Au fur et à mesure des stations, les immeubles immaculés, les restaurants cossus, les bureaux vitrés et les parcs arborés vont remplacer les taudis et les placettes bétonnées où des jeunes jouent au basket quand ils ne se vendent pas de la drogue.

Treize minutes de marche lui suffisent pour rallier sa destination et enfiler sa tenue.

Il jette un rapide coup d'œil dans le miroir et se surprend à espérer qu'elle va venir.

Elle est l'une des rares à ne jamais lui avoir intimé l'ordre de se taire. Lorsque son père rentrait du travail, il ne fallait pas faire de bruit pour ne pas le fatiguer. S'il avait le malheur d'ouvrir la bouche pendant le repas du soir, son père le saisissait par le bras et le jetait dans sa chambre avant d'en claquer la porte. Sa mère ne protestait pas. Elle n'avait jamais protesté.

Le Docteur aussi aimait travailler en silence, ne s'interrompant que pour lui donner une consigne et le guider. Mais au fur et à mesure des mois et des progrès qu'il faisait, le Docteur s'était tu lui aussi.

Lorsqu'il avait été embauché, son supérieur l'avait mis au parfum très rapidement.

— Tu dois te montrer cordial sans jamais franchir la barrière de la camaraderie. Nous ne sommes pas du même monde, tu ne dois jamais l'oublier. Pas d'amitié, mais une bonne entente. C'est du business.

Il avait continué de hocher la tête pendant que son nouveau patron continuait de marteler ses consignes.

— Ne te laisse pas abuser par leur sympathie apparente. Aussi différents qu'ils soient, tous te méprisent. Salue chacun d'entre eux, même si certains ne font pas attention ou ne répondent pas. Nous n'avons ni le même salaire, ni la même éducation, ni le même niveau de vie. Tu ne pourrais pas te payer la moitié de leur cave.

Avant qu'il ait eu le temps d'ouvrir la bouche, son supérieur avait fait claquer sa langue contre son palais avant de le congédier par un sec « très bien ».

Mais elle, elle parlait avec lui. La première fois qu'il l'avait rencontrée, il l'avait regardée avec étonnement. Elle connaissait son prénom.

Personne ne l'avait appelé par son prénom depuis le Docteur. De longs mois sans être appelé autrement que « hé vous, vous pourriez... ? ».

Un samedi matin, le Docteur était arrivé et l'avait fait asseoir dans la petite pièce attenante au salon. Il lui avait annoncé que la bronchite qui l'avait épuisé depuis la fin de l'été n'en était pas une. Que d'ici quelques mois, il serait allongé dans le salon à son tour. Il avait dégainé une radio et l'avait placée devant la petite fenêtre exiguë pour lui montrer l'étendue des dégâts.

Il n'avait demandé aucune explication.

Le Docteur lui avait remis une clé.

— Ce salon sera plus petit, mais toujours à Baltimore. Et surtout il est à toi, je l'ai acheté, même si mon nom ne figure nulle part. Donc, il n'y a pas de loyer à verser. Mémorise bien ce plan et brûle-le.

Un mois plus tard, il avait passé une nuit entière à emballer chaque produit, soigneusement étiqueté, dans du papier bulle avant de tout ranger dans les cartons prévus par le Docteur. Enfoncé dans son fauteuil, le visage cireux, celui-ci donnait de brèves consignes entre deux quintes de toux.

La nuit suivant l'enterrement, il avait dormi dans le nouveau salon, par intermittence, se levant pour aligner les produits sur les étagères, par ordre d'utilisation, murmurant les différentes étapes du processus.

Il en était sorti trois jours plus tard et après s'être soigneusement préparé, s'était rendu dans l'agence d'intérim.

Il avait un véhicule. Il était disponible. Non, il n'avait pas encore la joie d'avoir une famille, mais il préférait mettre de l'argent de côté avant d'en fonder une.

La responsable avait hoché la tête d'un air compréhensif. Trois jours plus tard, il débutait son nouveau travail et accomplissait sa première mission.

Il avance sans se presser. Il a étudié son emploi du temps et sait précisément où elle est garée. Il avise son reflet et pousse un soupir de satisfaction : avec son costume et le manteau que le Docteur lui a offerts pour son dernier anniversaire, il ressemble à 95 % des cadres de la côte Est. Ce n'est pas le genre de vêtements dans lesquels il se sent à son avantage, mais pour passer inaperçu, ils sont parfaits.

Il croise des passants, frissonne exagérément et fouille dans sa besace à la recherche de ses gants. Il les enfile et jette un coup d'œil à sa montre à la dérobée. Encore cinq minutes. Cinq minutes et elle garera sa voiture. Il relève le col de son manteau et reprend sa route en comptant ses pas.

L'odeur écœurante du fast-food le fait grimacer, mais depuis qu'il a pris sa décision, il a parcouru ce chemin suffisamment de fois pour savoir qu'il lui suffit de retenir sa respiration trente-cinq secondes pour qu'elle se dissipe.

Enfin, il l'aperçoit et marche vers elle d'un pas décidé. Dans quinze secondes, il la rattrapera. Tout est planifié.

Quinze secondes plus tard, il sort une seringue et l'enfonce dans la hanche de la jeune femme qui se retourne et lui jette un regard surpris avant de s'affaisser. Sans se presser, il la prend par la taille et fait basculer son bras autour de son cou.

— Je t'avais dit de ne pas boire autant, lui reproche-t-il d'un ton léger.

Sans se presser, il l'emmène jusqu'à son véhicule, l'installe sur le siège passager, boucle sa ceinture et claque la portière avant de faire le tour de la voiture en trottinant.

Il met la clé dans le contact et lui chuchote quelques mots à l'oreille avant de s'engager dans la circulation.

— J'ai vu une femme qui en tenait une bonne, raconterait plus tard un passant qui les avait croisés. Heureusement que son mec était là pour la ramener chez eux.

PARTIE II

1

Baltimore, 7 h 30

L'antenne du département de police de Baltimore chargée des homicides était un bâtiment massif en ciment et vitres teintées situé non loin du port, sur Fayette Street.

Nous n'avions pas dépassé l'accueil que nous fûmes happés par l'assistante de Lynch – « Jane, sans Y, pas comme Jayne Mansfield » –, une trentenaire hyperactive aux cheveux mauves qui avait dû s'habiller dans le noir le matin tant ses vêtements juraient les uns avec les autres. Tout en sautillant, elle détailla la liste des tâches qu'elle avait effectuées depuis deux heures – impressionnante – et nous enjoignit de goûter ce qu'elle nous présenta comme des muffins dont Lynch me confia qu'il n'espérait pas grand-chose compte tenu des précédentes pâtisseries auxquelles il avait eu droit.

Nous dépassâmes le bureau de Guildenstein, séparé de l'open space par une cloison vitrée dont les stores étaient fermement baissés malgré les cours de management l'incitant à se rapprocher de ses équipes et arrivâmes dans une grande pièce envahie de dossiers : le bureau de Lynch.

« Jane sans Y » passa une tête par la porte :

— Alors, vous en pensez quoi ? demanda-t-elle, pressante.

Lynch prit une bouchée précautionneuse du bloc coloré avant de rendre son verdict :

— Le goût est pire que l'aspect.

Ce qui n'était pas peu dire.

— C'est-à-dire ? insista-t-elle.

— Honnêtement, je ne pense pas avoir déjà goûté un truc plus dégueulasse. Sachant qu'au début de mon mariage, j'ai essayé de cuisiner.

— Vous ne pourriez pas faire une remarque constructive de temps en temps ?

— Jane, je pense que vous avez une marge d'amélioration.

L'assistante leva les yeux au ciel avant de tourner les talons.

— Elle est ultracompétente, mais depuis qu'elle s'est mise à la cuisine, j'ai la sensation que mes semaines ne sont composées que de lundis, m'avoua-t-il en crachant le pseudo-muffin dans la corbeille et en s'accroupissant pour dissimuler son forfait sous un tas de paperasses.

À côté des photos des femmes enlevées, j'avisai une immense carte de la côte Est piquée d'une dizaine de clous marquant les lieux des enlèvements et ceux où les corps avaient été retrouvés.

— Je crois qu'Higgins espère secrètement que les points reliés vont finir par composer un mot, voire l'identité du tueur. Non seulement, ce n'est pas le cas, mais les différents sites épinglés ne constituent aucune structure spatiale ou temporelle significative. Aucun événement notable n'est survenu à proximité. Nous avons passé les deux derniers mois à collecter le maximum d'indices sans parvenir à dégager de lignes directrices. Il n'y a aucune forme de logique, se désola Lynch.

— Peut-être, mais vous avez noté qu'il s'agit tous d'endroits sans caméra de surveillance, répondis-je en tapotant un post-it. C'est suffisamment exceptionnel de nos jours pour être remarqué.

Lynch hocha la tête et débarrassa une chaise d'une pile d'articles dont il ressortait clairement que la police n'avait pas le début d'une piste concernant le Cinéphile.

— Nous n'avons rien découvert, aucun indice, aucune piste. Et rien ne nous assure que d'autres femmes n'ont pas été enlevées par le même homme avant qu'il ne peaufine l'art de l'embaumement et du déguisement *post mortem*.

Avec près de neuf cent mille disparitions par an aux États-Unis, les déclarations de disparition d'adultes passent relativement inaperçues. Ce qui n'est plus le cas lorsque le corps est découvert, *a fortiori* lorsqu'il fait l'objet d'une mise en scène macabre.

Lynch aimait le travail bien fait et me tendit un épais dossier qu'il avait constitué pour chacune des victimes. Pendant qu'il s'efforçait de reconstituer les dernières vingt-quatre heures de Maggie avec Higgins, je m'y plongeai et après une heure de lecture parvins à la même conclusion que Lynch : ces femmes n'avaient en commun que la manière dont elles avaient été retrouvées mortes et embaumées.

*
* *

Après avoir bu deux cafés en espérant me tenir éveillé et ôter le goût infâme du muffin de l'assistante de Lynch, j'appelai Peter.

La personne à qui je confierais ma vie sans hésiter est dépressive au dernier degré et met un point d'honneur à voir le pire partout. Présentez-lui une plage paradisiaque peuplée de naïades, il vous citera le nombre de bactéries au mètre carré, le potentiel traumatisme crânien lié à la chute d'une noix de coco ainsi qu'un catalogue fourni de diverses MST.

Une bonne partie de ses journées étaient dévolues à la critique en règle du matériel informatique des organismes gouvernementaux et l'autre moitié à prophétiser toutes les catastrophes qu'engendrerait une cyberattaque.

Entre ces deux activités, il est capable de trouver toutes les informations sur n'importe quelle personne car, dans une société où toutes nos données personnelles sont en ligne, le secret n'existe pas.

Il suffit qu'une personne disparaisse pour qu'elle soit parée de toutes les qualités. Personne ne dira jamais d'un cher disparu que c'était un connard patenté ou qu'il ne payait pas ses impôts. L'adage selon lequel les meilleurs partent en premier a de beaux jours devant lui.

Sauf que, d'après les premières recherches que Peter avait effectuées sur Maggie Exton depuis son entrée à Harvard, dans son cas, c'était vrai.

Elle avait bénéficié d'une réputation sans taches tout au long de ses études et de sa carrière, collectionnant les prix et les distinctions. Les réseaux sociaux et les articles de presse qui lui étaient consacrés chantaient ses louanges. Son mariage avec Martin était présenté comme un conte de fées des temps modernes. L'union parfaite de deux êtres intelligents, riches et beaux rencontrés neuf ans auparavant dans une association de soutien aux vétérans.

Loin de se contenter de son statut de femme du chef de cabinet adjoint de la Maison-Blanche, Maggie assurait des cours à Johns-Hopkins où elle était la coqueluche des étudiants. Le reste du temps, elle travaillait comme thérapeute dans un cabinet florissant qu'elle avait monté avec deux collègues.

— J'ai lancé une triangulation de son portable, démarra Peter avant de s'arrêter net et d'ajouter : ah oui, j'avais oublié.

Oublié quoi ?

— Un téléphone portable peut être localisé en calculant l'intensité de réception du signal à partir des trois antennes relais les plus proches. Ça aurait dû me permettre de repérer le téléphone de Maggie.

— Aurait dû ?

— Pour ce faire, le téléphone doit être allumé, et en l'espèce, soit il est éteint avec la batterie et la puce GPS ôtées, soit il est cassé, soit, mais j'en doute, il n'y a pas de réseau.

Il faudrait que tu demandes au gugusse avec qui tu travailles de contacter l'opérateur afin d'obtenir le relevé de l'utilisation du téléphone. Juridiquement, c'est mieux de passer par les voies légales. J'ai piraté le réseau informatique de Johns-Hopkins et sa boîte mail professionnelle, m'informa-t-il comme s'il s'agissait d'une démarche parfaitement normale, ce qui, ne nous leurrons pas, est le cas pour Peter. Son mot de passe, c'est « Harvard » et son année de naissance. C'est affligeant de voir à quel point les humains sont prévisibles.

Peter avait l'étonnante capacité de se dissocier de tout groupe, humanité comprise.

— Mais j'ai l'impression que tout n'est pas dessus, continua-t-il. Elle ne consigne aucun détail de ses séances de thérapie sur le réseau de la fac et je n'arrive pas à accéder à sa boîte perso, donc j'aurais besoin que tu aies accès à tous ses ordinateurs, y compris celui qu'elle utilise à son domicile. Physiquement.

— Après la morgue, nous allons à l'université.

— Tu pourras leur dire que le directeur de leur département informatique est totalement incompétent.

— Je n'y manquerai pas.

— Non seulement l'antivirus est obsolète et leurs serveurs sont dépassés, mais leur logiciel de sécurité tourne sous Windows XP ! Windows XP ! En 2016 !

Travailler avec Peter m'avait fait découvrir beaucoup de choses et notamment que le petit cadenas censé indiqué qu'un site est sécurisé ne signifiait pas grand-chose. L'informatique n'était pas ma tasse de thé et je m'en remettais totalement à lui.

— Lynch peut avoir un mandat et tout embarquer.

— Pas tout de suite, j'ai besoin de savoir s'il y a une activité inhabituelle durant les vingt-quatre ou quarante-huit heures suivant la disparition de la femme. Quand repasses-tu au bureau ?

— Aucune idée. Je t'envoie le scan du dossier des précédentes victimes du Cinéphile. Essaie de voir s'il existe des points communs entre elles.

J'entendis Peter marmonner avant de me demander :

— Tu as toujours la clé USB que je t'ai passée ?

— Oui. Du reste, c'est quoi cette clé ?

— Je te l'ai dit : une clé USB.

— Peter, j'admets être très loin derrière toi en ce qui concerne l'informatique, mais si ce truc est une clé USB classique, moi, je suis président des États-Unis.

— C'est une clé USB qui se comporte comme un clavier quand tu la branches, concéda-t-il.

— Mais encore ?

— Un clavier qui écrira tout seul le code que je lui ai dit d'écrire à l'avance et qui, dès son lancement, exécutera des actions sur le système. J'ai besoin que tu la branches à tous les ordinateurs auxquels Maggie a pu avoir accès et que tu attendes suffisamment longtemps pour que je récupère toutes les informations dont j'ai besoin. Quelques minutes devraient suffire. Puis tu la retires et tu me l'apportes.

— Je suppose que ça n'est pas très légal.

J'entendis Peter souffler, agacé, dans le combiné avant de répliquer :

— Nous savons tous les deux que tu finiras par passer outre, donc ne perdons pas de temps à discuter de concepts aussi relatifs que la légalité.

2

— Donnie Brasco ?

Et on ose dire que les flics n'ont pas d'humour.

— On repart sur Charles Street, annonça Lynch. Une vieille insomniaque du Westminster House Senior Apartments, un immeuble de vieux situé en face du 7-Eleven, croit avoir vu quelque chose.

— Ça semble tellement prometteur qu'il serait effectivement dommage de ne pas se déplacer.

— Mme Ruth Harris aurait aperçu un homme incitant une femme correspondant peut-être au signalement de Maggie à monter sur le siège passager d'une voiture noire, développa-t-il.

— Et les feds sont au courant ?

— Oui, mais d'une part Baltimore est *mon* terrain et d'autre part, il y a une demi-heure, ils ont appelé l'assistante de Maggie. Laquelle leur a parlé de l'apprentie perle du Dîn aux sourcils trop fournis. Avec le sens de la mesure qui caractérise le Bureau, je présume que le SWAT[1] est déjà devant chez les parents.

1. Special Weapons And Tactics, les unités de police d'élite aux États-Unis.

— Vous ne pensez pas qu'elle soit impliquée ?

— Je pense que ce n'est qu'une gamine sans doute réticente à suivre la moindre consigne en cours qui erre sur un forum où œuvrent des prédicateurs de seconde zone renvoyant des paumés en quête de pseudo-pureté à l'interprétation d'un sage n'ayant probablement jamais dépassé les deux premières pages du Coran raconté aux enfants. Que certes, elle peut tout à fait s'être découvert une vocation de mère prolifique de martyrs, voire de kamikazes au nom du Prophète, mais que sa famille d'apostats a réagi avant qu'elle ne développe des velléités de se faire sauter le string en pleine rue. Et certainement bien avant qu'elle ne décide de kidnapper sa psy qu'elle n'a vue que deux fois. Sur un autre plan, Higgins a reconstitué la journée de vendredi : Maggie Exton a quitté son domicile de Washington à 7 heures hier matin. Elle est arrivée vers 8 h 30 à l'université où elle a donné trois heures de cours avant de déjeuner seule à son cabinet – d'un bagel et d'un grand *latte* qu'elle a réglés en carte de crédit à la cafétéria du campus. Elle est repartie donner deux heures de cours avant de retourner à son bureau – celui de Johns-Hopkins, cette fois – où elle a corrigé des copies jusqu'à son départ à 18 h 30. Ce qui confirme ce que nous savions, conclut-il avant de me pousser vers l'ascenseur.

*
* *

— Les vieux, il faut les recentrer. Ils s'emmerdent et adorent trouver de nouvelles personnes avec lesquelles faire causette, m'informa Lynch le doigt posé sur le bouton de l'interphone. Laissez-moi faire, sinon on en a pour la journée.

L'heure et demie qui suivit fut une longue confirmation de cet avertissement.

Assise dans son fauteuil de massage, Ruth Harris vivait de toute évidence le moment le plus excitant de toute sa vie.

— J'ai vu énormément de choses hier soir, nous informa-t-elle avant d'exhiber une paire de jumelles – cadeau de mon fils aîné pour les soixante-quinze ans de mon mari. Mais comme nous nous sommes mariés le jour de son anniversaire, je considère que ces jumelles sont un peu les miennes. Vingt-cinq heures de travail pour accoucher. Je les mérite, vous ne trouvez pas ?

Lynch hocha la tête.

— Et hier soir, vous avez vu quelque chose d'inhabituel ?

— Comme je l'ai dit au gentil inspecteur que j'ai eu au téléphone, je me suis servie une verveine et je me suis installée dans ce fauteuil. Peut-être devrais-je m'y asseoir pour vous parler, vous ne croyez pas ?

— Si cela peut vous aider dans votre témoignage, n'hésitez pas, soupira Lynch en s'extirpant du fauteuil.

Il jeta un coup d'œil à l'extérieur. La fenêtre du dixième étage du Westminster House Senior Apartments offrait effectivement une vue plongeante sur le 7-Eleven devant lequel la voiture de Maggie Exton avait été retrouvée.

— Donc, je buvais ma tisane, ce qui est fou quand on y pense car je n'aime pas ça, reprit Ruth, mais c'est la seule boisson qui me permet de digérer. Il doit y avoir une part de psychologie, qu'en pensez-vous ?

— Euh... vous devez avoir raison, donc pouvez-vous nous parler de ce que vous avez vu hier soir ?

— Je pourrais vous en parler des heures, ajouta-t-elle.

Je n'en doutais pas.

Nous apprîmes donc qu'initialement son mari et elle avaient visité un appartement plus grand au troisième étage, mais qu'il donnait sur cour donc ne présentait aucun intérêt, les voisins de cette résidence affectionnant les rideaux opaques, qu'elle digérait mal le lactose sans qu'aucune analyse de sang ait pour autant révélé une intolérance et que le petit couple résidant juste au-dessus du 7-Eleven de Charles Street battait sacrément de l'aile.

Lynch poussa un long soupir.

— Quelque chose ne va pas ?

— Vous avez indiqué à l'inspecteur avoir vu une jeune femme aux cheveux blonds, mi-longs, partir avec un homme vers 19 heures dans une voiture.

— Nous avions fini de dîner vers 18 h 35, un petit sauté de veau aux champignons très réussi. Mon mari est allé dans la chambre regarder la télé au lit et je suis restée dans le salon.

Lynch fit craquer ses phalanges :

— Pourriez-vous nous décrire cet homme ?

— Oh, lui ? C'était un homme normal. Plutôt bien mis de sa personne, ajouta-t-elle au moment où son mari débarquait dans le salon en s'étirant, une paire de sabots en plastique aux pieds et une perruque noire en synthétique sur la tête.

De là à en déduire qu'il allait falloir prendre un peu de recul sur ce qu'entendait Ruth par « plutôt bien mis de sa personne »...

— Des vêtements ?

— Il en portait. S'il avait été tout nu, je l'aurais regardé avec plus d'attention, pouffa-t-elle avant de se redresser et d'annoncer qu'il portait des « vêtements classiques ».

Lynch me lança un regard dépité et continua :

— Et vous l'avez vue monter dans une voiture ?

— La voiture de l'homme, une grosse berline noire, était en double file et bloquait la portière conducteur de la jeune femme. Elle a fait le tour de sa voiture pour monter côté passager, sans doute. Et là, l'homme s'est avancé vers elle, a ouvert son manteau et elle est montée dans sa berline. J'ai trouvé ça étonnant. Une jeune femme comme il faut ne monte pas avec un inconnu dans une voiture, ajouta Ruth.

— Et vous êtes certaine que c'était cette femme ? demanda Lynch en lui collant la photo de Maggie sous le nez.

Ruth parut réfléchir avant d'avouer que ça pouvait être elle, mais, qu'à la réflexion, elle n'en était pas certaine.

3

Baltimore, 9 h 30

La morgue de Baltimore n'était qu'à deux kilomètres et demi de l'appartement des Harris, mais Franklin Street était tellement embouteillée que malgré la sirène enclenchée par Lynch et ses « mais dégage ta caisse, putain ! » proférés par la fenêtre ouverte, nous mîmes plus d'une demi-heure à y arriver.

— J'espère que Brenner a trouvé quelque chose. Si notre enquête se fonde sur le témoignage d'une octogénaire qui croit avoir vu une femme susceptible d'être Maggie, mais c'est loin d'être certain, qui serait entrée dans une voiture « comme on en voit souvent », sous l'insistance cordiale d'un « homme normal » dont elle n'a pas vu le visage, mais dont elle pense qu'il a ouvert sa veste alors qu'il pleuvait, ça n'est pas gagné.

— Vous pensez qu'il avait une arme ?

— Probablement. Autrement, comment obliger une femme à monter en pleine rue dans une voiture sans que personne s'en rende compte ?

Lynch négocia un virage serré, pila et se gara sur deux places avant de m'entraîner vers un grand bâtiment en brique aux larges ouvertures vitrées, récemment rénové.

Derrière le comptoir, un donut recouvert d'un glaçage rose vif dans une main et le *Baltimore Sun* qui faisait ses gros titres sur la disparition de Maggie dans l'autre, un sexagénaire en surpoids nous accueillit en soufflant.

Trente-cinq ans comme gardien de morgue ne l'avaient apparemment pas dissuadé de se fendre d'un vibrant « encore un, c'est vraiment terrible » assené avec un tel étonnement qu'on était en droit de se demander s'il avait vraiment conscience de ce qu'il se passait de l'autre côté de la double porte.

Deux brancardiers arrivèrent et déchargèrent d'une ambulance une civière surmontée d'un corps protégé par une housse noire, déclenchant une nouvelle salve de lamentations du gardien qui, entre deux soupirs déchirants, parvint néanmoins à nous indiquer la direction du bureau du Dr Brenner.

Nous pénétrâmes dans le couloir au rythme du cliquetis métallique de la civière sur le carrelage blanc et fûmes assaillis par l'accablante odeur des relents de mort mêlés au désinfectant industriel.

— Ça pue, grimaça Lynch à qui je faillis faire remarquer que l'odeur de sa voiture n'était pas beaucoup plus supportable.

Nous entrâmes dans une pièce d'une dizaine de mètres carrés. Sur des étagères étaient disposés des crânes et des bocaux contenant ce que j'identifiai comme des organes dans du formol. Sur une table, une pile de certificats de décès en équilibre instable côtoyait des photos d'autopsies pendant que des vêtements maculés de sang pendaient à une patère. Dans un bocal ouvert trempaient deux mains.

Brenner entra et déposa négligemment sur son bureau un carton d'ossements.

— Doc, c'est vraiment dégueulasse, grimaça Lynch.

— Ils sont nickel, protesta-t-il. Il ne reste plus de chair, j'ai tout nettoyé. Vous voulez un beignet ?

— Je parlais des mains.

— Je les réhydrate afin de prendre les empreintes plus facilement.

— Vous avez arraché les mains d'un cadavre ?

— Je les ai temporairement séparées du reste de son corps, éclaircit Brenner.

— Vous êtes un vrai malade.

— Comparé au type qui embaume ses victimes, je suis l'équilibre mental fait homme.

Dans la salle attenante, deux jeunes internes étaient occupés à chronométrer le temps passé à « ouvrir un cadavre de la langue aux couilles », comme nous l'expliqua Brenner d'un ton soupçonneusement guilleret.

— Trois minutes cinquante-sept, déclara le plus gringalet d'un ton triomphant avant que Brenner ne leur intime l'ordre de finir de travailler en silence.

— Dix-sept ans. Il a reçu une balle de 9 mm à tête creuse, exposa leur chef. Je finance ma résidence secondaire grâce au deuxième amendement de la Constitution et à la bêtise des Américains. Il suffit d'une fusillade pour que les ventes d'armes à feu explosent. Cinquante-cinq millions d'abrutis pensent qu'ils seront plus libres s'ils conservent des armes chez eux. Si on suit leur logique de consanguins, il faudrait leur permettre de garder dans leur sous-sol une ou deux bombes atomiques pour accéder à la liberté la plus totale. Enfin, soupira-t-il. Dans moins d'une heure, celui-là sera fin prêt à être honoré d'un PowerPoint programmé sur une musique de merde.

— Le respect dont tu fais preuve envers nos défunts me surprendra toujours, grommela Lynch.

— Règle d'or quand tu es légiste : rien ne sert de se soucier des morts. Ils n'en ont pas conscience. Ce sont des tas de viande, qui, un jour, ont eu un pouls. Je n'ai pas que vous à servir, vous venez ?

Nous le suivîmes et fûmes accueillis par l'air pestilentiel de la chambre froide où, sur la table de dissection en aluminium, gisait le corps de Claire Spencer.

— On vient juste de la passer au CT-scan afin de déterminer comment l'autopsie doit être planifiée et nous avons identifié une zone lésée *ante mortem*.

— *Ante mortem* ? Vous êtes sûr ?

Brenner leva les yeux au ciel avant de me prendre à témoin.

— Il me demande si je suis sûr ! Évidemment. Un os mort ne peut pas se déformer. Regardez !

— Je dois vraiment ?

— Ceci est une entaille à lèvres recourbées qui ne peut avoir lieu que sur un os vivant.

— Causée par ?

— Une lame, je dirais, continua-t-il en posant l'os sur la platine du microscope avant de l'examiner.

— De quelle taille ?

— Vous ne voulez pas la marque et le nom du fournisseur, non plus ?

Devant notre air déconfit, il se hâta d'ajouter :

— C'est une lame dentelée, c'est tout ce que je peux vous dire. Elle a été enfoncée dans la poitrine, ce qui n'est pas logique. Si je devais atteindre le cœur d'une personne de la manière la plus efficace, j'opterais pour une lame longue et fine, développa-t-il.

— Si vous pouviez nous épargner vos projets d'avenir… il a dû se passer quelque chose. Claire Spencer s'est peut-être défendue, il a paniqué…

— Elle a été éventrée comme un poulet, les fluides ont été remplacés par une solution de formol mélangée à du sulfate de zinc. Pour les analyses sanguines, c'est cuit. On ne peut pas non plus analyser ses cheveux étant donné qu'il les épile avant de leur mettre une perruque.

— Il leur épile les cheveux ?

— Tout à fait. Certaines esthéticiennes devraient en prendre de la graine, il n'y a pas un poil qui reste. Il a également procédé à des injections de glycérine dans le système circulaire pour compenser la déshydratation post-embaumement et injecté de la paraffine dans son visage pour lui donner cet air endormi et paisible. Il lui a probablement massé régulièrement le visage afin qu'il reste détendu.

— Du travail de pro.

— Vous pouvez le dire. Les incisions ont été parfaitement dissimulées et les sutures effectuées avec du matériel de professionnel. L'incision est propre, pratiquée au scalpel, et les points sont réguliers. Je n'ai relevé aucun indice de pénétration, il n'y a aucune blessure de défense sur les mains ou les bras. Il l'a gardée attachée un certain temps, comme l'indiquent les marques de liens relevées sur ses chevilles et ses poignets.

— Il l'a probablement droguée par surprise puis l'a attachée.

Brenner hocha la tête avant de continuer d'égrener la litanie de ses observations tout en jouant les hommes-orchestres au-dessus de la dépouille de Claire Spencer.

— Il a fermé la bouche en cousant la mâchoire. Si vous vous donnez la peine de regarder, vous verrez que le fil de suture est enfilé à travers la mâchoire inférieure au-dessous de la gencive, précisa-t-il en faisant soigneusement sauter les points.

Penché sur la bouche du cadavre, s'aidant d'une espèce de cure-dent métallique, il recueillit quelque chose qu'il brandit triomphalement dans un glapissement victorieux.

— Bien, bien, bien !

— Qu'est-ce que c'est ?

— Un reste de nourriture, continua-t-il en plaçant sa trouvaille sous un microscope avant d'annoncer, au comble de l'excitation : un cookie aux deux chocolats de chez Starbucks.

— Vraiment ?

Brenner secoua la tête :

— Bien sûr que non, enfin ! C'est juste une miette restée coincée dans une dent cariée, donc creuse, mais c'est intéressant. Je vais la faire analyser et peut-être trouvera-t-on quelque chose. L'embaumeur a effectué une injection pour vider ses veines avant de démarrer l'embaumement des artères. Même si elle a été empoisonnée par injection, l'embaumement a détruit les preuves. Sauf dans l'humeur vitrée de l'œil, nous expliqua-t-il avant d'enfoncer une seringue dans l'œil de Claire.

Après avoir procédé à nombre de prélèvements dont chacun suscita une grimace de Lynch, Brenner entrouvrit la cage thoracique, faisant claquer les côtes une à une.

— Vous devriez procéder de manière encore moins délicate.

— Si je ne suis pas pédiatre, ce n'est pas pour rien, rétorqua Brenner en commençant à farfouiller dans les viscères, un sourire inquiétant aux lèvres. Apparemment, il n'y a pas eu empoisonnement, annonça-t-il en tripotant un organe. Vous voyez ?

— Qu'est-on censé voir ?

— S'il y avait eu empoisonnement, on aurait une coloration rouge sombre au niveau de l'estomac, ce qui n'est pas le cas. Mais cette interprétation est sujette à caution puisque les organes internes ont été remplis d'un fluide d'embaumement.

Il continua son exploration et trente minutes plus tard recouvrit le corps d'un drap qu'il arrangea soigneusement.

— Quand aurons-nous votre rapport ?

— J'ai une victime d'incendie dont les os ont éclaté sous l'effet de la chaleur. Je préfère ne pas vous parler de l'odeur.

— C'est très généreux de votre part, mais cela ne répond pas à ma question.

— Après celle-ci et le mort par asphyxie autoérotique – Claire Spencer lui a ravi la place sur le podium, même ça, il l'aura raté, pas de pot –, et dès que j'aurai reçu les analyses du labo, je me mettrai à la rédaction du rapport.

4

Baltimore, 11 h 15

— Direction Johns-Hopkins, annonça Lynch en allumant l'autoradio et en pilant d'un coup, me projetant en avant. Vous aviez vu le vélo ?

— Oui, mais ce doit être parce que j'ai la faiblesse de jeter un coup d'œil dans ce petit miroir qu'on appelle « rétroviseur ».

— Monsieur est un puriste, je vois, soupira Lynch en allumant la radio.

CNN aborda la disparition de Maggie Exton juste après l'inventaire des mesures d'Obama visant à renforcer le contrôle des armes à feu.

— Colmater les failles du système en vigueur en clarifiant la définition d'un vendeur d'armes ne plaît pas à tout le monde, remarqua Lynch en grillant une priorité. Son discours du 5 janvier était très bien. Rédigé par votre ami, je suppose ?

— Probablement.

Même si ses fonctions de chef de cabinet adjoint ne l'impliquaient pas, Martin préparait lui-même les discours les plus politiquement sensibles du président.

La veille, j'avais reçu un appel de mon père, qui, bien que fervent défenseur du droit au port d'armes, m'avait demandé si « le petit Exton » était dans le coup. Devant ma réponse positive, il avait admis qu'obliger les vendeurs à contrôler davantage les antécédents psychiatriques des acheteurs n'était finalement pas une mauvaise idée.

Mon père avait toujours beaucoup apprécié Martin.

— Vous saviez que votre ami dirigeait la rédaction des discours sur l'état de l'Union ? reprit Lynch.

— Oui, et je peux même vous dire que mes parents les écoutent avec délectation. Et je doute qu'ils aient déjà voté pour un candidat démocrate depuis l'assassinat de JFK.

Ma poche vibra et je sortis mon téléphone.

— Du nouveau ?

— Un SMS de ma mère, si vous voulez tout savoir.

De dix lignes, en lettres capitales et sans ponctuation, pour me demander si mon père et elle devaient préparer la voiture pour venir à Washington. Je leur répondis d'attendre et rangeai mon portable sous les yeux goguenards de Lynch.

— Elle vérifie que vous avez bien pris vos vitamines ?

— Elle vient d'allumer la radio et d'apprendre la disparition de Maggie. Elle veut savoir si Martin a besoin d'eux.

— Je doute que le chef de cabinet adjoint du président des États-Unis d'Amérique ait besoin des parents de son ancien pote de fac, bougonna Lynch qui, de toute évidence, n'avait pas commencé à se renseigner sur Martin. C'est la première fois qu'il y a une blessure *ante mortem*, me fit-il remarquer. Sur le cadavre de Claire Spencer.

— Elle a peut-être résisté ?

— C'est ce que je pense. S'il y a une trace, même infime, Brenner la trouvera. Il est bon, conclut-il avant de changer de station.

Fox News avait eu le temps d'établir une biographie de Maggie et de Martin et deux animateurs rivalisaient d'hypothèses plus improbables les unes que les autres

— Je ne savais pas qu'il avait travaillé pour le cabinet Peabody, Sherman et Hawles, je pensais qu'il avait toujours bossé dans la politique, ajouta Lynch.

Martin avait toujours été intimement convaincu que l'action des États-Unis était fondamentalement bénéfique au déroulement de l'histoire humaine. Autant dire que la guerre d'Irak et l'échec de la *Blitzkrieg* contre « l'axe du Mal » l'avait laissé hébété. Et les témoignages des anciens soldats de retour au pays avaient été très loin de le rassurer. Envoyés pourchasser Satan, ils avaient constaté que les populations irakiennes auxquelles ils étaient venus porter la bonne parole de la démocratie ne les avaient pas reçus à bras ouverts.

Tout ceci l'avait tellement ébranlé qu'il avait mis son engagement politique de côté pour consacrer tout son temps libre à une association de réinsertion aux vétérans victimes de l'effet domino : ces anciens combattants rentraient traumatisés dans un pays qui, certes, leur était reconnaissant, mais ne les comprenait pas.

Un ancien combattant sur six souffrait de séquelles psychologiques, l'empêchant de reprendre sa vie là où il l'avait laissée. Le passé de ces hommes effrayait les employeurs potentiels. Martin avait incité l'association à ouvrir des consultations psychiatriques. Un matin, une jeune psychiatre avait débarqué : Maggie.

Deux ans plus tard, en 2009, Barack Obama ordonnait la création d'une commission chargée de juger l'efficacité du système. Le Congrès vota l'augmentation de 15 % du budget du ministère des Anciens Combattants et une loi sur « l'embauche des héros » accordant des réductions fiscales aux entreprises recrutant des anciens combattants fut promulguée.

Désireux de savoir ce qui pouvait être entrepris pour une meilleure réinsertion, il dépêcha deux de ses conseillers sillonner le pays pour interroger les acteurs en présence et dresser un état des lieux de la situation des vétérans.

Ils revinrent de leur entrevue avec Martin munis d'un épais rapport comportant un diagnostic circonstancié de la situation ainsi que cinquante pages de propositions argumentées et chiffrées. La semaine suivante, Martin intégrait le cabinet du président pour y occuper le poste de conseiller aux affaires sociales. En 2012, il devint chef de cabinet adjoint de la Maison-Blanche.

5

Maggie Exton avait installé son cabinet en bordure du campus de l'université Johns-Hopkins dans un petit immeuble en brique rouge en retrait de la rue, entouré d'une pelouse soigneusement entretenue. Le parking était plein et la salle d'attente bondée lorsque nous entrâmes dans la zone d'accueil du rez-de-chaussée.

La réceptionniste feuilletait le *Daily* qui conseillait aux femmes trentenaires de ne plus sortir de chez elles seules et d'investir dans une bombe lacrymogène. Voire, pour les plus aisées d'entre elles, d'installer une porte blindée et une alarme dernier cri. Il concluait en expliquant, avec force témoignages de « l'entourage de la victime », que Maggie se sentait traquée.

— J'aimerais bien savoir qui ils ont interrogé. Higgins essaie de reconstituer son entourage et même ma femme, qui n'est pas particulièrement sociable, a plus d'amies qu'elle. Des collègues, des relations de travail, elle en a, mais des amies, aucune, m'expliqua Lynch, confirmant ce que Peter avait trouvé et ce que je connaissais d'elle.

J'avais rencontré Maggie pour la première fois en 2010, lorsque Martin l'avait demandée en mariage et avait voulu la présenter à ses proches.

Ses parents, convaincus qu'avoir fait élever leur fils unique par des tiers avant de le coller en pension à l'âge de neuf ans leur conférait une expérience pertinente en matière d'éducation, visitaient des écoles publiques où ils se faisaient photographier en présence de tous les élèves savamment briefés pour remercier leurs nouveaux bienfaiteurs. Le père de Martin, qui nourrissait des ambitions politiques, avait créé une fondation de soutien aux écoles publiques du pays et sa mère trouvait très exotique de côtoyer des enfants après avoir passé trente-cinq ans à soigneusement éviter le sien. Ils cherchaient encore un moment de libre dans leur agenda pour rencontrer la fiancée de leur fils lorsque Martin avait débarqué à Muddy Gap avec Maggie. Une jeune femme solaire.

Elle nous avait enchantés, s'intéressant à chacun d'entre nous, riant aux anecdotes que lui racontait ma mère, déclenchant un tonnerre d'admiration lorsqu'elle avait monté à cru. D'elle, nous n'apprîmes rien ou presque. Elle avait perdu ses parents peu de temps avant son entrée à Harvard, adorait lire et travaillait énormément. En revanche, elle rentra à Washington en connaissant les prénoms des amies de ma mère, les jouets préférés des enfants de chacun de mes frères et disposant d'un état des lieux particulièrement détaillé de la culture de la betterave dans le Wyoming. Maggie était brillante, réservée et avait la faculté de vous donner l'impression que vous étiez la personne la plus intéressante qu'elle ait jamais rencontrée.

— Vous en avez pensé quoi ?

— Maggie est une femme intelligente, amoureuse de mon meilleur ami et qui prend son bien-être à cœur. Autant vous dire qu'elle m'a beaucoup plu.

CBS annonçait la tenue d'une conférence de presse « donnée par le mari de la femme disparue, Martin Exton, chef de cabinet adjoint de la Maison-Blanche ».

— Il a été briefé par Guildenstein, m'informa Lynch. Il répétera le prénom de son épouse à intervalles réguliers, il suppliera son ravisseur de la relâcher. Je doute de l'utilité d'une telle démarche, mais j'évite de m'opposer trop souvent à mon chef.

— Sauf lorsqu'il s'agit de travailler avec moi.

— Voilà. Il faut choisir ses croisades avec précaution. Surtout lorsqu'on voit le résultat, grommela-t-il.

L'assistante de Maggie sortit de son bureau et nous accompagna dans une salle d'attente bondée.

— Quand on pense que tous ces gens sont névrosés, ça fait peur, chuchota Lynch. Je pensais qu'il y avait un système destiné à éviter que tous ces tarés soient en même temps dans une même pièce.

— Apparemment ils n'ont pas été informés de la disparition de leur thérapeute. Et par ailleurs, si névrosés il y a, il ne s'agit que d'enfants.

— Ça se voit que vous n'avez pas étudié la génétique. Si ça se trouve, le coupable est ici. Regardez ce môme ! Il doit avoir quatre ans et ses parents l'emmènent déjà chez un psy. Vous trouvez ça normal ?

— Il paraît que le Dr Exton a disparu. Vous êtes déjà là ? On ne doit pas attendre vingt-quatre heures pour une disparition ? s'enquit un adolescent habillé en tenue de camouflage et de toute évidence biberonné aux séries télévisées.

— Pas quand c'est la femme du chef de cabinet adjoint de la Maison-Blanche, non, répliqua Lynch avant de suivre l'assistante qui nous fit entrer dans une pièce de belles dimensions non sans avoir aigrement précisé que des agents du FBI étaient passés avant nous et qu'elle espérait que nous ne serions pas trop longs parce qu'elle avait du travail, elle.

*
* *

Outre l'inévitable canapé, la pièce s'agrémentait d'un tapis sur lequel étaient disposés des jeux. À l'écart, un immense bureau en acajou faisait face à deux sièges en cuir.

— Comment cela se fait-il que les patients soient encore là ? demanda Lynch pendant que je m'approchais du bureau, la clé USB de Peter cachée dans ma paume.

— Certains viennent de loin, répliqua l'assistante. Vous seriez étonné d'apprendre le nombre de kilomètres que font certains patients pour venir la voir en consultation. Maggie est exceptionnelle.

— Beaucoup de personnes sont terrifiées à l'idée que leur entourage apprenne qu'elles vont voir un psy, nuança Lynch avant d'enchaîner : son agenda n'indique pas de rendez-vous vendredi après 18 heures.

— Parce qu'il n'y en avait pas, rétorqua l'assistante sèchement. Sa secrétaire à l'université et moi-même partageons l'agenda du professeur Exton.

Je me dirigeai vers le bureau et attrapai un dossier pour me donner une contenance et me positionner suffisamment près pour enfoncer la clé de Peter dans le port USB du portable laissé en veille.

— Admettons qu'elle ait eu un rendez-vous impromptu. Aurait-il été noté ? continua Lynch.

À l'idée que l'on puisse remettre son professionnalisme en question, la jeune femme se cabra d'indignation.

— Je l'aurais évidemment noté, répliqua-t-elle sèchement. Tout passe par moi, se rengorgea-t-elle. Après son cours elle rentre directement à Washington.

— Maggie Exton s'est arrêtée en chemin au 7-Eleven de Charles Street. Cela figure-t-il également dans votre précieux agenda ?

Tempête sous un crâne.

— Elle y a probablement fait ses courses, proposa-t-elle.

— Personne ne « fait ses courses » au 7-Eleven. De toute façon, le caissier nous a dit qu'elle avait acheté des Coors Light.

— Maggie ne boit pas de bière, éventuellement un verre de vin à l'occasion, mais certainement pas des Coors Light, déclara-t-elle d'un ton qui ne laissait place à aucune discussion.

Je récupérai la clé de Peter et reposai le dossier alibi lorsque des éclats de voix nous firent sursauter.

Une adolescente, dont la panoplie gothique semblait avoir été choisie pour hurler qu'elle allait mal, se débattait violemment pendant que son père essayait de la contenir et que sa mère se tordait les mains en jetant des regards affolés autour d'elle.

— Je n'y retournerai pas, j'espère qu'elle est morte ! se mit-elle à hurler.

Lynch s'approcha de l'assistante :

— Je veux les dossiers de tous les patients du Dr Exton. Maintenant ! ordonna-t-il avant de ceinturer la jeune fille et de l'emmener *manu militari* dans le cabinet de Maggie qu'il ferma derrière nous.

Il se dirigea vers le minifrigo, attrapa une bouteille d'eau et la vida sur la tête de la jeune fille.

— Vous êtes calmée, maintenant ? Je suis le chef Thomas Lynch, police de Baltimore, et j'enquête sur la disparition du Dr Exton. Je pense que nous avons deux, trois mots à nous dire, conclut-il en lui lançant une boîte de kleenex.

Madeline Zeller était l'une de ces jeunes filles pour lesquelles un contrôle de maths raté était le signe précurseur d'une vie d'emplois précaires et de délinquance. Lorsqu'un élève de dernière année lui avait proposé de lui donner des cours particuliers de sciences, elle n'avait donc pas hésité une seconde. Deux semaines plus tard, il l'enfermait dans sa chambre et la violait.

— Vous n'avez pas le droit de me forcer à parler de lui, déclara-t-elle.

— Lui ?

— Ethan Ottman.

— Personne ne va vous forcer à parler de votre agresseur, la rassura Lynch.

— Le Dr Exton, si. « Et Ethan Ottman était-il intelligent ? Et diriez-vous qu'il avait une bonne mémoire ? Pourriez-vous décrire son comportement ? Avait-il changé, récemment ? » Mais je m'en fous de savoir s'il a changé ! Il m'a violée, alors son QI, je m'en tape. Je ne veux plus jamais entendre parler de ce monstre ! Vous savez, je ne le pensais pas vraiment lorsque j'ai dit que j'espérais qu'elle soit morte, ajouta-t-elle en reniflant.

Lynch hocha la tête et nous prîmes congés. Nous repartions vers la voiture lorsqu'il m'attrapa par le bras.

— Je ne suis pas aveugle. Avant que la gamine pique sa crise, je vous ai très bien vu tripoter l'ordinateur de Maggie Exton.

— Venez à Washington. Je vous présenterai quelqu'un qui saura vous en dire plus.

Nous repartîmes dans sa poubelle roulante et je commençais à éplucher les dossiers des patients de Maggie quand Lynch pila littéralement, déclenchant un concert de klaxons derrière nous.

Sans s'émouvoir, il haussa les épaules et posa le gyrophare sur le toit avant de remonter la rue en marche arrière à moitié sur le trottoir et de tourner à gauche. Il s'installa à cheval sur deux places de parking et coupa le contact.

— Je peux savoir ce qu'il se passe ?

— Déjà, j'ai faim. Et sur le trajet Johns-Hopkins-Washington, si vraiment le 7-Eleven est un incontournable, on ne va pas à celui de Charles Street. On va à celui-là. Sur Washington Boulevard. Personne ne s'emmerderait à faire un détour et se garer sur un trottoir alors que celui-ci est sur le chemin et dispose d'un parking. Et là, elle peut vraiment « faire ses courses », le magasin est plus grand.

Lynch sortit de la voiture et nous nous rendîmes au 7-Eleven où la responsable nous dit ne jamais avoir vu Maggie et en profita pour demander à Lynch ce qu'il comptait faire pour les femmes trentenaires qui avaient peur. Tout en attrapant plusieurs paquets de chips, quatre sandwichs et une kyrielle de barres chocolatées, Lynch lui conseilla de suivre les conseils du *Daily* et se tourna vers moi :

— Il y a autre chose. Elle a envoyé un texto à son mari à 18 h 55 indiquant qu'elle rentrerait juste avant 22 heures et irait récupérer des vêtements au pressing. D'après son mari, elle emprunte l'Interstate 495 N et l'Interstate 95 N, ça fait une soixantaine de kilomètres, elle y est en un peu plus d'une heure si elle respecte les limitations de vitesse. Alors qu'elle a quitté son bureau à 18 h 45. Même avec des embouteillages et une pause au 7-Eleven, elle aurait dû annoncer son retour vers 20 heures-20 h 15 grand maximum. Qu'est-ce qu'elle fout pendant ces deux heures qui manquent ? Elle boit ses bières ?

6

Moins d'un an après avoir emmené en catastrophe Martin chez mes parents, une poignée de kamikazes armés d'un manuel de pilotage et de cutters précipitèrent des avions commerciaux sur des immeubles et le Bureau plongea dans une culture d'oppression dont je ne l'aurais jamais cru capable.

Sept années au FBI m'avaient appris que le Bureau était capable du meilleur comme du pire, mais le 11-Septembre et les semaines qui suivirent me montrèrent que j'étais loin du compte.

Le 18 septembre 2001, des courriers contenant de l'anthrax furent adressés à des journalistes du *New York Post*, de la NBC et du *Sun*, et le FBI perdit les dernières bribes de sens commun qui n'avaient pas disparu avec les tours jumelles.

Le début de l'opération Amerithrax marqua le commencement d'une période délirante. Consacré fer de lance de la guerre que les États-Unis venaient de déclarer au nouvel axe du Mal et à sa diaspora terroriste, le FBI se mit à interroger des milliers de citoyens américains sous le seul prétexte de leur confession musulmane. Autorisation fut donnée aux fédéraux de placer sur écoute sans mandat les communications de toute personne susceptible de posséder des informations liées aux affaires terroristes. Désormais, nous pouvions infiltrer les réunions publiques et les lieux de culte sans preuves et mener des enquêtes préventives avec la bénédiction de l'opinion américaine devenue antimusulmane.

J'observais l'organisation pour laquelle j'aurais donné ma vie sombrer dans le maccarthysme et tentais vainement de savoir où j'en étais alors que Joe, mon agent traitant, venait d'être muté dans le Massachusetts. Amid Aberkan, l'apprenti kamikaze que j'avais formé malgré moi, avait été retrouvé pendu en prison. Deux autres membres de la cellule avaient tenté de s'enfuir avant d'être rattrapés *in extremis* par mes collègues mais les effectifs des apprentis terroristes de la cellule que j'avais infiltrée augmentaient de mois en mois. Le Bureau perdait pied. Des collègues sous couverture franchirent la ligne blanche. Lorsque j'appris que Joe avait délibérément fermé les yeux sur les agissements de John Connolly, un agent infiltré dans la mafia italienne de Boston, condamné à quarante ans de prison pour avoir tenu son parrain au courant des moindres avancées de la police locale le concernant, je décidai d'arrêter les infiltrations et me fis muter au bureau de Denver, le plus proche de Muddy Gap.

Mes quatre frères s'étaient tous mariés et vivaient dans un rayon de trois kilomètres autour de la ferme familiale. J'avais une ribambelle de neveux et nièces que je ne connaissais quasiment pas et venais de rencontrer une femme que l'évocation de mon métier ne faisait pas partir en courant.

Conjonction des astres qui ne restèrent pas longtemps alignés puisqu'en 2013 je fus muté à Memphis, Tennessee, berceau du blues abritant la maison d'Elvis à Graceland, le festival musical de la côte Est et les berges langoureuses et luxuriantes du Mississippi, mais également classée quatrième ville des États-Unis pour son taux de crimes violents, d'activités de gangs, de pauvreté généralisée et de corruption des fonctionnaires.

Je découvris alors Blue C.R.U.S.H[1], un logiciel d'analyse prédictive fondé sur des algorithmes, rassemblant avec l'aide de caméras et des forces de police un maximum de données sur les crimes et délits survenant sur Memphis. Ces données étaient ensuite traitées par l'ordinateur qui, sous forme de statistiques, faisait émerger des tendances et des probabilités sur lesquelles les policiers se fondaient pour régler leurs patrouilles.

Sur le papier, le principe était simple : les criminels avaient certains comportements qu'il était possible de modéliser et d'entrer dans Blue C.R.U.S.H. En intégrant certains facteurs aussi variés que la météo ou le jour de paie, les forces de police pouvaient déterminer où le prochain crime pourrait avoir lieu. Il suffisait ensuite

1. « Blue Crime Reduction Utilizing Statistical History. »

d'envoyer les policiers dans les *hot spots* – les endroits que l'ordinateur décrétait comme présentant la plus forte probabilité qu'un crime survienne – pour qu'ils interviennent avant que le délit ne se produise.

Les autorités de Memphis ne tarissaient pas d'éloges sur ce logiciel et assuraient que la criminalité avait baissé de 30 %, les crimes violents de 15 %, et invitaient des fonctionnaires du monde entier à venir s'extasier devant le logiciel prodige. Une délégation allemande se trouvait dans les locaux lorsque Blue C.R.U.S.H. nous informa qu'un cambriolage orchestré par un groupe de jeunes fin soûls et probablement non armés était en cours. Laissant mon partenaire expliquer aux fonctionnaires teutons à quel point ce logiciel avait changé nos vies, j'embarquai une jeune recrue et rejoignis le *hot spot*. Durant le quart d'heure de trajet qui nous séparait du lieu identifié du cambriolage, Will Thomson, vingt-quatre ans, me montra la bague de fiançailles qu'il comptait offrir à sa petite amie. Ils s'étaient connus au lycée, elle donnait des cours dans une école du quartier et il espérait être promu d'ici deux ans. Sans doute s'établiraient-ils plus au nord de l'État. Ils étaient tous les deux originaires d'Union City et espéraient bien y retourner fonder une famille. Faire garder leurs enfants par la famille était plus prudent que les confier à des inconnus. Une bonne éducation limitait les risques de dérive. Les pauvres gosses que nous nous apprêtions à appréhender n'avaient sans doute pas eu cette chance.

Nous sortions de la voiture lorsque la première balle tirée par les fusils d'assaut M4 que les pauvres gosses s'étaient procurés l'atteignit à l'abdomen. Il hurla de douleur et s'effondra. Je plongeai sous la voiture, rampai jusqu'à Will et tentai de le mettre à l'abri avant d'appeler du renfort, conscient de l'inutilité de mon arme de service face aux salves tirées par des Bushmaster XM15 dont l'expertise indiquerait qu'ils avaient été modifiés pour être encore plus létaux. Les sirènes des renforts retentissaient au loin lorsque le feu se déclencha au niveau du réservoir de notre voiture de fonction. Tout en continuant d'appuyer sur l'abdomen de Will, je tentais de le tirer plus loin, comptant sur le fait que les rafales de balles s'espaceraient lorsque nos assaillants réaliseraient que la moitié des effectifs de la police de Memphis arrivait sur place.

Peine perdue. J'avais à peine réussi à nous tirer derrière la voiture qu'une rafale me fit partir en arrière. Je restai allongé sur le dos, complètement sonné, essayant d'évaluer les dégâts, lorsque le premier véhicule arriva. Les deux policiers réussirent à détourner suffisamment l'attention des tireurs pour que je continue à tirer Will vers un abri, mais les tirs pleuvaient encore lorsque la voiture explosa.

Comme me l'expliqua le commissaire quelques jours plus tard à l'hôpital, ce que Blue C.R.U.S.H. avait pris pour une bande de jeunes désireux de se payer la réserve d'alcool et la caisse d'une épicerie de quartier était en réalité deux bandes rivales en plein règlement de comptes. L'arrivée d'une voiture de police avait momentanément apaisé leurs dissensions puisque tous nous avaient pris pour cible. Will Thomson ne demanderait jamais sa petite amie en mariage, mais lorsqu'elle vint me rendre visite, un mois plus tard, je constatai qu'elle portait la bague qu'il comptait lui offrir en pendentif.

Deux jours plus tard, je quittai l'hôpital et démissionnai du Bureau.

7

Légitimement pénétré du bonheur procuré par la certitude de ne plus travailler dans la ville figurant dans le top ten des métropoles américaines les plus sales, j'annonçai à ma femme que j'allais suivre son conseil et ouvrir un cabinet de détective privé à Washington.

Je m'abstins de lui préciser que je comptais amasser suffisamment d'argent pour le fermer au bout de cinq-six ans et mettre mon plan, élaboré durant mes trois semaines d'hospitalisation, à exécution. Il serait toujours temps de la mettre au courant. Sarah m'aimait et me suivrait. Même si elle était citadine dans l'âme, mon projet ne pourrait que la séduire. Je n'avais aucun doute là-dessus.

Rien ne se passa comme prévu.

Au lieu de sauter de joie à l'idée d'aller vivre dans sa ville préférée, Sarah prit un air désespéré.

Qu'elle décide de rester quelques mois de plus à Memphis, qu'elle avait pourtant qualifiée de « poubelle de Satan » à notre arrivée, me mit certes la puce à l'oreille, mais en fervent partisan de la stratégie du déni, je ne dis rien.

Si Sarah ne m'avait pas suivi, Peter, alors informaticien au bureau du FBI à Memphis, avait fait immédiatement ses valises.

Sans que je le lui demande.

Ce qui devait être une cohabitation temporaire s'était révélée plus que durable puisqu'il squattait la chambre d'ami du trois pièces que j'occupais depuis désormais quinze mois et ne montrait aucune velléité d'en partir malgré mes appels du pied plus que fréquents.

Sur trois cent vingt-cinq millions d'habitants que comptaient les États-Unis, Peter n'en supportait apparemment qu'un : moi.

Loin du cliché du geek arborant son sweat à capuche et son asocialité en bandoulière, Peter ressemblait plutôt à un comptable du New Jersey avec ses cheveux roux soigneusement séparés par une raie sur le côté, ses improbables chemisettes et ses costumes mal coupés. Il fallait attendre qu'il parle pour comprendre qu'il était différemment câblé du reste des humains.

Lorsque nous arrivâmes dans les locaux que je louais à Foggy Bottom, Peter continua de pianoter sur son clavier.

— La clé, exigea-t-il sans lever les yeux de son écran.

Pour Peter le protocole avait toujours été le seul code qu'il était incapable de déchiffrer. Depuis trois ans que je travaillais avec lui, j'avais entériné le fait que la seule chose susceptible de lui faire lever son postérieur de sa chaise lorsque quelqu'un entrait dans la pièce serait éventuellement l'alarme à incendie. Que le directeur du FBI débarque et que nous soyons tous au garde-à-vous et lui avachi sur son siège ne lui avait jamais posé aucun problème.

Peter avait dit bonjour une fois dans sa vie : le jour de l'oral du MIT. Depuis, il ne s'embarrassait plus des convenances sociales.

Lynch me jeta un regard interrogatif, auquel je répondis par un haussement d'épaules, et tendit sa main à Peter qui fronça les sourcils :

— 34 % des Américains ne se lavent pas les mains en sortant des toilettes et parmi les 66 % qu'un novice pourrait qualifier d'hygiéniques, 95 % ne le font pas correctement. 70 % des microbes sont transmis par un contact manuel.

Lynch se tourna vers moi. En matière de statistiques, il avait trouvé son maître. Je déposai la clé USB sur le coin du bureau. Peter l'inséra dans un port et commença à parler.

— J'ai trouvé pas mal d'infos sur Maggie et je peux vous garantir que ce n'est pas une utilisatrice lambda.

— Que fais-tu de tes « c'est affligeant de voir à quel point les humains sont prévisibles, son mot de passe, c'est "Harvard" et son année de naissance » ?

— Justement, ça ne colle pas. Sur le réseau et son ordinateur à l'université, il n'y a rien. Un mot de passe qui appelle au piratage, des mails pro, des allers-retours d'articles dans des revues spécialisées, un historique de recherches sans aucune fantaisie, bref, le coup classique. À son cabinet, c'est une tout autre histoire. Elle a chiffré le disque dur, activé la double authentification sur Dropbox et se sert de Signal.

— Traduction ?

— Une messagerie chiffrée de bout en bout. Seuls l'émetteur et le récepteur d'un mail peuvent le lire en clair. Il reste chiffré sur les serveurs de Signal et impossible à déchiffrer à distance par des tiers.

— Tu ne vas pas pouvoir le déchiffrer ?

Peter me lança un regard courroucé :

— Bien sûr que si. Ça va juste me prendre plus de temps. Le seul ordinateur parfaitement sécurisé est un ordinateur débranché dont personne ne se sert. Elle s'est servie du sien donc je vais retrouver ce dont tu as besoin. Et au-delà. Elle surfe sur le net avec TAILS, reprit-il.

— Il va continuer à parler de manière cryptée longtemps ? s'enquit Lynch.

Peter décida que connaître l'identité de celui à qui il avait refusé de serrer la main ne lui apporterait rien et continua :

— TAILS. The Amnesic Incognito Live System, système incognito et amnésique. Ça permet de surfer de manière anonyme et de ne laisser aucune trace sur le Web ou l'ordinateur utilisé. Et ce n'est pas facile d'accès.

— C'est la femme du chef de cabinet adjoint de la Maison-Blanche, c'est logique qu'elle soit précautionneuse.

— Edward Snowden l'est moins qu'elle. Par ailleurs, j'ai découvert qu'elle utilisait TOR.

— Le grand blond pote d'Iron Man ? s'étonna Lynch.

Peter lui lança un regard consterné :

— The Onion Router, si vous préférez.

— Un peu qu'on préfère ! s'enthousiasma Lynch. Ça veut dire quoi votre routage en oignon de mes deux ?

— TOR est un réseau overlay. Un réseau superposé bâti sur un autre réseau qui permet à ses utilisateurs de se protéger contre une certaine forme de surveillance sur Internet. Il permet d'accéder à des sites sans être tracé ni bloqué par les fournisseurs d'accès. Un système de navigation anonyme utilisable pour qui souhaite surfer incognito.

— Si c'est anonyme, comment allez-vous savoir sur quels sites va Maggie ?

— En contrôlant les nœuds de sortie, on contrôle le trafic.

CBS annonça le début de la conférence de presse, je montai le son. Le procureur, Guildenstein et Stern se tenaient devant une haie de micros, le visage fermé, et nous vîmes débarquer un Martin absolument blafard sous les éclairs des flashs.

— Toutes les ménagères de moins de cinquante ans ont désormais envie d'épouser votre copain et les plus âgées souhaitent l'adopter, me fit remarquer Lynch en brandissant son portable sur lequel il venait de recevoir un texto de sa femme. Elle trouve qu'il a un air tellement démuni qu'il en est sexy. C'est incompréhensible, je lui ai pourtant dit qu'il n'atteignait pas le mètre soixante-dix. Je peux me connecter à l'un de vos ordinateurs ? ajouta-t-il, déclenchant un haut-le-cœur de Peter.

— Vous pouvez prendre celui-là, répondis-je en évitant de croiser le regard furibond de mon partenaire.

Lynch fronça les sourcils et me fit signe de me rapprocher :

— Je crois que votre petit génie s'est planté, chuchota-t-il.

— À quel sujet ?

— Le mariage parfait. Maggie Exton avait un amant.

— Ça m'étonnerait. Martin est un type génial. Il est gentil, attentionné, intelligent. Personne n'aurait envie de le tromper. S'il était gay et moi aussi, je l'aurais demandé en mariage.

— N'empêche qu'il est cocu. Croyez-moi, je suis un fin psychologue.

— Absolument pas.

— Si. OK, admit Lynch. Je viens de recevoir les relevés téléphoniques de Maggie.

— N'étions-nous pas convenus de laisser l'analyse des relevés téléphoniques au FBI ?

— Si, mais j'avais du temps libre, déclara Lynch à qui je faillis faire remarquer qu'il n'avait pas pris de douche depuis plus de trente-six heures et que sa dernière nuit de sommeil remontait à l'avant-veille.

— Vous vouliez voir si vos équipes étaient plus rapides qu'eux ?

— Je suis au-dessus de ces compétitions stériles.

— Bien sûr.

— Peut-être. Un peu. Oui, et devinez quoi ? C'est le cas ! J'aime avoir confirmation de mes hypothèses de travail.

— Et moi, j'aime constater que la guerre de territoire police-FBI a de beaux jours devant elle.

— Mieux vaut que l'on soit plusieurs à examiner ses mails et ses relevés téléphoniques et bancaires, coupa-t-il. Outre les numéros que je qualifierais d'habituels – son mari, ses collègues, sa secrétaire, que sais-je, il y en a un qui revient assez souvent depuis quelques mois, un certain Zack Mahone. Et les heures d'appel correspondent systématiquement aux jours et heures d'absence de votre mari putatif. Il suffit qu'il ne soit pas là un week-end pour que Maggie l'appelle. Conclusion : même si on retrouve sa femme, Martin Exton pourrait être rien qu'à vous sous peu. Alors ? Heureux ?

— Zack Mahone ?

— Le P-DG de USAfe Inc., annonça Peter en laissant éclater tout le mépris que lui inspirait celui qui avait hissé son entreprise dans le cercle très fermé des start-up à plus de 10 milliards de dollars.

L'idée de s'enrichir indignait Peter qui n'avait absolument aucune conscience de la valeur de l'argent ou de la nécessité de régler les factures en temps et en heure. Le colocataire parfait.

— USAfe Inc., Zack Mahone. À la réflexion, ça me dit quelque chose, déclara Lynch, pensif.

— Sauf à vivre dans une grotte, vous n'avez pas pu le louper : il passe sa vie sur les plateaux télé à faire l'apologie d'un monde aseptisé et répéter en boucle que chaque nouvel attentat ne doit jamais être considéré comme l'échec de la surenchère technologique, mais comme une raison supplémentaire de déployer un arsenal encore plus complexe et intrusif, nous apprit Peter.

— L'amant de Maggie Exton est l'espèce de parano qui veut ficher tout le monde ?

— Ce n'est pas son amant !

— Zack Mahone est cupide et imbécile, synthétisa Peter.

Peut-être. Mais comme nous l'expliqua mon partenaire, Mahone avait surtout instillé l'idée qui allait s'instaurer durablement et imprégner toutes les politiques : la guerre contre le terrorisme ne pourrait être gagnée sans une accumulation illimitée de données sur tout et tout le monde afin de répondre à la grande question des États-Unis post-11-Septembre : qui va nous faire quoi ?

8

Ellicott City, banlieue de Baltimore, 20 h 50

Thomas tourna à droite et entra dans Old Forest, un lotissement d'Ellicott City, une banlieue ouest de Baltimore, dont les maisons diminuaient en superficie et en standing à mesure que l'on s'enfonçait vers la forêt. Les Lynch habitaient au fond d'un cul-de-sac dans une maison que Thomas avait entièrement retapée et à laquelle il avait ajouté une extension lorsque Emily était tombée enceinte de Jim, leur dernier-né. Il gara sa voiture devant le garage où son fils aîné et ses amis passaient la plupart de leur temps libre à jouer à des jeux de rôles dont il n'avait toujours pas compris le concept, en dépit des efforts d'Henri pour lui expliquer les règles, et remarqua que les deux petits avaient encore réussi à faire tomber le panier de basket. Billy et Jim passaient plus de temps à essayer de s'accrocher au panier qu'à y faire entrer un ballon. Il ouvrit son coffre et récupéra l'épais dossier constitué par Higgins en se demandant s'il devait se sentir mal à l'aise d'avoir demandé à son adjoint de rassembler le plus d'informations possible sur Martin Exton sans en parler à Miller. Jack avait joué franc jeu avec lui, mais il était l'ami d'Exton. Lynch soupira, ferma le coffre et entra dans la maison.

Il fut accueilli par les cris d'excitation des deux garçons qui s'accrochèrent à lui avant de lui coller un Nerf dans la main et de le supplier de jouer. Il les laissa partir en courant, tira deux flèches en mousse qui les atteignirent du premier coup et entra dans la cuisine. Emily finissait de laver la vaisselle du dîner.

— Dure journée ? demanda-t-elle en lui tendant un torchon. Ça, c'est pour m'avoir abandonnée au restaurant, et une fois que tu auras fini d'essuyer la vaisselle, tu la rangeras pour compenser le fait de ne pas avoir assisté au match de hockey de Billy.

— Ça s'est bien passé ?

— La mère du petit David s'est fait sortir des gradins après avoir traité le gardien de l'équipe adverse de gros connard.

Contrairement à ses trois fils, Emily détestait tout ce qui ressemblait de près ou de loin à une activité sportive et observait avec perplexité les autres mères, qui ne vivaient qu'au travers des performances de leur progéniture, coacher leurs enfants comme des champions et huer l'équipe adverse. Le « gros connard » du jour avait neuf ans et s'était retrouvé en larmes dans les bras de sa mère avant de pouvoir reprendre le match.

— Je dis aux garçons que tu montes les voir une fois tes tâches ménagères accomplies.

— Martin Exton est beaucoup plus petit en vrai qu'à la télé, répliqua Thomas, hésitant à lui rajouter un pied bot.

— Tu m'as déjà envoyé un texto pour me donner cette information ô combien capitale. Il pourrait être chauve et obèse. Tu rangeras quand même la vaisselle pendant que je couche les garçons, décréta Emily avant de pénétrer sur le champ de bataille, d'attraper chacun des combattants par la main et de les traîner en haut malgré leurs protestations.

Thomas finit de ranger, dressa la table et aperçut Henri dans le coin bureau qu'il avait aménagé dans le salon, vissé devant l'ordinateur familial.

— J'ai encore droit à un quart d'heure, l'informa son fils, sans lever les yeux, ses doigts agiles volant sur le clavier.

— Tu aimes l'ordinateur tant que ça ?

— C'est toute ma vie.

Très rassurant.

Thomas observa son fils, l'imagina prostré devant des écrans, des culs de bouteilles à la place des yeux et arborant l'air des psychopathes dont les photos se retrouvent dans les journaux de faits divers ornés d'encourageantes légendes. « Il vivait dans le garage de sa mère, elle a été retrouvée assassinée dans le congélateur avec le reste de la famille. C'était un garçon très discret, déclarent les voisins. »

— Tu utilises Signal ?

— J'utilise quoi ?

— Signal, une messagerie chiffrée de bout en bout.

Henri regarda son père comme s'il venait de lui pousser un troisième bras.

— Tu surfes sur TAILS ? rajouta Thomas. Tu vas sur TOR ?

— Quand tu es parti au restaurant hier soir, tu savais à peine allumer un ordinateur. Tu as suivi une formation intensive ou quoi ?

— On peut dire ça. Maintenant, éteins ce truc et va bouquiner avant de porter des chemisettes rayées et d'avoir de la brillantine dans les cheveux.

Henri sortit de la pièce, non sans avoir lancé un regard incrédule à son père. Thomas se dirigea vers la cuisine, ramassa une basket orpheline, rangea une flèche en mousse dans un panier et poussa un sac à dos qui trainait tout en écoutant ses fils négocier avec leur mère pour avoir un quart d'heure de rab de lumière allumée, un verre d'eau, cinq minutes de tablette. Il s'installa sur le canapé et ouvrit l'épaisse chemise cartonnée.

Dire que Lynch avait des sentiments partagés envers Martin Exton était un doux euphémisme. Il ne l'aurait pas avoué sous la torture, mais il ne pouvait s'empêcher de se sentir agacé par ce gosse de riche à qui tout réussissait. Et que sa femme trouvait sexy. Emily lui avait toujours dit à quel point elle trouvait admirable que lui, fils d'un col bleu et d'une femme de ménage, ait gravi les échelons de la police. Et maintenant elle se pâmait devant un abruti né avec une cuillère en argent dans la bouche.

Lynch grommela et commença à lire les informations compilées par Higgins sur les parents Exton. Il observa les photos et ses épaules s'affaissèrent : ils étaient beaux, élégants, riches et la notion d'échec leur était totalement étrangère.

Quatre ans auparavant, John Exton avait décidé de se lancer en politique. Thomas constata avec agacement que comme tout ce que cet homme entreprenait, il avait réussi. Il avait parié sur la protection de l'environnement juste avant que celle-ci fasse une entrée fracassante en politique et s'installe durablement au rang des préoccupations des citoyens. Les dérèglements climatiques, régulièrement médiatisés, suscitaient l'intervention d'experts de tout poil qui suggéraient de plus en plus ouvertement que ces désordres étaient directement liés à l'augmentation de l'effet de serre, une conséquence des activités humaines. Le père de Martin avait développé une technologie aidant à contrôler les émissions de CO_2, l'utilisation de substances chimiques et la production de déchets tout en réduisant la demande en énergie et en ressources. Il avait ensuite répercuté ses initiatives sur tous ses fournisseurs et partenaires commerciaux avant de financer des classes d'éveil à la protection de l'environnement, grâce à la création d'une fondation de soutien aux écoles publiques.

Depuis les dernières municipales de 2013, il dirigeait le département de la protection de l'environnement de New York, le principal acteur de la politique environnementale de la ville, responsable du service d'eau et de la collecte des effluents et du traitement des eaux usées. Qu'il succède à l'actuel maire Michael Bloomberg en 2017 semblait une évidence.

Thomas avisa la photographie de Katherine Exton. Cheveux blonds remontés en chignon, robe rouge parfaitement coupée mettant en valeur une silhouette longiligne et musclée, elle faisait quinze ans de moins et semblait totalement éprise de son mari qu'elle accompagnait prêcher la bonne parole écologique dans les écoles primaires.

Thomas se leva et tendit l'oreille. Emily lisait une histoire aux deux petits pendant qu'Henri écoutait une horrible musique à vous poncer les nerfs. Il se dirigea vers la cuisine. S'il devait apprendre que la mère de Martin Exton sauvait des millions d'enfants de Dieu sait quelle pandémie, autant que ce soit en compagnie d'un sandwich dinde-bacon-cheddar-moutarde. Lorsqu'il revint, il se laissa tomber sur sa chaise et ouvrit le sous-dossier consacré à la Superwoman des temps modernes.

— Oh merde ! Merde ! C'est pas vrai !

— Thomas, tu montes dire « bonne nuit » aux enfants ? l'interrompit Emily.

Il referma le dossier et rangea précipitamment les documents dans la chemise. Il commença à monter les escaliers lorsqu'il se figea. Comment avait-il pu passer à côté de ça ?

Dimanche 10 janvier 2016

9

Washington, 8 heures

Lorsque nous arrivâmes à Georgetown le lendemain matin à 8 heures, les médias campaient toujours devant chez les Exton. Lynch se gara à l'écart, coupa le contact et se tourna vers moi :

— Il y a deux choses dont nous devons parler. Je vais commencer par la plus rapide. Comment se fait-il que Martin et Maggie Exton n'aient pas d'enfants ? Ils sont ensemble depuis quasiment dix ans et mariés depuis six.

C'était une bonne question. Martin m'avait dit qu'ils essayaient, qu'il fallait être patient, que Maggie avait longtemps pris la pilule, mais qu'elle était allée voir un gynécologue qui lui avait garanti que tout fonctionnait normalement. Ce n'était qu'une question de temps. Pourtant, quelques mois avant que ma femme entame une thérapie – et une relation adultère avec ledit thérapeute –, nous nous étions retrouvés tous les quatre à Washington. Le week-end avait passé vite, Martin et moi étions allés voir un match au Capital One Arena qui s'appelait alors le Verizon Center. Les Wizards avaient pris une déculottée, mais nous avions passé un excellent moment, laissant nos femmes entre elles. Dans l'avion du retour, Sarah avait gloussé lorsque je lui avais confié la hâte de Martin de devenir papa.

— Les statistiques ne sont pas en sa faveur. J'ai rarement vu une femme tomber enceinte avec un implant contraceptif !

Les vingt minutes d'interrogatoire en règle que je lui fis passer m'apprirent qu'elle était d'autant plus sûre de son information qu'elle-même s'en était fait poser un, au même endroit, dans le creux du bras. Avoir un enfant à Memphis relevant, d'après elle, de la mise en danger d'autrui, elle préférait prendre toutes les précautions possibles.

— Et vous ne l'avez pas dit à Martin ? Je croyais que c'était votre ami ! s'étrangla Lynch.

— Ma femme a commencé à aller mal, au boulot j'avais la tête dans le guidon, ça m'est sorti de l'esprit. Et merci de ne pas demander s'il savait que sa femme ne voulait pas d'enfant au point d'utiliser un moyen de contraception dans son dos. Et la seconde chose dont vous vouliez parler ?

Lynch haussa les épaules, sortit de la voiture et nous gravîmes les marches au son des protestations des journalistes et de leurs invocations furieuses du premier amendement. Je sonnai et une blondinette apparemment tout juste sortie de l'adolescence nous gratifia d'un sourire étincelant avant de nous faire entrer.

— Il l'a drôlement vite remplacée, dites-moi, murmura Lynch.

Le salon avait de toute évidence été transformé en annexe de bureau et trois jeunes gens – dont l'un semblait n'avoir d'autre rôle que de répondre au téléphone et de transférer les appels aux deux autres – s'affairaient déjà pendant qu'un technicien vérifiait la sécurisation du réseau.

Martin arriva avec un paquet de feuilles qu'il distribua à son équipe, leur dispensa quelques consignes et se tourna vers nous.

— Nous ne disposons pas d'un réseau particulièrement sécurisé à la maison, expliqua-t-il. Maggie et moi travaillons suffisamment à l'extérieur pour éviter de passer notre temps libre sur nos ordinateurs, mais je préfère travailler d'ici jusqu'à ce que… Tu as du nouveau ?

— Un témoin a vu Maggie monter à bord d'une berline noire que nous n'avons pas encore identifiée, un portrait-robot a été diffusé. Maggie a reçu une bonne dizaine d'e-mails de mouvements antisurveillance, t'en avait-elle parlé ?

— Non. Elle a dû penser que ça n'avait pas d'importance. Je le pense aussi. Leurs allégations sont ridicules.

— Le degré d'intrusion du gouvernement dans la vie privée des citoyens est sans précédent. Il n'y a rien de ridicule à ce que des groupes antisurveillance disent que l'on se croirait revenu sous Nixon.

— La surveillance est mise en place pour des raisons de sécurité nationale. On est en guerre ! Et si elle était si intrusive que ça, comment ma femme a-t-elle pu disparaitre en pleine rue sans que personne s'en rende compte ? rétorqua

Martin en baissant la tête, les poings dans ses poches.

« Pour des raisons de sécurité nationale. »

L'argument d'autorité coupant court à toute discussion.

Sa définition était tellement extensive qu'elle avait justifié toutes les politiques allant du maccarthysme au Watergate puisque était considéré comme « national » tout ce qui était susceptible d'avoir une influence sur les conditions d'existence du peuple américain.

God bless America.

J'attendis que Martin retrouve une contenance avant de continuer :

— Connais-tu Zack Mahone, le P-DG d'USAfe Inc. ?

— Une figure incontournable, soupira Martin en levant les yeux au ciel. Je l'ai même connu pendant sa période « cyberterrorisme ».

— C'est-à-dire ? intervint Lynch.

— En sortant de la fac, Mahone était convaincu que les systèmes informatiques étaient le véritable talon d'Achille des sociétés industrielles avancées. Il a tenté de persuader les administrations et les entreprises que les outils qu'il avait créés étaient les seuls à pouvoir nous sauver d'un Pearl Harbor virtuel. À l'entendre, la question n'était même plus de savoir si une attaque venant du cyberespace allait avoir lieu, mais quand.

— Voir al-Qaida utiliser pour cibles des gratte-ciel a dû être un sacré coup pour lui.

Martin hocha la tête :

— Il a disparu de la planète six mois pour revenir de plus belle contaminer les pouvoirs publics avec des dispositifs permettant d'accumuler le maximum d'informations sur des millions de personnes. Il a répondu à plusieurs appels d'offre de la DARPA[1]. Le mois dernier, il a essayé de nous vendre un procédé permettant que toute personne évoluant sur le sol américain soit mise sous surveillance vidéo. Grâce à un logiciel de reconnaissance des iris capable de lancer en quelques secondes une comparaison avec des profils suspects, une alerte instantanée se déclenchait en cas de correspondance avérée. Nous n'avons pas donné suite. C'était très cher et pas assez fiable. Mais quel rapport avec Maggie ?

— Elle lui a téléphoné à plusieurs reprises. Tu as une explication ?

— Aucune, balbutia-t-il. Elle ne l'a jamais mentionné et il n'a jamais évoqué qu'il la connaissait lors des réunions que j'ai pu avoir avec lui.

— Maggie a-t-elle un ordinateur qu'elle laisserait ici, chez vous ?

Martin me tendit une mallette :

— Je l'avais préparée pour le FBI. Il y a aussi un disque dur externe.

— Je ne le garderai pas longtemps, je veux juste le faire examiner par mon collègue. Elle n'a pas de tablette ?

---

1. Agence pour les projets de recherche avancée de défense chargée de la recherche et développement des nouvelles technologies destinées à un usage militaire.

— Maggie n'est pas à l'aise avec l'informatique. Je lui ai offert un iPad qu'elle a donné à son assistante, elle achète ses livres en librairie et l'idée d'avoir une montre connectée lui fait horreur.

— Martin, le président prononce le discours sur l'état de l'Union après-demain. Je sais que les circonstances sont pénibles, mais nous avons des priorités, nous interrompit un quinquagénaire hautain non sans m'avoir toisé avec dégoût. Et réponds au téléphone ! Je t'ai appelé à 6 heures ce matin et tu n'as pas décroché.

— Je suis désolé, j'ai pris un cachet pour ma migraine et ça m'a assommé, s'excusa Martin.

James Cooper. Chef de cabinet de la Maison-Blanche et patron direct de Martin, à la force de travail et au sens politique inversement proportionnels à ses qualités humaines et dont le grand principe était de ne jamais se remettre en question. S'engager tête baissée dans un cul-de-sac ne lui posait aucun problème puisqu'à l'heure de rendre des comptes il n'aurait aucun souci à dégotter un coupable parmi sa horde de courtisans prêts à n'importe quoi pour gagner ses faveurs.

Accroché à sa fonction comme à un titre nobiliaire, Cooper débutait la plupart de ses phrases par « en tant que chef de cabinet de la Maison-Blanche » et mettait dans le même panier – celui de l'échec – toutes les personnes ne travaillant pas avec ou pour lui.

Autant dire qu'un chef de police de Baltimore et un détective privé n'avaient guère de chance de trouver grâce à ses yeux.

Cooper avait une vision prophétique des événements. Il ne donnait pas son avis, il rendait un oracle.

— Le FBI a mis ses meilleurs hommes sur le coup. Stern m'a dit le plus grand bien de l'agent Lewis qui va superviser l'enquête. Il a des états de service remarquables. Ce n'est qu'une question d'heures avant que Maggie ne soit retrouvée saine et sauve.

Sachant que l'homme aux états de service remarquables avait failli envoyer à Guantánamo une gamine de quatorze ans qui, après cinq heures d'interrogatoire, n'avait été reconnue coupable que d'avoir piqué du vernis au Target du coin, nous étions en droit de nous poser des questions sur le reste des troupes.

— Justement le voilà, nous annonça-t-il avant de décider que son immersion avec la plèbe était amplement suffisante pour le moment et de quitter la pièce.

Le meilleur homme sur le coup portait un costume italien, des Weston parfaitement cirées et une sacoche dans laquelle se trouvaient toutes les réponses à nos questions. Il ne croyait pas au hasard et tenait à nous informer que le directeur Stern en personne l'avait affecté sur cette enquête. Sur plus de huit cents agents du bureau de Washington, le Grand Patron l'avait choisi, lui.

Il avait discuté avec plusieurs experts et était passé de l'ombre à la lumière. Arrêter le Cinéphile – car il ne faisait aucun doute qu'il était le kidnappeur de Maggie – n'était qu'une question d'heures grâce aux précieuses informations qu'il allait nous divulguer.

Dire que j'avais des sentiments contrastés vis-à-vis des thérapeutes de tout poil était un doux euphémisme, mon ex-femme ayant eu le bon goût de me quitter pour le psychiatre dont je lui avais payé les séances.

Une sombre histoire de transfert.

— On ne peut nier qu'il existe des similitudes entre les quatre meurtres, commença-t-il.

— Vous croyez ? ricana Lynch dont l'opinion sur le profilage criminel pouvait se résumer en : « un tas de conneries ».

— Tout à fait. Les quatre femmes ont été retrouvées embaumées et déguisées en personnages incarnés par Grace Kelly. On peut donc affirmer qu'il existe des similitudes.

Pendant que le roi de l'euphémisme continuait, Lynch me lança un regard dubitatif.

— Nous avons affaire à un psychopathe.

— Vraiment ?

Le meilleur homme sur le coup lui lança un regard agacé avant de continuer à lire ses notes.

— Donc je disais… Nous avons affaire à un psychopathe, probablement d'une intelligence supérieure à la moyenne, capable de fonctionner suffisamment correctement en société pour ne pas être catalogué comme anormal ou dangereux. Sans doute a-t-il un travail au sein duquel il passe inaperçu. Il y est peut-être même respecté.

— Un mec qui conduit et a un travail. C'est merveilleux, grommela Lynch. Je suis tellement heureux d'être aidé par des professionnels de haut vol sur cette enquête.

— Il est probablement issu d'une famille dysfonctionnelle.

— Pauvre chou.

Notre suspect était assez habile pour échapper à la police depuis neuf mois et il fallait également envisager, comme le précisa généreusement Lewis en fixant Lynch, que l'incapacité de la police à l'arrêter le rende de plus en plus téméraire. Enlever la femme du troisième homme le plus puissant de la Maison-Blanche constituait sans doute pour lui le paroxysme de sa carrière criminelle. Très méticuleux, il exerçait peut-être une profession dans le secteur médical ou paramédical. *A minima*, il avait reçu une formation assez complète dans ce domaine. Et il aimait le cinéma des années 1950, rajouta-t-il utilement avant de nous livrer son encourageant diagnostic : les meurtres s'accéléraient, il faisait preuve d'un comportement compulsif. Il assouvissait un besoin mais la satisfaction qui en découlait était de plus en plus éphémère, ce qui expliquait le raccourcissement de l'intervalle entre les meurtres. La médiatisation de ses crimes renforçait ses pulsions meurtrières, expliquant ainsi ses passages à l'acte de plus en plus rapprochés. Trois mois et demi entre la première et la deuxième victime, deux mois et demi pour les deux suivantes, et maintenant un mois et demi entre Claire Spencer et Maggie Exton.

— Je vais résumer, déclara Lynch. Nous avons donc un type qui enlève des femmes, les tue et nous envoie un texto intraçable pour nous indiquer où retrouver leurs corps. Corps qu'il prend soin au préalable d'embaumer et de grimer en personnages incarnés par Grace Kelly. Maintenant que nous savons tout ça, comment fait-on pour lui mettre la main dessus ?

*
* *

Alors que nous allions monter dans la poubelle de Lynch, la portière d'une berline noire s'ouvrit et un claquement de pouce et de majeur manucurés se fit entendre.

Aussi agréable que soit la perspective d'être appelé comme un chien, je décidai de ne pas bouger jusqu'à ce qu'une voix autoritaire m'enjoigne de grimper sur la banquette arrière où, au milieu d'un parterre de sacs de shopping, trônait une quinquagénaire emballée dans un vison.

Lassé d'avoir à distraire son épouse, le chef de cabinet de la Maison-Blanche l'avait confiée à un sigisbée des temps modernes qui la suivait dans tous ses déplacements.

Elle baissa ses lunettes de soleil pour mieux m'évaluer et secoua la tête d'un air consterné :

— La disparition de Maggie Exton m'a bouleversée, soupira-t-elle, pianotant de ses longs doigts manucurés sur son sac à main. Qui peut lui vouloir du mal ? C'est une femme tellement extraordinaire.

— Vous la connaissez bien ?

— Nous prenons un thé au Ritz-Carlton une fois par mois, environ. Ce n'est pas assez, mais Maggie est une femme très occupée. Entre ses cours, son cabinet, ses activités de bénévolat et les articles qu'elle rédige, nous avons du mal à nous voir aussi régulièrement que je le souhaiterais, déplora-t-elle.

— Ses activités de bénévolat ?

— Comme je vous l'ai dit, Maggie est une femme extraordinaire.

— Pourriez-vous m'en dire plus sur ses activités de bénévolat ?

Même si, comme tous les membres de sexe masculin de la famille, je n'ai jamais réussi à me coiffer correctement, j'ai hérité des yeux bleus de ma mère. En me redressant et avec une bonne paire de chaussures de randonnée, j'atteins à peu près le mètre quatre-vingts, et courir dix kilomètres cinq jours sur sept me permet de compenser les repas désastreux que Peter et moi nous faisons livrer quotidiennement. Autant dire que mon potentiel de sympathie est plutôt élevé chez les quinquagénaires désœuvrées en quête d'aventures.

Elle minauda avant de répondre :

— Je ne suis pas censée savoir.

— Ce sera notre petit secret.

Elle se mordit la lèvre et ondula – autant qu'on puisse onduler à l'arrière d'une voiture.

— Un très bon ami à moi, vraiment un excellent ami à moi, si vous voyez ce que je veux dire, gloussa-t-elle, a convaincu Maggie d'aider des patriotes souffrant de stress post-traumatique.

C'est terrible, vous savez, ajouta-t-elle d'un air concerné.

— Des patriotes ? Vous voulez dire des soldats ?

— Pas des troufions… quoique Maggie aurait probablement accepté. Non, je vous parle d'agents des services de renseignements.

— Nous avons dix-sept services de renseignements.

Elle passa sa langue sur ses lèvres avant de me confier dans une sorte de râle qu'elle devait imaginer sensuel.

— CIA.

10

Lorsque les flics avaient établi que Joan Gould était aussi une de ses œuvres, la presse l'avait qualifié de *serial killer* et comparé à d'authentiques psychopathes. Ed Kemper, notamment. Ce qui prouvait à quel point les médias ne comprenaient rien. Kemper humiliait les cadavres, s'adonnant à des pratiques dégradantes, alors que lui les magnifiait. Il était un artiste. Ils ne comprenaient rien. Puis il avait lu un article le traitant de fou. Il n'y avait pourtant rien d'anormal chez lui, le Docteur le lui avait certifié.

Fou.

Ce que disait son père lorsqu'il le surprenait avec ce qu'il appelait « ses déguisements de pédé ». Il ne comprenait rien. Il ne comprenait pas que s'il devenait enfin une fille, Maman l'aimerait. Maman serait contente. Maman ne souriait jamais, sauf quand elle regardait ses vieilles cassettes vidéo de Grace Kelly. « C'était une princesse. Une vraie princesse. » Le reste du temps, elle prenait ses cachets et dormait.

À la bibliothèque, il avait emprunté un livre et découvert que la fille aînée de Grace Kelly s'appelait Caroline. Un prénom magnifique, avait-il pensé.

Il avait commencé à emprunter quelques vêtements à sa mère. Une jupe blanche qu'il avait ajustée à sa taille avec des épingles à nourrice. Quand il rentrait de l'école et que sa mère était au lit, il enfilait la jupe, se glissait dans la salle de bains pour se maquiller, puis choisissait le film de Grace Kelly qu'il allait regarder.

Un jour, son père était rentré plus tôt à la maison, l'avait surpris et avait fracassé chaque VHS contre le mur.

« Qu'ils lui fassent faire du sport, des activités d'homme, je ne veux plus que mon fils soit pédé. Il se déguise en femme, en “actrice de cinéma”, soi-disant, vous trouvez ça normal ? » avait-il expliqué devant l'un des membres du personnel du camp. « Faites en sorte qu'il s'endurcisse, qu'il devienne un homme, un vrai. »

S'il n'avait jamais renoncé à « ses déguisements de pédé », il avait conscience de laisser à présent une trace dans l'histoire, de ne plus être une victime.

Personne ne se souvenait des victimes. Son œuvre serait éternelle. Il était spécial. Il était connu. On parlait de lui dans les journaux et, même s'il déplorait qu'aucun légiste n'ait parlé de la qualité de son travail, il était devenu une vedette.

Sa mère serait fière.

Après tout ce qu'ils lui avaient fait subir, il aurait pu devenir fou, d'autres l'étaient devenus avant lui. Ce n'était pas son cas. Que l'on prenne sa dernière élue, Claire Spencer. Comment pourrait-il être qualifié de fou après avoir élaboré un plan aussi parfait ? Après l'avoir vue deux fois dans le hall, il avait passé plusieurs heures à se renseigner. Internet, pour qui sait fouiller, recelait tous les détails de la vie privée des gens, surtout si, comme Claire, on avait à cœur d'éclabousser les réseaux sociaux par son bonheur brandi en étendard. De sa première fête d'anniversaire à sa remise de diplôme de lycée, il avait tout trouvé. C'est sans doute ce qui l'avait induit en erreur.

Elle non plus n'était pas allée à l'université. Contrairement aux précédentes. Peut-être avait-il été ridicule de penser que des femmes aussi éduquées s'intéresseraient à lui. Il retenterait sa chance avec une femme diplômée plus tard. Après Claire.

Claire. Qui avait épousé un jeune homme de bonne famille sorti d'une université new-yorkaise, celle qu'avaient faite, un temps, les jumelles Olsen. Sur Facebook, en accès public, elle avait publié son contrat de mariage. Il n'aurait jamais pensé que les gens y mettaient ce genre de documents, mais Claire l'avait glissé dans un album intitulé *wedding* suivi d'une kyrielle de petits symboles. Si le divorce intervenait au cours des deux premières années, elle toucherait 30 000 dollars par an. Ensuite, ça montait progressivement. Il avait fait le calcul, encore deux ans et elle toucherait 50 000 dollars par an. Avec son salaire, ça leur laisserait largement de quoi vivre et fonder une famille.

Il lui avait déjà parlé trois fois auparavant, mais c'est un fauteuil qui les avait vraiment rapprochés.

Elle était arrivée un après-midi, absolument surexcitée, en compagnie d'une jeune femme qu'il n'avait même pas regardée et qui battait des mains en répétant que « c'était la pièce manquante. Je peux te dire que la décoration va éblouir les invités, tout le monde se souviendra de tes trente ans ». Claire avait signé le reçu d'un énorme paquet quand son amie avait pris un air ennuyé.

— En revanche, pour la porter, ça risque d'être compliqué.

Il se souvint de la réponse qu'avait joyeusement faite Claire :

— T'inquiète, Lucy ! J'ai un super-héros sous la manche. Tu peux lui demander n'importe quoi, il le fait !

Et elle s'était tournée vers lui et lui avait souri.

— J'aurais besoin d'un petit coup de main, Superman. Une bergère de salle de compagnie d'époque Louis XVI. Vous savez qui est Louis XVI, au moins ? s'était-elle enquise.

Il avait hoché la tête automatiquement.

— Elle est en hêtre mouluré et sculpté, c'est pour ça qu'elle est aussi lourde. Je ne pensais pas qu'elle pèserait autant, s'était-elle excusée.

Son amie l'avait regardé soulever le meuble. Il avait vacillé sous le poids du fauteuil et s'était senti ridicule. Grotesque. Un laquais maigrichon ployant sous un fardeau qui coûtait trois fois le prix de son loyer.

Lorsqu'il avait déposé la bergère dans le loft, Claire lui avait glissé 50 dollars dans la main et tapoté l'épaule avant de le congédier.

Il avait entendu son amie soupirer :

— Ce doit être terrible comme boulot. Travailler dans un endroit où tu ne pourrais même pas te payer la moitié d'un studio. Mais tu t'y prends bien ! Moi, je ne sais jamais comment me comporter avec les domestiques.

Elle allait fêter son anniversaire. C'est pour ça qu'elle avait loué le loft. Elle allait fêter son anniversaire puis quitterait l'immeuble. Il en était devenu obsédé. Il fallait qu'il réussisse à lui parler. Qu'il puisse rapidement oublier ses trois échecs précédents avec des femmes qui n'étaient pas faites pour lui.

Il avait réfléchi et décidé de lui faire un cadeau d'anniversaire.

Quelques jours auparavant, elle avait mentionné le site Internet de la boutique où elle travaillait à mi-temps.

— On vend des fringues sympas, vous devriez venir, avait-elle souri avant de l'observer longuement et de s'empresser de rajouter qu'il y avait aussi « des accessoires stylés et pas cher ».

La boutique avait un compte Instagram. Elle lui aurait bien donné le lien, mais apparemment il n'était pas fan des smartphones, avait-elle fait remarquer en tendant un index parfaitement manucuré vers son téléphone brique. Il avait songé à lui faire remarquer qu'il ne s'agissait que de son téléphone de service, mais s'était contenté de hocher la tête.

Il avait débarqué en milieu d'après-midi, sur son trente et un, dans une boutique étonnamment vide où une minipile de T-shirts siglés côtoyait trois bougies aux improbables parfums – pomme interdite, ciel turquoise ou couverture douce –, savamment disposées en quinconce dans une assiette en porcelaine, également à vendre.

Il avait erré devant les étagères, envahi, au fur et à mesure des portants, par l'insidieux malaise de ne pas du tout être à sa place, écrasé par la conviction d'être condamné à la laideur, aux étals de Walmart, à sa musique à jet continu, ses néons éblouissants. Il était ressorti avec le sentiment qu'il ne serait jamais à la hauteur de Claire, qu'il ne la méritait pas plus que les autres, que jamais il ne pourrait l'avoir normalement.

En retournant vers la bouche de métro, il avait avisé la vitrine d'une boutique où elle lui avait dit se rendre régulièrement. Les étiquettes de prix lui avaient paru délirantes.

Il aurait voulu tout lui offrir.

Avec le Docteur, il avait découvert le sentiment de ne plus déranger, de ne plus être une gêne perpétuelle, le fardeau de la famille, mais avec Claire, il se sentait réellement exister. Plus qu'avec les trois autres, maintenant qu'il y réfléchissait.

Il aurait voulu la gâter.

Il avait choisi un foulard en soie sauvage dans un dégradé de bleus. Un « camaïeu » avait indiqué la vendeuse en lui lançant un regard mi-attendri, mi-soupçonneux.

Lorsqu'il lui avait remis le paquet, Claire l'avait remercié sans l'ouvrir. Elle était pressée, accepterait-il de faire le ménage ? L'équipe de nettoyage était en retard et ne répondait pas à ses appels.

En une question, elle l'avait relégué au rang d'esclave invisible qui avait su s'émanciper de sa seule fonction de portier pour endosser le rôle de promeneur de chiens, porteur de courses, gareur de voitures, laveur de vitres, déménageur, livreur et maintenant femme de ménage. Il voulait juste être avec elle. Mener une vie normale.

Trois jours plus tard, dans la ruelle où elle avait garé son élégante berline, il lui avait enfoncé une aiguille de tranquillisant dans le bras.

PARTIE III

1

Washington, 9 h 45

— Alors ? s'enquit Lynch lorsque je le rejoignis.

— Le chef de cabinet de la Maison-Blanche est cocu et Maggie Exton travaillait pour la CIA.

— Bien fait. Et non ?!

— Vous vous souvenez avoir vu dans l'emploi du temps de Maggie des séances de bénévolat ?

Lynch secoua la tête :

— Non, mais c'est moi qui l'annoncerai personnellement à sa secrétaire. Elle qui pense être au courant de chaque minute de la vie de sa patronne… Je m'en réjouis à l'avance. Sur un autre plan, pendant que vous draguiez en limo, Higgins a appelé : la carte bancaire de Maggie a été utilisée il y a une demi-heure.

— Par elle ?

— J'en doute. Sauf si elle a acheté *Call of Duty : Black Ops III*.

— *Call of Duty : Black Ops III ?*

— Un jeu vidéo. Mon fils aîné rêverait que je le lui achète, mais je préférerais me casser une jambe. La carte a été débitée dans une petite boutique à moins de deux cents mètres du 7-Eleven.

— Je vous laisse voir ce qu'il en est, j'ai rendez-vous.

J'attendis de voir Lynch s'enfoncer dans la circulation sans clignotant pour sortir mon téléphone. Je composai un numéro, m'identifiai et attendis que mon interlocuteur m'indique l'adresse du café où les deux plus grands pontes des renseignements généraux des États-Unis se retrouvaient chaque dimanche à 12 h 30.

On a les services secrets qu'on mérite.

*
* *

Plus d'une heure et demie après l'heure convenue, un sexagénaire maussade s'extirpa d'une Coccinelle défoncée et se dirigea vers moi en grognant :

— Jack, fais-moi plaisir. Dis-moi que c'est un rendez-vous purement amical, non motivé par les quelques bêtises que j'ai pu commettre dans le passé.

— Nous n'avons jamais été amis.

— Tu me brises le cœur. Bon. J'ai appris que Martin Exton t'avait demandé d'enquêter sur la disparition de son épouse.

— La réputation de la CIA n'est pas usurpée. Maggie Exton soignait des agents souffrant de PTSD[1]. Des agents de la Compagnie. J'ai besoin de savoir lesquels.

---

1. Post-Traumatic Stress Disorder, ou Syndrome de stress post-traumatique.

Terry haussa les épaules. Il allait protester, j'insisterai et finirai par obtenir ce dont j'avais besoin. Depuis que je le connaissais, nos rendez-vous avaient toujours été parfaitement rodés.

— La CIA n'a de comptes à rendre à personne. *Je* n'ai de comptes à rendre à personne et certainement pas à un agent du FBI.

— Je n'y travaille plus.

— C'est dans ton ADN. Nous, on a les mains dans le cambouis.

— Si tu veux. Je sais que Maggie Exton rencontrait certains de tes agents dans le cadre de son travail de psychiatre.

— À force d'avoir les mains dans le cambouis, certains finissent par ne plus le supporter. Tu savais que les États-Unis faisaient partie de la liste des pays industrialisés dans lesquels le taux de suicide est le plus haut ?

— Une liste sur laquelle tout pays souhaite figurer.

— J'ai l'ambition baroque d'éviter aux gars que je forme de finir dans ce type de statistiques.

— D'où le recours à Maggie Exton.

— Voilà.

— Maggie Exton qui a disparu.

Terry grogna.

— Max pourrait éventuellement te renseigner, admit-il.

— OK, on y va.

— Maintenant ? protesta Terry.

— À ton avis ?

Terry avait dirigé pendant plus de trente ans des opérations dont on ne parle pas dans les médias et n'avait pas son pareil pour dénicher de nouveaux talents.

Comme il me l'expliqua en chemin, Max était sa plus belle réussite.

Parangon de précision et de sang-froid quelle que soit la situation, il était doté d'une mémoire photographique phénoménale. Une heure lui suffisait pour mémoriser un dossier de deux cent pages remplies de photos, de dates et de noms. Est-ce que je réalisais ?

— Je réalise surtout qu'il a besoin qu'une psychiatre vienne le voir régulièrement.

— Tous les vendredis soir.

— Max voyait Maggie tous les vendredis soir ?

— C'est ce que je viens de te dire.

— Maggie a disparu vendredi.

— Comme je te l'ai dit, Max est l'homme de la situation.

— Et que s'est-il passé pour que l'homme de la situation se retrouve entre les mains de Maggie ?

— Max était chargé de superviser un interrogatoire, commença-t-il.

— Fais-moi rêver. Simulacres d'exécution ? De noyade ? Menaces de mort contre les familles des suspects ?

— La CIA n'a pas recours à ce genre de choses, protesta mollement Terry.

— Tes gars passent aux prisonniers des chansons de Britney Spears en boucle à fond durant des semaines, jour et nuit. Clairement, vous n'avez aucune limite.

Terry leva les yeux au ciel et gara sa voiture devant un vieux bâtiment du centre-ville.

*
* *

L'homme de la situation avait élu domicile dans un studio au nord-est de DC, près de Greenbelt Park, dans lequel la crasse remplaçait les meubles et la déco. Son gourbi était plongé dans le noir total.

S'il s'agissait de se faire interner d'office en asile, alors l'homme de la situation l'était sans conteste et Terry confirmait son statut de meilleur directeur de casting de la CIA.

Je ne saurais dire exactement de quelles pathologies souffrait Max mais la gamme devait être large. Terry se dirigea vers la fenêtre et entrouvrit le rideau. Je découvris que l'homme de la situation était une publicité vivante pour informer la population des méfaits de la drogue et des dangers de la dépression.

Cachectique, Max ne devait pas avoir vu de douche depuis l'élection d'Obama. La première.

— Me permettez-vous d'enregistrer cette conversation ?

Devant son air impassible, je décidai d'ajouter :

— La confidentialité patient-psychiatre ne s'applique pas lorsque la thérapeute disparaît sans laisser de traces alors qu'elle se rendait chez vous.

À ces mots, Max eut l'air réellement surpris et inquiet, mais difficile de se fier à la réaction d'un type formé par Terry.

— Ça ne vous a pas inquiété de ne pas la voir vendredi soir ?

— Elle a appelé lundi pour avancer la séance à jeudi.

— Et pouvez-vous nous dire en quoi consistaient ces séances ?

— On discutait, c'est tout, concéda-t-il en mâchonnant sa lèvre inférieure avec application.

— Mais encore.

— On parlait de trucs.

Je sentis que cette conversation allait beaucoup nous apprendre.

— De trucs ?

— De trucs de psy.

— C'est-à-dire ? L'enfance, ce genre de choses ?

Max renifla avant d'attraper un paquet de tabac à rouler.

— Je vois que les clichés ne vous font pas peur. L'enfance, ça ne risque pas. J'ai eu un accident de voiture à l'âge de quatorze ans. Mes parents sont décédés sur le coup et je souffre d'amnésie rétrograde totale. Le Dr Exton a procédé à des séances d'hypnose sur moi, mais elles n'ont rien donné. Suite à cet accident, il semblerait que j'ai développé une mémoire eidétique.

— Max est capable de mémoriser instantanément le contenu d'une image, d'un plan ou d'un ouvrage, puis de le décrire avec une précision fascinante, clarifia Terry.

— Puis-je vous demander quelles sont vos fonctions au sein de la CIA ?

Max regarda Terry qui hocha la tête.

— Je fais partie de la division des activités spéciales.

Un an après sa création, la CIA avait été dotée d'un corps spécialisé dans la guérilla, chargé de mener des activités paramilitaires clandestines. La kyrielle de noms qui lui fut affectée ne modifia pas ce que la division des activités spéciales faisait : les *black ops*, les *covert actions*, soit, selon le titre 50 de l'*United States Code*, « une activité ou des activités du gouvernement des États-Unis destinées à influencer des conditions politiques, économiques ou militaires à l'étranger, où il est prévu que le rôle des États-Unis ne soit pas apparent ou reconnu publiquement ».

Car, pour lutter contre l'empire du Mal, tous les coups étaient permis et les États-Unis géraient le monde comme dans *Le Parrain*, menant une politique étrangère particulièrement arrogante.

J'étais donc face à un agent d'élite surentraîné, doté de la mémoire de Rain Man, chargé d'appliquer des méthodes d'interrogatoire qu'on ne retrouve pas dans le manuel des armées et d'« éliminer des cibles ».

Après une mission, le fils naturel de Rain Man et de GI Joe avait décidé que délivrer les peuples de leur médiocrité pour les guider vers la lumière du modèle américain, c'était des conneries.

— La violence bienveillante, la mission civilisatrice, le fardeau de l'homme blanc, le dessein américain de rendre les autres meilleurs, l'interventionnisme mélioratif et toutes ces conneries dont Terry et les autres m'ont biberonné pendant des années, ça ne peut pas tout justifier. L'année dernière, je me suis occupé de deux « transferts spéciaux ». Des personnes que nous soupçonnions d'avoir partie liée avec le terrorisme islamiste. Avez-vous déjà entendu parler de l'Extraordinary Rendition Program ?

— Vaguement.

Comme Max me l'expliqua, l'Extraordinary Rendition Program consistait à faire disparaître de soi-disant suspects de terrorisme pour les faire torturer dans des pays alliés. La CIA avait organisé un vaste réseau secret de kidnappings et de détentions à travers le monde. Les personnes arrêtées étaient considérées comme disparues. Leurs arrestations n'étaient donc pas signalées. Elles ignoraient où elles étaient conduites, qui les détenait et où elles étaient retenues avant d'être interrogées hors de tout cadre légal.

— Mon pays, celui pour lequel je me suis battu, a mis en place un appareil mondial de disparition au nom d'une politique de terreur. Une terreur prétendument « défensive », qui se légitime en se présentant comme contre-terreur.

Son partenaire et lui avaient enlevé un imam sur le territoire italien sans que les autorités politiques de ce pays protestent puisque les États du monde entier étaient conviés par la puissance américaine à se rassembler autour de la lutte contre le terrorisme. Nous avions proclamé l'état d'urgence mondial et globalisé, et la plupart des autres pays avaient donné leur accord tacite. Max avait commencé par mettre en œuvre les procédures usuelles, ce que la CIA appelait les préliminaires : des menaces.

— D'abord verbales : on va enlever, violer et tuer vos femmes, vos filles, vos mères. Ensuite, on approche une perceuse électrique de leurs yeux et de leurs bijoux de famille. On les empêche de dormir, on leur colle Iron Maiden à fond.

Histoire de bien confirmer que la musique, c'est le diable.

— Et le type ne parlait pas. Il priait à voix haute, criait son innocence. Au bout de dix jours, on l'a refilé à l'INS[1] où il a été interrogé de 22 heures à 6 heures du matin pendant une semaine. Ils l'ont ensuite collé dans un avion privé et lui ont fait faire le tour du monde : New York, Washington, retour à Rome, atterrissage en Jordanie et voiture jusqu'à Deraa où il est resté dix mois. Dix mois pendant lesquels il a été torturé chaque jour. Et au final ? Au final, on s'est planté. On a enlevé un imam, mais pas le bon. Celui qu'on aurait dû coffrer a convaincu trois jeunes d'aller se faire sauter à la sortie d'une école. Ça a été la goutte d'eau. Le Dr Exton m'aidait. Beaucoup.

Nous prîmes congé non sans que Terry glisse quelques billets à Max en lui précisant d'acheter à manger, cette fois.

— Cette thérapie a l'air de drôlement bien fonctionner. Ce garçon va de toute évidence très bien.

1. Service de l'immigration et des naturalisations.

— L'année dernière il a traversé une période difficile.

— Alors que cette année, il pète le feu.

— Il est un peu fatigué, concéda Terry.

— Il a une dent contre vous, ce qui me semble parfaitement justifié.

Il balaya mes protestations d'un revers de main agacé :

— Balivernes ! Si chacun de nos programmes était étudié et débattu par le Congrès, on ne ferait rien.

— Comment as-tu trouvé Max ?

— Son père a travaillé pour la CIA avant son accident. Une perte tragique.

— Il était agent ?

— Scientifique. Très brillant.

D'une voix teintée d'amertume, il ôta ses lunettes qu'il essuya pensivement avec sa cravate avant de m'adresser un regard las.

— Je vais te raconter une histoire.

L'histoire était celle d'un étudiant en ingénierie à Londres puis à Dubaï. Fils d'un riche banquier nigérian. Décrit comme intelligent, cultivé, pondéré, travailleur par sa famille et ses professeurs. Un jour, il coupa les ponts avec sa famille. L'élève modèle s'était converti à l'islamisme radical et était devenu partisan du djihad. Son père prévint l'ambassade américaine au Nigeria de la radicalisation de son fils et indiqua que ce dernier se planquait sans doute au Yémen.

— Là, tu te dis que les voyants sont plutôt au rouge et qu'il va falloir redoubler de vigilance. De fait, les États-Unis sont prévenus qu'al-Qaida prévoit d'attenter à leurs intérêts au Yémen et sur le territoire américain. Le nom de l'apprenti djihadiste est intégré à la liste TIDE[1]. Mais comme il est en possession d'un visa américain en cours de validité à cause d'une faute d'orthographe dans son nom, il embarque. Merci l'administration. La suite, tu la connais : Umar Farouk Abdulmutallab tente de se faire exploser le slip – littéralement – à bord de l'Amsterdam-Detroit le jour de Noël 2009.

La quantité d'explosif, du tétranitrate de pentaérythritol, était suffisante pour faire un trou dans le fuselage de l'appareil et le faire s'écraser lors de l'atterrissage. Les services de renseignements avaient toutes les informations mais s'étaient montrés incapables d'établir des liens entre elles.

— Et pendant ce temps, rajouta Terry, le directeur du contre-terrorisme a refusé de rentrer prématurément de ses vacances au ski. Donc même si certains agents d'élite présentent des signes avant-coureurs de fragilité, je ne peux pas me permettre de les placer en maison de repos ou je ne sais quoi. Maggie Exton ne voyait que des agents d'exception que j'ai spécifiquement recrutés et formés. Ils sont cinq en tout. Et aucun d'eux ne l'a enlevée, je te le garantis.

1. Terrorist Identities Datamart Environment : système de traitement de données de l'administration américaine, dépendant du Centre national de contre-terrorisme qui enregistre des données personnelles concernant tout « terroriste » soupçonné ou connu et contient des informations classifiées fournies par la communauté nationale du renseignement.

Lundi 11 janvier 2016

2

Washington, 6 h 10

La sonnerie du téléphone me vrilla les tympans et je tâtonnai jusqu'à attraper mon portable. Je grommelai un vague « quoi ? », lorsque la voix ensommeillée de Lynch m'enjoignit d'allumer CNN.

Sous l'œil des caméras de télévision et les crépitements des flashs de photographes, je vis sortir un adolescent gringalet perdu dans un sweat-shirt trop grand pour lui. Le bandeau le présentait comme suspect numéro un dans la disparition de Maggie Exton.

— C'est une plaisanterie ?

— C'est lui qui a utilisé la carte bancaire de Maggie pour acheter des jeux vidéo. Et qui a bu ses bières.

— C'est une plaisanterie ?

— Arrêtez de partir du principe que je vous réveille à 6 h 30 pour plaisanter et ramenez vos fesses au FBI.

*
* *

Martin ouvrit les yeux, leva son poignet et constata que sa montre indiquait 6 h 30. Il s'assit et commença à se masser les tempes. Ça recommençait. Il ne se rappelait plus être allé se coucher. Il avait congédié son équipe vers 1 heure du matin et s'était préparé un énième café qu'il avait bu en prenant deux aspirines, bien décidé à boucler la version finale de l'avant-dernière partie du discours de l'Union. Il s'était assis sur le canapé et s'était enfin autorisé à penser à Maggie – deux minutes puis il se remettrait au travail. Il voulait juste penser à elle. Et voilà qu'il se réveillait cinq heures plus tard. Au moins, cette fois, il était chez lui. Maigre consolation.

La sonnette retentit. Son équipe arrivait. Il devait se concentrer sur le discours. Faire confiance à Jack – une évidence – et à l'agent du FBI dont Stern garantissait qu'il était le plus compétent de son équipe était une chose. Mais le chef de police de Baltimore le regardait comme s'il avait organisé l'enlèvement de sa propre femme et Guildenstein avait récupéré les enregistrements des caméras de surveillance du bâtiment dans lequel son équipe et lui avaient préparé le discours sur l'état de l'Union avant qu'il rapatrie une partie des troupes chez lui. Cela n'allait rien arranger.

Martin se força à respirer calmement. Éviter de penser au Cinéphile et à tout ce qu'il avait pu lire sur lui. Éviter de penser à ses absences de plus en plus fréquentes. Répéter en boucle les statistiques des personnes disparues retrouvées vivantes et en bonne santé. Il se leva et alla accueillir son équipe.

*
* *

— Ce type est une calamité. Je n'ai jamais rencontré quelqu'un d'aussi con, ce qui, lorsqu'on connaît mon beau-frère, n'est pas peu dire ! explosa Lynch lorsque je le rejoignis sur le parvis du bureau du FBI à Washington, un café dans chaque main. Faire passer ce gamin pour le coupable aux yeux des médias, c'est complètement irresponsable ! Attendez ! Vous n'avez rien apporté à manger ? s'indigna-t-il en me tirant vers un camion entouré d'une infâme odeur de graillon.

Trois donuts plus tard, Lynch soupira d'aise en finissant son café. Le gobelet balancé dans une poubelle, il reprit son sérieux :

— Qu'est-ce qu'on fait pour l'autre ?

Deux jours à côtoyer l'agent Lewis même par intermittence m'avait fait comprendre que ce type était un lèche-bottes doté d'une aptitude toute particulière à avaler des couleuvres. Adepte d'un patriotisme aveugle confinant à la naïveté, il vouait un véritable culte au règlement et à la hiérarchie, fonctionnant selon un principe clair : Stern était le chef donc il avait toujours raison.

— Je ne sais pas, mais il va falloir le faire vite car il arrive.

De l'autre côté de la rue, l'agent Lewis observait son reflet dans l'écran de son smartphone.

Il nous aperçut et fondit sur nous, de toute évidence prêt à exprimer encore une fois sa navrante nature.

— Heureusement que je suis là.

— Ne m'en parlez pas, rétorqua Lynch.

— De toute évidence, vous n'êtes pas capable de mener cette enquête sans mon aide. Il faut concentrer tous nos efforts sur le Cinéphile. Rien que sur le Cinéphile. Hors de question de se laisser embarquer dans des théories vaseuses.

— Vous venez de coffrer un gamin innocent. Question théories vaseuses, on ne fait pas mieux, lui fit remarquer Lynch.

— Nous l'avons fait passer au détecteur de mensonges : il n'est pas innocent, protesta Lewis.

— Les seuls à passer le test sans encombre sont les vrais psychopathes capables de bluffer. Si les tribunaux n'acceptent pas le détecteur de mensonges comme pièce à conviction, ce n'est pas pour rien, martela Lynch avant de continuer : vous lui avez demandé s'il était coupable. Il a volé un pack de bières, un sac à main et acheté un jeu vidéo avec la carte bancaire qui était dedans. Il est donc coupable. De vol. Pas de kidnapping !

— Il est coupable, s'entêta Lewis. Il faut remonter la piste.

— La piste des lycéens abrutis aux jeux vidéo ? Vous savez pourquoi il n'a pas volé la voiture ? Parce qu'il ne sait pas conduire ! explosa Lynch. Maggie Exton est montée à bord d'une voiture, donc ça ne peut pas être lui.

— Un témoin dit l'avoir vue monter dans une voiture. Témoin dont la vue est loin d'être bonne. Je vous rappelle que le 7-Eleven se situe à deux kilomètres de la gare.

Au lieu d'en déduire que les questions posées lors du test étaient si générales que dans de telles circonstances mère Teresa aurait pu être reconnue coupable, Lewis croisa les mains avant d'asséner d'un ton solennel :

— Il est tout à fait envisageable que le Dr Exton ait été forcée de prendre le train. Mon collègue est parti à la Penn Station et va récupérer les enregistrements des caméras de surveillance. J'ai décidé de vérifier les Red Box afin de voir si des films de Grace Kelly avaient récemment été loués. Ah, vous n'avez plus rien à dire !

— Je n'ai jamais ressenti le besoin de meubler pour le simple plaisir d'entendre le son de ma voix, grogna Lynch avant de se ressaisir, déchiré entre l'envie de le traiter de débile et la perspective de se débarrasser de lui.

Il prit une grande inspiration et se composa un air admiratif :

— En tout cas, c'est une excellente idée, agent Lewis, déclara-t-il, allant même jusqu'à pousser un petit soupir de satisfaction lorsque Lewis, gonflé de l'importance des médiocres qui s'ignorent, se dirigea vers sa voiture.

— Vous pensez vraiment qu'il y a une probabilité pour que l'embaumeur loue des films de Grace Kelly dans une borne de location de films ?

Lynch me regarda comme s'il venait de me pousser une deuxième tête.

— Bien sûr que non. Pour qui me prenez-vous ? Ce malade prend la peine de déguiser des cadavres en personnages incarnés par Grace Kelly avec des vêtements sur mesure ! Nous pouvons raisonnablement escompter qu'il a acheté les DVD de ses films. Et ce d'autant plus que Grace Kelly n'a pas une filmographie ruineuse. Elle a mis fin à sa carrière d'actrice à seulement vingt-sept ans.

— C'est moche ce que vous venez de faire.

— Je suis déjà obligé de travailler avec vous, donc si je peux m'épargner la présence continue de vos anciens collègues, je ne vais pas me gêner. Cette visite de courtoisie à Zack Mahone tient toujours ou vous voulez aller avec l'autre débile ?

— Je suis allé voir un patient de Maggie, hier, un agent de la CIA.

Et pendant que je lançais l'enregistrement de mon entrevue avec Max, Lynch tenta de s'extraire de la place de parking, non sans ruiner les carrosseries des véhicules qui avaient eu l'outrecuidance de le serrer d'un peu trop près.

3

Washington, 9 h 10

Le P-DG d'USAfe Inc. avait utilisé une partie de sa fortune pour ériger un bâtiment entièrement dédié à sa vie, son œuvre, sa réussite. Dans un hall immense au centre duquel trônait une statue du maître des lieux, une hôtesse d'accueil sanglée dans un tailleur noir orné d'un badge « Zack Mahone » nous attendait. Elle nous conduisit dans une salle d'attente décorée de posters géants retraçant les différentes étapes de la légende USAfe Inc.

Lynch avisa la photo de la remise des diplômes de Zack Mahone et secoua la tête avant de se laisser tomber sur le canapé, au milieu de coussins à son effigie.

— À tous les coups, il consultait Maggie Exton pour son léger souci de narcissisme. Il est complètement piqué, ce garçon.

Probablement, mais le garçon avait eu la riche idée d'abonner sa boîte à presque tous les magazines possibles et imaginables. Dont *Wood Magazine*.

Lorsque j'avais décidé de démissionner du Bureau, ouvrir un cabinet de détective privé m'avait paru la meilleure solution pour gagner rapidement de l'argent et faire plaisir à ma femme qui rêvait de retourner vivre dans la capitale. J'avais calculé qu'il me faudrait cinq, six ans pour réaliser le projet que j'avais commencé à élaborer à l'hôpital : m'installer avec Sarah et nos futurs enfants non loin de Muddy Gap, dans une maison en bois que je construirais. Que je sois depuis toujours incapable de planter un clou correctement était un détail sur lequel j'avais refusé de m'appesantir.

Fuir la société de consommation, retrouver nos racines, vivre en pleine nature était devenu au fil des années une sorte de refrain rassurant que nous chantions à chaque pic de pollution. Mes parents et mes frères avaient l'air tellement heureux. Vivre près d'eux résoudrait forcément tous nos problèmes.

Il me fallut attendre de recevoir la demande de divorce de Sarah pour comprendre que ma future vie de rural se ferait sans elle.

Cela ne m'avait pas empêché de me lancer : ma chambre était désormais encombrée d'une dizaine de manuels, de carnets de calculs, d'un compas-traceur à niveaux, d'un tourne-bille, d'un écorçoir et de tous les instruments indispensables au futur constructeur d'une maison en rondins que j'étais devenu.

Seule la présence de Peter m'avait dissuadé d'investir dans une tronçonneuse.

— *Wood Magazine* ? Sérieusement ? souffla Lynch, alors que je prenais en photo un tableau comparatif de scies mobiles.

— Je compte construire une fuste.

— Une quoi ?

— Une maison en rondins.

— À Rock Creek Park ?

— Je suis originaire du Wyoming.

— Si je récapitule, vous comptez construire une maison en rondins dans le Wyoming et vous avez besoin de *Wood Magazine* pour vous dégotter une scie ? Eh bien, ne résiliez pas votre bail tout de suite ! ricana-t-il.

J'allais répliquer que je préférais me concentrer sur la théorie dans un premier temps, lorsque Mahone surgit et nous emmena dans son bureau. Un pan de mur était occupé par ses diplômes, les trois autres par des photos de lui en compagnie de personnalités politiques et de stars du show-biz.

Avant qu'il puisse se lancer dans sa biographie, Lynch lui colla les relevés téléphoniques de Maggie sous le nez.

— Maggie Exton était en contact régulier avec vous avant sa disparition. Nous aimerions en connaître la raison.

— Je travaille sur un projet très confidentiel.

— La femme du chef de cabinet adjoint de la Maison-Blanche a disparu, donc la confidentialité, comment vous dire… commença Lynch.

— Je suis spécialisé dans les technologies de surveillance et travaille actuellement sur un projet destiné à détecter les signes avant-coureurs d'activité terroriste. À prédire des comportements terroristes.

— Comme dans *Minority Report* ?

— Je ne fais pas dans la science-fiction, répliqua Mahone sèchement.

— Peut-on savoir en quoi cela consiste ?

— Avez-vous entendu parler du Total Information Awareness ? Un système de surveillance destiné à collecter une quarantaine de pages d'informations sur chacun des six milliards d'habitants de cette planète ? Le traitement serait confié à un hyperordinateur afin d'établir la traçabilité complète de chaque individu.

— Ce programme a été annulé en 2003.

— Pas exactement. Le Congrès a certes coupé les fonds à l'IAO[1] en 2003, mais des pans entiers de ce projet ont continué, grâce à d'autres fonds. Vous savez ce qu'est PRISM ?

Lynch acquiesça.

Grâce à ce programme mis en place par la NSA[2] avec l'aide du FBI, le gouvernement disposait de portes dérobées dans les centres de données de la plupart des grandes entreprises informatiques, lui permettant d'aller récupérer directement toutes les informations possibles. Un contrôle totalisant car, malgré leurs véhémentes dénégations, Google, Facebook

1. L'Information Awareness Office est chargé de mettre en commun différents projets de l'Agence pour les projets de recherche avancée de défense – DARPA – destinés à appliquer les technologies de l'information et de la communication pour contrecarrer des menaces asymétriques à la sécurité nationale américaine.

2. L'Agence nationale de sécurité.

et consorts avaient beaucoup à gagner d'un partenariat avec le gouvernement.

— Quel rapport avec Maggie Exton ?

— Une bonne collecte ne vaut rien si son traitement n'est pas organisé de manière efficace. Une fois les données collectées, il faut les trier et les segmenter en catégories pour classer les individus par profils types, en fonction du risque potentiel qu'ils représentent. Par exemple, avant que des passagers en partance vers les États-Unis n'embarquent, les autorités américaines connaissent leurs noms, prénoms, âge, adresse, numéros de passeport et de carte de crédit, état de santé, préférences alimentaires...

— Préférences alimentaires ? s'étonna Lynch.

— C'est très utile pour traduire leur religion, rétorqua Mahone. Une fois croisées avec les informations des services de police, du département d'État, du ministère de la Justice et des banques, ces données vont permettre d'évaluer le degré de dangerosité du passager, lequel recevra un code couleur.

— Donc un passager originaire du Proche-Orient ne mangeant pas de porc a de forte chance d'avoir droit au combo « photographie-relevé d'empreintes » par les douaniers une fois sorti de l'avion.

— Exact, confirma Mahone. Quant à celui qui est allé en Syrie, il écope d'un code rouge et n'embarque même pas. Ces catégories sont évidemment réductrices puisqu'il faut faire entrer des identités dans des catégories facilement reconnaissables et classables dans des banques de données. Nous devons savoir qui est qui, qui fait quoi et surtout qui va faire quoi. Maggie Exton nous aide à calibrer de manière plus fine ces catégories.

— Bénévolement ?

— Non, enfin si. Elle était rémunérée au début, mais depuis que son mari est devenu le numéro trois de la Maison-Blanche, elle a décidé de ne plus être payée pour ce travail.

— Mais elle continue de travailler dessus.

— Oui, d'où nos contacts téléphoniques réguliers.

— Quand l'avez-vous vue pour la dernière fois ?

— Avant les fêtes de fin d'année.

*
* *

— Je rentre chez moi et j'oblige mon fils aîné à se désinscrire de Facebook. Il tirera la tronche pendant quelques jours, mais il est hors de question qu'il soit fiché par ces tarés, décréta Lynch avant de se lancer dans l'inventaire des actions qu'il allait mener pour empêcher son fils aîné de finir comme Peter.

Il sortit son portefeuille et exhiba une photo d'un jeune garçon blond à l'air doux, souriant aux côtés de deux adolescents.

— Pas besoin de demander un test ADN, il vous ressemble comme deux gouttes d'eau. C'est qui à côté ?

— Ses amis. Ils sont inséparables.

Je rendis mon verdict :

— Je doute que Peter ait déjà eu des amis dans sa vie. Je ne me ferai pas trop de bile à votre place.

Tout en grommelant que je n'étais pas à sa place, Lynch démarra.

— Hier, avant que nous entrions chez Martin, vous m'avez dit qu'il y avait deux choses que nous devions aborder. La première, c'était le fait que Martin et Maggie n'aient pas d'enfants. Quelle était la seconde ?

— Pourquoi ne pas m'avoir dit que la mère de Martin avait été tuée lors de la fusillade de Sandy Hook en décembre 2012 ?

Je haussai les épaules :

— Ce n'est pas un secret. Elle n'était évidemment pas ciblée. Katherine Exton accompagnait son mari dans une école pour promouvoir la défense de l'environnement. C'est par ce biais qu'il est entré en politique.

— Monsieur « Eau potable » de New York, je sais. N'empêche que vous auriez dû me le dire.

— Je suis désolé, je ne pensais pas – et je ne pense toujours pas – que la mort de la mère de Martin ait quoi que ce soit à voir avec la disparition de Maggie.

Nous n'avions pas parcouru deux kilomètres qu'un bruit de vibreur me fit sursauter. Lynch bondit sur son siège et extirpa son portable de sa poche, nous gratifiant d'une embardée spectaculaire qui déclencha immédiatement un concert de klaxons furieux. Il alluma son gyrophare pour les calmer, tout en cherchant la fonction haut-parleur du téléphone.

— Brenner a appelé, nous informa la voix désincarnée de Higgins. Apparemment le bout de miette dans la dent de Claire contenait une substance tranquillisante similaire à de la kétamine. De quoi rendre n'importe qui totalement docile.

— C'est le moment où tu ajoutes que cette substance se trouve dans une seule pharmacie de toute la côte Est.

— Non. En revanche, c'est un produit à strict usage vétérinaire, ce qui semblerait indiquer que le Cinéphile n'appartient pas au corps médical. Et Brenner confirme qu'elle a bien reçu un coup de couteau ne correspondant pas aux précédents cas.

— Ce qui indiquerait qu'il a paniqué. C'est une excellente nouvelle. J'ai envie de tenter quelque chose, répondit Lynch en me tendant un article de journal découpé grossièrement. Lisez ce torche-cul !

— Le commissaire Guildenstein m'a remis les enregistrements des caméras de surveillance, ajouta Higgins.

— On en reparle plus tard, envoie-moi les infos par mail, le coupa Lynch avant de se tourner vers moi. Bon, vous en pensez quoi ?

Le journaliste ayant signé le papier était un fouille-merde de compétition à cause duquel chaque détail d'une enquête devenait de notoriété publique en moins de temps qu'il ne faut pour le dire. Il citait des sources anonymes parfois qualifiées de « personnalité proche de l'enquête » et livrait en pâture au public une compilation de fuites entachées d'erreurs grossières.

Quant au prétendu « expert médical consulté par la rédaction », il y avait fort à parier qu'il s'agissait du gros Louis, l'ambulancier de garde ce soir-là, me confia Lynch en levant les yeux au ciel.

— Ce journaliste serait parfait pour mon plan, décréta-t-il. Nous allons devenir sa « source anonyme proche de l'enquête » et lui demander de nous rédiger un article de désinformation. Il s'agit de faire croire au tueur qu'il a laissé une trace dans l'entrepôt mais que nous ne l'avons pas encore retrouvée.

— Il a laissé un indice ? s'étonna la voix d'Higgins.

— Pas à ma connaissance, rétorqua Lynch avant de raccrocher et de trouver un parking. Mais j'espère que cela l'incitera à revenir sur les lieux.

— Et pourquoi le journaliste ferait-il ça ?

— Vous vous souvenez que je vous ai dit que l'autre malade peignait les ongles de ses victimes à la peinture ?

— La Pink Lady machin de chez Pantone.

— Voilà. Nous sommes quatre à connaître ce détail : Brenner, qui est une tombe et méprise les journalistes puisqu'ils n'ont pas de doctorat en médecine légale, Higgins, qui, même sous la torture, ne dira rien, vous et moi. On fait venir le journaliste et en échange de cette information, on lui demande de nous rendre service.

*
* *

Comme le suggérait son article, le journaliste qu'avait dégotté Lynch était un crétin arrogant qui savait tout sur tout. Il aurait suffi qu'on lui donne le feu vert pour qu'il arrête immédiatement le Cinéphile. Un clone de l'agent Lewis.

Il ne nous épargna rien. Du cours de psychologie de comptoir durant lequel il nous expliqua que la psychopathie concernait 3 % des hommes et 1 % des femmes à l'affirmation que la plupart des psychopathes n'étaient pas des tueurs de sang-froid ni des tueurs psychotiques et à la conclusion que beaucoup d'entre eux évoluaient parmi nous, positivement.

— Des psychopathes à succès, en somme, conclut Lynch.

Qui ambitionnent plus de gravir les échelons que de déguster le thymus et le pancréas de leurs collègues sur un lit de morilles.

Bombant le torse, il nous gratifia d'un long discours sur l'absence de confiance de la population vis-à-vis de la police. En particulier celle de Baltimore. Il recevait des appels quotidiens de citoyens préférant confier leurs informations à un journaliste aussi intègre que lui qu'à des tueurs d'enfants.

— Il s'entendrait à merveille avec mon beau-frère, me glissa Lynch à l'oreille avant de se redresser et de rétorquer : vous n'êtes pas le seul à recevoir des coups de fil de personnes faisant preuve d'un don d'observation rétrospectif particulièrement développé. Nous recevons également notre lot d'appels de témoins convaincus d'avoir aperçu un homme louche se trimballer avec un paquet imposant ou une passagère immobile.

Une fois son CV présenté sous toutes ses coutures, il nous scruta avant de demander ce qu'il pouvait faire pour nous.

— Nous aider à tendre un piège au Cinéphile. Grâce à un article qui le pousserait à revenir sur les lieux où a été retrouvé le corps de Claire Spencer. Nous voudrions lui faire croire que nous avons retrouvé un indice. Un indice qui pourrait nous faire remonter jusqu'à lui.

— Un leurre.

— C'est ce que je viens de vous dire, répliqua Lynch en soupirant.

— Quel type d'indice ?

— Un indice exploitable par nos services scientifiques. Nous pensons qu'il a une formation scientifique, académique ou non. Nous avons donc fait préparer par une équipe scientifique un cadre précis et crédible sur lequel il vous suffira de broder.

— J'ai besoin d'y réfléchir. Vous comprenez que mentir délibérément pour un papier est éthiquement très discutable, rétorqua-t-il en s'éloignant, drapé dans sa dignité.

Comme l'avait prévu Lynch, les vapeurs de chochotte existentialistes de notre apprenti Pulitzer s'évanouirent dès qu'il comprit qu'en échange de sa prose un indice inconnu de la presse lui serait transmis. Oubliées, l'éthique et la déontologie. La perspective d'un scoop lui fit extirper son carnet et son stylo d'un geste décidé.

— Bon, j'écris quoi ?

4

Washington, 14 h 30

Outre être un génie de l'informatique, Peter possédait la capacité de transformer n'importe quel lieu en un dépotoir géant. Nos locaux de Foggy Bottom ne faisaient pas exception. C'est bien simple, j'avais l'impression de me retrouver dans la voiture de Lynch.

Le bureau était dans un tel état qu'il aurait quasiment mieux valu y mettre le feu et tout reconstruire grâce à l'assurance.

— Tu as pensé à passer l'aspirateur ?

Peter s'en étrangla d'indignation :

— Évidemment.

— Mais quand ? Et surtout où ? Il n'y a pas un centimètre carré de visible. Tu es certain de l'avoir passé ?

— Non. Mais j'y ai pensé et j'ai reçu un mail de notre ancien collègue de Memphis.

Lorsque nous avions démissionné du bureau, nous étions restés en contact avec un seul agent à qui nous avions la faiblesse de parler. Depuis, il clamait qu'il avait perdu ses deux seuls amis et nous livrait régulièrement sa philosophie de vie en format Jpeg, affectionnant les clichés mal orthographiés et les citations d'artistes morts, de préférence dans des conditions tragiques. Car rien n'est plus tentant que de suivre les préceptes d'un mec mort d'overdose.

— Je te suis reconnaissant de m'avoir extrait de cette tourbe.

— Ce sentiment ne sera réciproque que si tu as trouvé des informations.

— J'ai pu récupérer tous les textos que Maggie Exton a reçus sur son portable professionnel durant les six derniers mois, nous apprit Peter. Il n'y a rien d'intéressant, 99 % proviennent de ses deux secrétaires, celle de Johns-Hopkins et celle de son cabinet.

— Et le 1 % restant ?

— Des notifications mal cryptées de versements trimestriels de 30 000 dollars sur un compte bancaire. Pas le sien.

— Il est possible de savoir d'où ils proviennent ?

— Pour que l'intelligence la plus minime – et je parle de la vôtre – puisse saisir la méthode que j'ai employée, je vais simplifier, nous annonça Peter. Chaque texto a une empreinte numérique qui lui est propre. Il faut identifier le portable d'où ils ont été expédiés.

— Et ? s'impatienta Lynch.

— Le téléphone utilisé a été allumé avant d'envoyer ces textos et éteint juste après.

— Ce qui signifie qu'il n'est pas resté allumé assez longtemps pour être localisé ?

— Exactement. Mais j'étais sur le point de tenter quelque chose lorsque vous m'avez interrompu, expliqua Peter. Laissez-moi une demi-heure, conclut-il avant de mettre un casque antibruit sur ses oreilles et de se tourner vers le plus massif des trois écrans de son bureau.

Lynch se mordit les lèvres et commença à souffler en prenant soin d'éviter mon regard. Je décidai d'intervenir :

— Vous comptez me donner de plus amples explications sur les enregistrements des caméras de surveillance dont a parlé l'inspecteur Higgins tout à l'heure ou pas ?

— Justement, je ne sais pas. J'hésite. J'ai une décision à prendre, avoua-t-il en se mordillant un ongle. C'est compliqué.

Il se leva et commença à faire les cent pas.

Dix minutes plus tard, il s'immobilisa devant moi :

— Je suis flic depuis plus de quinze ans. Sans me vanter, je crois que j'ai une sorte d'instinct. Mon instinct me dit de ne pas vous cacher que votre copain n'est pas clair avec nous.

— C'est-à-dire ?

Lynch ouvrit son sac et en extirpa un ordinateur portable qu'il alluma. Quelques manipulations plus tard, Martin apparut à l'écran.

— Guildenstein a récupéré les enregistrements des caméras de surveillance du gigantesque open space dans lequel Exton et son équipe rédigent le discours sur l'état de l'Union. Ceux du vendredi 8 janvier. À 17 h 10, Martin Exton quitte la pièce pour se rendre dans un local à archives. Dont on le voit émerger à 19 h 45 juste avant qu'il rejoigne son équipe dans l'open space. Higgins est allé vérifier, le local est certes au troisième étage du bâtiment, mais il dispose d'une fenêtre donnant sur l'escalier de secours de l'immeuble.

— Il lisait des documents ?

— C'est ce que je pensais avant qu'Higgins me fasse remarquer qu'il n'y a pas d'électricité dans le local. La seule source de lumière est la fenêtre. Fenêtre qui donne sur l'escalier de secours de l'immeuble, répéta-t-il lentement en me fixant avant d'ajouter : le soleil se couchant à 17 heures et quelques, je vous laisse tirer vous-même les conclusions auxquelles je suis arrivé.

J'allais répliquer lorsque le minuteur de Peter sonna, qu'il retira son casque et claqua des doigts pour réclamer notre attention.

— Si je voulais, je pourrais devenir millionnaire, nous informa-t-il. Je viens d'avoir une preuve supplémentaire de ma supériorité intellectuelle.

— Comme s'il avait besoin de ça, soupira Lynch.

— Je viens d'étudier les comptes de Zack Mahone. Il versait chaque trimestre 30 000 dollars à Maggie Exton, comme il vous l'a dit. Il a arrêté ces virements il y a trois ans, lorsque son mari est devenu chef de cabinet adjoint de la Maison-Blanche. Trois mois plus tard, il a commencé à virer exactement la même somme *via* un de ses comptes planqués sur le dark web.

— Qu'est-ce que c'est encore que ce truc ? soupira Lynch.

— Le côté obscur de la force. Une toile décentralisée d'ordinateurs dotés d'un cryptage le plus souvent privé. Vous êtes d'autant plus impardonnable que je vous ai parlé de TOR. Vous me décevez.

— Je survivrai. Donc, Mahone, son fric et votre dark web ?

— Zack Mahone a un compte sur le dark web dans lequel il puise pour verser de l'argent sur un autre compte du dark web. Trouver son propriétaire va me prendre un peu plus de temps. Lorsque Mahone transfère de l'argent sur ce compte, il baptise l'opération « M. E. ». Comme je le disais, une preuve supplémentaire de ma supériorité intellectuelle et du fait que je pourrais être millionnaire en deux temps, trois mouvements.

— « M. E. » Comment un type aussi parano peut-il être aussi stupide ? Il n'aurait pas pu inventer un nom de code, non ? Le type prend la peine d'aller dans votre machin dark et marque « M. E. ». *Imitation Game* aurait été drôlement court si le code avait été aussi basique. Qu'est-ce que vous faites encore assis ? On retourne le voir ! s'exclama Lynch pendant que je glissais un post-it dans la main de Peter.

*
* *

— Chaque trimestre, vous effectuez un virement de 30 000 dollars sur un compte du dark web et prenez la peine d'en informer Maggie Exton par SMS. C'est votre nouvelle conseillère banquière ? demandai-je pendant que Lynch tripotait un cube à l'effigie de celui que nous interrogions.

— Tout travail mérite salaire, balbutia Mahone, mais je vous jure que je ne lui ai plus versé d'argent sur son compte personnel depuis l'entrée de son mari à la Maison-Blanche. Je vous garantis que ce n'est pas le compte de Maggie.

— Laissez-moi clarifier la situation, annonça Lynch. Vous êtes dans une merde noire. Si vous nous en dites plus, peut-être pourrons-nous trouver un arrangement. Peut-être.

— Je vous l'ai dit : son expérience de psychiatre nous était indispensable.

— Vous vous répétez ! Donnez-nous de nouvelles informations ! s'impatienta Lynch en ponctuant chaque mot d'un coup de cube.

— Lorsque son mari est devenu chef de cabinet adjoint en janvier 2013, elle m'a dit d'arrêter les virements sur son compte et m'a donné un autre numéro de compte sur le dark web. Elle m'a certifié qu'il ne lui appartenait pas.

— Je veux toutes les informations relatives à ce compte.

— C'est confident… commença à balbutier Zack avant de s'arrêter net en voyant Lynch écarter sa veste et tapoter négligemment son arme.

Ne jamais négliger l'avantage que confère un Glock 22 sur l'adversaire. À la vue de l'arme de Lynch, Zack Mahone, bien placé dans le top cent des plus grosses fortunes des États-Unis, selon Forbes, modèle de réussite entrepreneuriale et idole de tous les étudiants de MBA d'Amérique, se transforma immédiatement en flaque d'urine.

— Je ne sais pas qui est le propriétaire du compte. Je vous le promets ! Je n'ai aucune information dessus.

— Je me sens agacé, répliqua Lynch en se tournant vers moi. Ne vous sentez-vous pas agacé ?

Je hochai la tête. Mahone était livide. Il prit une grande inspiration avant d'avouer :

— Maggie a constitué une cohorte, un groupe témoin servant de calibrage. Elle a ajouté certaines personnes que nous étions convenus d'écarter. Je ne sais pas pourquoi elle a fait ça, je vous le promets.

— Je veux la liste et toute la documentation existant sur les personnes ajoutées par le Dr Exton.

— Seule Maggie connaissait l'intégralité de la liste. Les informations sont volontairement disséminées, mais je vais les trouver, je vous le promets, balbutia-t-il en s'affaissant davantage sur son fauteuil.

— Je compte sur vous pour honorer les très nombreuses promesses que vous venez de nous faire, monsieur Mahone, conclut Lynch en tapotant son holster d'un air mauvais.

*
* *

Baltimore, 17 h 30

Lynch plongea la main dans le carton de donuts posé sur le bureau de son assistante, en fourra un dans sa bouche, en garda un à la main et me tendit le carton. Je secouai la tête et le suivis dans son bureau. Vivre avec Peter avait eu l'avantage de me dégoûter à vie de toute la partie sucrée de la *junk food*. Alors qu'il était capable de vivre des semaines entières en ne se nourrissant que de plats préparés, mon associé malgré moi avait une idée très arrêtée sur les graisses transhydrogénées et le sucre raffiné. Une idée et une foule de documents chiffrés et imagés qui m'avaient vacciné à vie contre ce genre de pâtisseries.

Lynch n'avait pas dû se pencher sur ce type de statistiques et, transformé en hamster, il discutait avec Higgins, manifestement habitué à voir son chef tenir un discours parfaitement audible avec une moitié de donut coincée dans la joue.

— L'inspecteur Higgins vient de visionner les enregistrements de l'immeuble faisant face aux fenêtres du local dans lequel Martin Exton a passé plus de deux heures et demie, m'informa Lynch.

— Et ?

— Peut-être que votre copain a effectivement passé deux heures et demie à lire dans le noir avec des lunettes à infrarouge. On ne le voit pas à proximité de la fenêtre et encore moins de l'escalier de secours.

Je hochai la tête. En moins d'une heure de recherche, Peter m'avait informé que Martin n'avait pas bougé du troisième étage du bâtiment. Son portable était formel sur ce point.

— Il va falloir lui poser la question, insista Lynch.

Mon téléphone sonna et je le posai sur le bureau de Lynch, le haut-parleur enclenché.

— Le compte sur lequel Zack Mahone verse 30 000 dollars par trimestre appartient à Winston Smith, nous informa la voix désincarnée de Peter.

— Qui est-ce ?

— Le créateur des Sentinelles, une association non lucrative de défense de la vie privée. Ses membres sont très actifs depuis une dizaine d'années. Bien avant l'onde de choc provoquée par les révélations d'Edward Snowden. Ce sont de véritables précurseurs en matière de lutte contre la cybersurveillance. Même si techniquement ils sont très loin de mon niveau, ils ont une grande influence, continua Peter. Le guide pratique de la protection de la vie privée qu'ils ont rédigé œuvre à la démocratisation de l'utilisation d'outils de communication chiffrés et ils ont lancé plusieurs campagnes très suivies contre la surveillance de masse.

— Je vois très bien de qui il s'agit, s'exclama Higgins en se levant d'un bond et en revenant quelques minutes plus tard un épais dossier sous le bras. Ils ont énormément de soutiens : des ONG, Greenpeace et Amnesty International, le Parti Pirate, ainsi que des sociétés civiles de défense des libertés. Ils ont réussi à amener de grandes multinationales, comme Mozilla ou Google, à se poser en rempart contre la surveillance de masse, alors que leur modèle économique repose sur l'exploitation des données personnelles des internautes. On a arrêté plusieurs de leurs membres il y a deux mois. Ils manifestent régulièrement sur Baltimore, New York, Philadelphie et évidemment Washington.

Lynch se rua hors de son bureau et aboya ses ordres :

— J'ai besoin des enregistrements des caméras de surveillance autour du Komi, dans Dupont Circle, le 2 janvier entre 20 heures et 22 heures. Avant que vous n'arriviez chez les Exton, la nuit de la disparition de Maggie, Martin Exton m'a raconté qu'ils avaient été pris à partie par des manifestants antisurveillance en sortant d'un restaurant le samedi précédent. Il faut les identifier.

— Des membres des Sentinelles venus en personne remercier Maggie de ses généreux dons ?

*
* *

Heureusement pour nous, Jane était bien meilleure dans son travail qu'en pâtisserie et moins d'une heure plus tard nous nous retrouvâmes devant le grand écran du bureau de Guildenstein à visionner Martin et Maggie en train de sortir du restaurant.

— Pause ! s'exclama Higgins.

— Pause ?

— Pause comme dans « revenez en arrière et appuyez sur la touche avec les deux barres verticales ». Voilà. Gros plan. Là, à côté de la clique habituelle des manifestants, regardez !

Je me penchai vers l'écran pendant que Lynch parcourait le dossier constitué par Higgins en diagonale. Il avait la ferme intention de rentrer chez lui écouter ses fils raconter leur journée en se coupant la parole, discuter avec Emily et lui proposer de planifier un dîner en tête à tête. Si la baby-sitter n'était pas disponible, Henri était assez grand pour gérer les deux petits et ce restaurant japonais avait l'air parfait. Emily adorait Washington. La remarque d'Higgins lui fit lever la tête et observer l'écran.

— Le chef des Sentinelles en personne ? C'est très étonnant qu'il soit présent.

— Martin Exton est chef de cabinet adjoint de la Maison-Blanche. Que le cerveau d'un des mouvements les plus virulents d'antisurveillance soit présent n'est pas illogique, proposa Jane.

— Winston Smith est agoraphobe, bourré de TOC et vit en reclus entouré d'ordinateurs. L'associé de Jack est l'équilibre fait homme par rapport à lui, ce qui, je vous le garantis, donne une idée du degré de la santé mentale du gugusse. Au-delà de ses névroses multiples et variées – vous saviez que certaines personnes s'arrachent et mangent leurs cheveux ? Trichotillomanie. Bref Smith fait ça – il a également la particularité d'avoir fréquenté les bancs d'Harvard en même temps que Maggie Exton. Tu as vraiment fait du bon boulot, Higgins.

— On ne m'appelle pas le John McClane de Baltimore pour rien.

— Personne ne t'appelle ainsi, répliqua Jane.

— Rome ne s'est pas faite en un jour. Regardez, deux manifestants prennent Martin Exton à partie, et Smith, qu'est-ce qu'il fout ?

— Il se rapproche de Maggie.

— Il doit la connaître s'ils étaient ensemble à Harvard, proposa Higgins.

— Il y a vingt-deux mille étudiants inscrits à Harvard, alors même en admettant qu'il y en avait moins dans les années 1990, ça reste de gros effectifs, répliqua Lynch. L'angle n'est pas bon. Jaaaaaane !

— Pas la peine de crier, je suis à un mètre.

— Serait-il possible d'avoir les enregistrements du samedi 2 janvier à 21 h 30 du Sushi Taro ? Elle faisait verser 30 000 dollars tous les trimestres aux Sentinelles, discutait avec des traumatisés de la CIA, avait des connaissances peu communes en matière d'informatique, récapitula Lynch. On est loin de l'image de départ, non ? Et votre copain, rajouta-t-il en se tournant vers moi, en admettant qu'il soit vraiment resté enfermé dans un local sans lumière pendant deux heures trente pendant que sa femme se faisait enlever, n'est pas clair du tout. Comment un mari peut-il ignorer à ce point les activités annexes de sa femme ?

— Il travaille dix-huit heures par jour, sans doute plus pendant la préparation du discours sur l'état de l'Union. Peter est en train d'étudier l'historique des bornages de son téléphone portable auquel Martin est attaché comme un diabétique à sa pompe à insuline.

Lynch parut ébranlé :

— Vous enquêtez sur lui ? Vous non plus, vous ne le trouvez pas clair ?

— Nous travaillons en équipe sur cette affaire. Vos questionnements deviennent les miens. En ce qui me concerne, je suis convaincu que Martin n'a rien à voir avec la disparition de Maggie. Déjà parce qu'il ne me mentirait pas. Quand il ment, il a un tic très reconnaissable. Il passe frénétiquement son pouce sur son index.

— Il travaille toute la journée avec des types dont le métier consiste à mentir comme des arracheurs de dents. Ça a peut-être déteint, ne vous en déplaise. J'ai interrogé des types dont les talents de comédiens auraient rendu jaloux Al Pacino.

— Et accessoirement, il n'est pas masochiste au point de me demander d'enquêter sur une disparition s'il en était responsable. Mais, encore une fois, Lynch, nous travaillons en équipe. Et je n'ai pas d'explication pour ces deux heures trente hors caméra.

Jane lança la vidéo et l'autre angle nous permit de voir clairement le leader d'un des mouvements les plus opposés au *Patriot Act* glisser un papier dans la main de Maggie. La femme de celui qu'il considérait comme son ennemi juré.

— Faites un gros plan sur le papier, exigea Lynch.

— L'image serait trop pixellisée.

— Dépixellisez-la !

— On ne peut pas diminuer les pixels, répliqua Jane avant de lancer le logiciel de reconnaissance faciale de tous les protestataires.

Mardi 12 janvier 2016

5

Ellicott City, banlieue de Baltimore, 6 h 50

Thomas répartit les œufs brouillés qu'il venait de préparer dans les cinq assiettes posées sur la table de la cuisine et s'adossa au plan de travail, prêt à faire face aux récriminations qui ne manqueraient pas d'éclater dans les trois prochaines secondes.

— Il en a eu plus que moi.

— J'ai deux ans de plus, c'est normal que j'en ai plus que toi, minus.

— Vingt et un mois, pas deux ans.

Emily arriva et il lui tendit une tasse de café :

— Tu te souviens quand on se demandait si un petit quatrième n'aurait pas été le bienvenu ?

— On était jeunes, on était stupides, répliqua-t-elle en séparant Jim et Billy qui avaient entrepris un duel à coups de fourchettes.

— Est-ce que pour mon anniversaire je pourrais avoir un smartphone ? demanda Henri.

— Les adolescents branchés sur leurs smartphones plus de cinq heures par jour ont 66 % de risques supplémentaires de souffrir de symptômes suicidaires que ceux qui n'y consacrent qu'une heure, rétorqua Thomas.

— Donc, c'est non.

— Donc c'est non. Les réseaux sociaux affectent la santé mentale des adolescents et je suis bien placé pour te dire qu'en grandissant certains ne s'en remettront jamais. Tu as un téléphone, tu peux te servir de l'ordinateur cinq heures par semaine et tu peux inviter tes amis quand tu veux, donc cela nous semble amplement suffisant. Et…

— Et quoi ? rétorqua Henri. Et si je devenais comme le collègue geek de ton nouveau partenaire ? C'est ce que tu penses, non ?

— Absolument pas, protesta Thomas qui venait exactement de penser ça. Et comment es-tu au courant de l'existence de Peter ?

Thomas avait toujours mis un point d'honneur à ne jamais parler de ses enquêtes devant ses fils qui n'avaient, lui semblait-il, pas besoin de ce genre de stimulations. Les exercices anti-attentats et antifusillades auxquels ils avaient droit à l'école lui paraissaient suffisamment anxiogènes pour ne pas en rajouter.

— Je vous ai entendu en discuter hier soir avec maman, répliqua Henri en haussant les épaules. J'avais besoin d'un coup de main en maths…

— Et tu as pensé que je pourrais t'aider ? s'étrangla Thomas, certes flatté mais également atterré que son fils ait aussi peu de jugeote.

Henri leva les yeux au ciel en secouant la tête :

— Bien sûr que non, je suis pas débile, je voulais demander à maman.

Thomas finit son café pendant qu'Emily ricanait dans sa tasse.

— Mon ego brisé et moi allons au bureau, puis je dois filer à la Maison-Blanche. Et ensuite, j'ai une visite à rendre à un type qui a passé tellement de temps sur les écrans qu'il s'en arrache les cheveux et se nourrit de leurs bulbes.

*
* *

Washington, 9 h 30

— On te voit sortir de la pièce, te rendre dans un local à archives et tu n'en ressors que deux heures trente-cinq plus tard, à 19 h 35.

Martin hocha la tête et posa ses mains à plat sur son bureau :

— Je savais que vous alliez visionner les caméras de surveillance et j'y ai beaucoup réfléchi. La seule explication que j'ai à vous offrir est que je me suis endormi.

— Dans un local à archives ? s'étrangla Lynch.

— Je suis arrivé sur place vers 6 h 15, je n'ai fait aucune pause jusqu'à 17 heures. Je me souviens d'être sorti de la pièce, d'avoir bu à la fontaine pour faire passer l'aspirine que je venais de prendre et de m'être rendu dans le local pour récupérer un rapport sénatorial.

— Vous n'avez pas d'assistantes pour ça ?

— J'avais juste besoin de vérifier un chiffre. Je voulais prendre un cachet sans que mon équipe le voie et je voulais en profiter pour me dégourdir les jambes.

— Continuez.

— Je suis entré, il faisait sombre, il n'y avait pas de lumière. Après, c'est le trou noir. Lorsque je me suis réveillé, j'étais affalé contre une étagère. Il était plus de 19 h 30. J'ai rejoint mon équipe.

— As-tu déposé au pressing les vêtements que tu portais ce jour-là ?

Martin secoua la tête :

— C'est Maggie qui dépose nos vêtements au pressing. C'est sur son chemin et ses horaires sont plus souples que les miens.

— Je vais envoyer l'inspecteur Higgins les récupérer chez vous, intervint Lynch.

— Vous pensez que j'ai pu faire quelque chose à Maggie ? demanda Martin, le regard fixé sur son sous-main.

Étonnamment, ce fut Lynch qui répondit :

— Nous allons faire analyser vos vêtements, mais pour le moment, personne ici ne vous considère comme un suspect potentiel.

*
* *

Washington, 10 h 30

Extraire Peter de son écosystème nécessitait un travail préparatoire poussé consistant en beaucoup de flatterie – « sans toi, nous ne serons pas capables de comprendre ce qu'il nous dit », ce qui était rigoureusement exact – et de prévisions minutieuses sur le temps de trajet compte tenu de la circulation, de l'itinéraire retenu et de l'état du véhicule comportant l'historique de ses révisions chez un garagiste agréé.

— Les accidents de la route demeurent l'une des principales causes de mortalité aux États-Unis, intervint une voix sur le siège arrière. En 2015, 35 092 personnes sont décédées dans un accident de la route. L'Administration nationale de la sécurité routière a estimé à plus de 240 milliards de dollars par an le coût des accidents si l'on ne compte que les décès, les quatre millions de blessés et les vingt-quatre millions de véhicules endommagés. En y ajoutant le coût des conséquences sociétales, on obtient un coût total de 900 milliards de dollars par an.

— Mais qu'est-ce qui lui prend de nous gonfler avec ses statistiques ? maugréa Lynch en grillant un feu rouge.

— La NHTSA distingue trois grands facteurs : une vitesse excessive, l'alcool et la distraction, qui seraient respectivement responsables de 21 %, 18 % et 17 % des pertes économiques.

— Il va finir par nous porter la poisse, décréta Lynch en pilant pour laisser sortir un bus scolaire.

— La « poisse » n'existe pas plus que la « chance ». Si nous intégrons les statistiques d'accidents de la route, cela ne sera dû qu'à votre incroyable incompétence. Je n'ai jamais eu l'occasion de voyager avec un aussi mauvais conducteur. Sachant que je ne saurais qualifier Jack d'as du volant.

— Merci Peter.

Sans lever le pied de l'accélérateur – ai-je besoin de le préciser ? – Lynch se retourna et commença à aboyer :

— Vous pensez réellement qu'on maîtrise la langue de votre club de tarés ? Vos « TAILS », vos « TOR » et compagnie ? Non. Donc faites votre devoir de citoyen et fermez-la ! Jack ne vous héberge pas gratuitement uniquement pour que vous jouiez avec votre merdier dans le confort d'un bureau chauffé, que je sache !

Le fait est que cette dernière phrase résumait largement la fiche de poste de Peter. Lorsqu'il avait montré des velléités – sa lettre de démission accompagnée d'un vibrant discours devant tous nos collègues sur son soulagement de ne plus travailler avec des personnes aussi basses de plafond dans des bureaux qui, il tenait quand même à le faire remarquer, ne respectaient absolument pas les normes d'hygiène et de sécurité en vigueur – de quitter le bureau de Memphis pour m'accompagner, sa mère m'avait rendu visite. Elle souhaitait me dire que Peter était un garçon exceptionnel et avait un cœur en or, mais avait quelques petites manies que, pour son bien-être, il me faudrait respecter. M'en étais-je rendu compte ?

Si peu.

C'était trois fois rien, m'avait-elle rassuré avant de me tendre une liste longue comme le bras dont le quart aurait suffi à envoyer n'importe qui en hôpital psychiatrique. S'il me restait quelques illusions sur l'équilibre mental de mon futur partenaire, apprendre qu'il me faudrait désormais, entre autres, chauffer son lieu de travail à 22,5 degrés, lui laisser la salle de bains de 6 h 55 à 7 h 15 puis de 21 h 10 à 21 h 30, faire en sorte que les différentes catégories d'aliments ne se touchent jamais dans son assiette et bannir les vêtements en velours côtelé et les pêches – curieusement les brugnons et les nectarines étaient autorisés, si tant est qu'ils restaient dans le bac à légumes du réfrigérateur – me les ôta immédiatement.

— J'ai prié toute ma vie pour que Peter ait la chance de trouver un ami comme vous, ajouta-t-elle les yeux brillants de larmes, avant de me prendre les mains et de les serrer dans les siennes.

Après tout, un peu d'excentricité n'avait jamais tué personne, et même si j'avais passé nos six premiers mois de cohabitation à espérer secrètement qu'il tente de pirater un serveur trop sensible et se fasse pincer, notre association fonctionnait plutôt bien. Je la supportais d'autant mieux que j'étais convaincu de quitter Washington d'ici cinq ans. Et que je ne maîtrise pas la technique de l'entaille en tête de bélier – la technique de base pour un fustier, d'après la pile de manuels dans lesquels je me plongeais à chaque angoisse – avait été rapidement relégué au rang de détail insignifiant.

Un changement de conducteur et vingt minutes de trajet plus tard, nous arrivâmes à Columbia Heights, un quartier du nord-est de la ville, aux façades colorées, traditionnellement afro-américain – Marvin Gaye y avait grandi et Duke Ellington y avait acheté sa première maison –, que la gentrification avait progressivement transformé en quartier latino.

Winston Smith habitait le souplex d'une maison victorienne en brique de Columbia Road. Je sonnai et un trentenaire maussade et maigrichon habillé de la tête aux pieds en noir, un bonnet de laine enfoncé sur la tête, entrouvrit la porte, avisa le badge de Lynch et nous fit entrer en grommelant.

Dès l'entrée, des piles de flyers et des affiches placardées sur chaque centimètre carré de mur annonçaient la couleur : « Selon les défenseurs du *Patriot Act* au Congrès, il ne nous reste qu'une heure à vivre avant que les terroristes ne détruisent le monde #YOLO. »

— Dièse YOLO ?

— Hashtag *you only live once*[1], traduisit Peter en soupirant pour la vingt-deuxième fois environ depuis que nous étions sortis de la voiture.

— « Ceux qui peuvent renoncer à la liberté essentielle pour obtenir un peu de sécurité temporaire ne méritent ni la liberté ni la sécurité. Benjamin Franklin », lut Lynch. C'est profond.

Smith haussa les épaules.

— Les guerres au cours desquelles les libertés civiles ont été limitées étaient bornées dans le temps. Par exemple, la guerre de Sécession au cours de laquelle Lincoln a décrété la loi martiale. La guerre contre le terrorisme est sans limites, ni dans le temps ni dans l'espace. Dès

1. « On ne vit qu'une fois. »

lors, pourquoi les restrictions de nos libertés disparaîtraient-elles ?

— Vous ne considérez pas le terrorisme islamiste comme un grave danger ?

— Si. Mais de là à considérer qu'il va entraîner la fin de notre civilisation, il y a une marge.

Pour un type présenté comme taiseux dans les articles consacrés aux Sentinelles que j'avais lus, Winston Smith se montra particulièrement disert.

Tout en s'arrachant méthodiquement les cheveux malgré son bonnet, il nous expliqua que le concept de *Homeland Security* reposait sur le principe de vulnérabilité du territoire américain. La peur confinant à la paranoïa d'être infiltré par un ennemi qui contaminerait les États-Unis par ses idées subversives. Après avoir pris la forme du « subversif » adepte des idées de la Révolution française, de l'anarchiste, du syndicaliste et du communiste, le démon avait pris la forme du terroriste islamiste. Le *Patriot Act* avait réactivé une logique pervertie consistant à relier l'immigration, la criminalité, le terrorisme et l'abus des droits sociaux.

Ce n'était pas un hasard si la Fédération pour la réforme de l'immigration américaine, connue pour ses positions anti-immigration, buvait du petit lait en voyant le *Patriot Act* ériger au rang de loi la plupart des positions discriminantes qu'elle avait tenues.

Les États-Unis avaient toujours considéré leur territoire comme un sanctuaire dans lequel il était inenvisageable que des actions terroristes aient lieu. Pour débusquer l'ennemi, il fallait lutter sur tous les fronts : surveillance des individus, de leurs mouvements et réseaux grâce à un arsenal de surveillance électronique, le renforcement des contrôles aux frontières, la protection des infrastructures critiques et la lutte contre les armes de destruction massive.

Depuis la chute des régimes communistes, l'ennemi potentiel était partout, des acteurs non étatiques aux pays en voie de développement et aux pays capitalistes.

— L'amalgame entre terroriste, immigré et criminel ne date pas du 12 septembre, fit remarquer Peter.

— Certes, mais le gouvernement en a profité pour adopter le plus de mesures exceptionnelles possible, avec la bénédiction de l'opinion publique, s'étrangla Smith. Bush a surfé sur la vague des attentats pour lancer un programme visant à remodeler l'ordre international selon les intérêts américains.

— Et concrètement, entre deux manifestations de protestation, que faites-vous ?

— On bloque des sites.

— Comment ?

— En ajoutant au code de certains sites un script capable de détecter les adresses IP des ordinateurs du Congrès, du département de la Justice et de la Sécurité intérieure. Si une personne se rend à partir de ces ordinateurs sur l'un des quinze mille sites Internet ayant intégré le bout de code que nous leur avons fourni, elle est redirigée vers la page de Fight for the Future ou une autre page de black-out. Cette campagne a été un vrai succès.

Peter leva les yeux au ciel :

— Ce que vous qualifiez de succès n'est dû qu'à l'incroyable incompétence des utilisateurs des sites incriminés. Il suffit d'utiliser une clé 3 ou 4G ou de désactiver le javascript pour que ces blocages soient caducs.

Smith accusa le coup et je repris :

— Et pourquoi contacter Maggie et non son mari ? Elle n'a rien à voir avec ce que vous voulez dénoncer.

— Je connaissais Maggie Exton avant son mariage. Les mails que je lui envoyais n'étaient pas menaçants et elle n'a jamais porté plainte contre moi, que je sache.

— Non, elle est même très généreuse avec vous puisqu'elle a demandé à Zack Mahone de vous verser son salaire pour son travail chez USAfe Inc.

Smith pâlit.

— Vous saviez que Zack Mahone vous versait cet argent ?

Apparemment non, puisque Smith avait également une opinion très établie sur USAfe Inc. et son fondateur, « un psychopathe nourrissant le projet orwellien d'une surveillance de masse prédictive destinée à bâtir des profils de comportements suspects à partir d'algorithmes ».

— L'Amérique a sombré dans la paranoïa et la machine techno-sécuritaire s'est emballée. Un nouveau mode d'exercice du pouvoir fondé sur la peur, la suspicion, l'urgence et la violation des libertés fondamentales a été instauré avec l'assentiment de l'opinion publique. Nos droits les plus fondamentaux sont bafoués par le gouvernement dans l'indifférence générale. Adieu liberté d'expression, droit au secret de la vie privée et droit du citoyen à l'information dans les enquêtes dont il fait l'objet.

Smith se tourna vers Lynch et ajouta :

— Vous êtes bien placé pour savoir que la municipalité de Baltimore s'est acoquinée avec un ancien ingénieur de l'US Air Force. La ville est survolée dix heures par jour par un avion Cessna suréquipé de matériel de surveillance, dont des IMSI-catchers capables de collecter massivement les données téléphoniques des citoyens survolés. Et je ne vous parle même pas du *CitiWatch Community Partnership*.

Je me tournai vers Lynch :

— Le *CitiWatch Community Partnership* ?

— Un programme de surveillance entre la ville, des commerçants et des particuliers, éclaircit-il.

— Oui, reprit Smith. Parce que Baltimore ne s'est pas contenté d'instaurer le plus vaste système de surveillance mis en place par une municipalité. Elle demande carrément à ses habitants de se surveiller les uns les autres. Ce n'est plus de la protection, c'est de la délation sous couvert de patriotisme.

— Justement, rebondit Lynch. À propos de caméras de surveillance, l'une d'elles vous montre en train de glisser quelque chose dans la main de Maggie. Nous voudrions savoir de quoi il s'agit.

— Deux numéros de téléphone.

— Deux numéros de téléphone ?

— Parfaitement, répliqua Smith en allant chercher un papier qu'il nous remit. Le premier est celui d'un traiteur chinois dans le Minnesota. Constatez vous-même, l'indicatif 763 dessert les banlieues au nord-ouest de Minneapolis…

— Vous êtes sorti de votre antre pour refiler à la femme du chef de cabinet adjoint de la Maison-Blanche le numéro de téléphone d'un traiteur chinois situé à mille huit cents bornes de chez elle ?

Smith haussa les épaules et poursuivit :

— Et l'autre à New York. Indicatif 917. Un type a répondu, j'ai raccroché. J'ai décidé que ça ne m'intéressait pas de surveiller les autres alors que je me bats pour ne pas l'être.

— On va reprendre depuis le début, commença à s'agacer Lynch.

— Nous n'avions pas prévu de manifester, mais deux jours avant, j'ai reçu un coup de fil anonyme m'indiquant deux numéros de téléphone : 763-655-5463 et 917-464-2855. Nous étions convenus avec Maggie que le jour où ça arriverait, j'aurais quarante-huit heures pour lui communiquer ces données.

— C'est tout ?

— Oui. J'ai essayé de tracer le numéro de téléphone mais c'était un portable jetable qui a dû être détruit dans la foulée.

— Et ça ne vous a pas semblé étrange ?

— Et quand bien même. Nous avions un marché avec Maggie. Je savais qu'un jour je recevrais un appel et que je devrais lui transmettre un message. C'est ce que j'ai fait et je connais mes droits : il n'y a rien de mal à cela.

De toute façon, ne perdez pas de temps avec moi.

— Et pourquoi ça ?

— J'ai un alibi en béton pour le jour où a disparu Maggie.

— Qui est ?

— J'étais aux urgences psychiatriques. Ne prenez pas la peine d'avoir l'air surpris.

6

— Et nous allons accorder du crédit au témoignage de Smith car il a toutes ses cases ? Le type était à l'asile le soir de la disparition de Maggie Exton ! s'étrangla Lynch en bouclant sa ceinture.

— Il ne les a pas, mais il n'a aucune raison de mentir.

— Elle lui filerait 10 000 dollars par mois pour réceptionner un coup de fil ? Il va falloir que je discute de mon augmentation avec Guildenstein.

— J'ai besoin de voir l'endroit où vous avez retrouvé le corps de Claire Spencer.

— Nous avons vérifié mais ce secteur n'est pas couvert.

— Par les caméras de la ville, non, mais Smith m'a fait penser à quelque chose. Le *CitiWatch Community Partnership*. J'ai regardé sur une carte. Pour arriver là où a été retrouvée Claire Spencer, il faut passer devant la First Mariner Bank. Vous avez déjà vu une banque sans système de surveillance ?

Lynch lança la sirène, recula en envoyant valser une poubelle, déclenchant un tonnerre de protestations sur le siège arrière, et fonça vers New Hampshire Avenue.

Le trajet Washington-Baltimore prend environ une heure. Avec Lynch au volant, nous pouvions escompter y être en trois quarts d'heure. Quarante-cinq minutes à détourner l'attention de Peter pour qu'il ne pique pas une crise de nerfs à l'arrière.

— Dis-moi tout ce que tu sais sur l'IMSI-catcher.

— C'est un appareil capable de détourner le signal des portables présents dans un rayon de plusieurs dizaines de mètres afin d'intercepter le numéro IMSI.

— Le numéro IMSI ?

— Identité internationale d'abonné mobile. Un identifiant unique stocké dans la carte SIM du portable permettant d'en identifier le propriétaire. L'IMSI-catcher peut également intercepter le numéro IMEI[1], associé, lui, au boîtier du téléphone, et permet parfois d'écouter en temps réel le contenu des conversations téléphoniques, d'intercepter les SMS et le trafic Internet.

— Vous étiez au courant ?

— Quand même, oui, je suis chef de police à Baltimore, je vous rappelle, grommela Lynch.

— Les Sentinelles ont déposé une plainte contre la police de Baltimore qui a reconnu s'en être servi plus de quatre mille fois depuis 2007, laissa échapper Peter.

1. Numéro permettant d'identifier de manière unique un appareil mobile.

— N'en déplaise à l'autre parano, c'est quand même très utile pour localiser un individu, rétorqua Lynch.

— Savez-vous quand l'avion Cessna a fait ses essais ?

— Je sais qu'ils ont été faits de nuit, mais je peux me renseigner pour savoir quand exactement, répondit Lynch en négociant un virage improbable tout en fouillant dans la poche arrière de son jean pour en extraire son téléphone.

*
* *

Baltimore, 14 heures

Heureusement pour nous, le responsable de la sécurité de la First Mariner Bank ne croyait pas dans le quatrième amendement de la Constitution américaine. Le droit des citoyens d'être garantis contre les perquisitions et saisies non motivées le laissait tellement de marbre qu'il avait investi dans une caméra de surveillance classique et dans une autre à lecture automatique des plaques minéralogiques.

— La première caméra enregistre l'environnement global, donc la Clinton Street sera couverte, et la seconde, à infrarouge, les numéros des plaques, nous expliqua-t-il avec enthousiasme. Il suffit de m'indiquer la période qui vous intéresse.

— 30 décembre au 8 janvier.

Le responsable de la sécurité commença à nous préparer les copies des enregistrements avant de se retourner et nous laisser entendre qu'une compensation financière de notre part lui permettrait d'aller plus vite. J'allais sortir mon portefeuille lorsque Lynch s'approcha de lui d'un air mauvais.

— Je vous conseille de nous donner tout ce que vous avez. Et, en contrepartie, puisque vous avez l'air d'estimer en mériter une, je fermerai les yeux sur le réel usage de ces caméras.

Je lançai un regard interloqué à Lynch qui clarifia :

— Il y a des putes un peu plus haut et je ne tomberais pas de l'armoire si j'apprenais que Monsieur le grand patriote arrondit ses fins de mois en faisant chanter quelques maris infidèles.

— C'est pas idiot du tout comme raisonnement, approuva Peter pendant que les doigts du principal intéressé volaient littéralement sur les touches.

— Si vous n'aviez pas pris cet air surpris, j'aurais pu prendre ça pour un compliment. La première chose à faire est de recouper les données des plaques avec notre base de données.

*
* *

— J'ai quelque chose, nous informa Peter alors que nous rentrions au commissariat.

Après avoir exigé que nous nous garions convenablement, il nous tendit son ordinateur :

— Regardez bien ce break qui est passé devant la banque dans la nuit du 31 décembre au 1er janvier. À l'avant, une plaque du Maryland, et à l'arrière, tu as le début, regarde.

— « *Taxation without representation.* » Une plaque de DC ?

— Ouais. Ça m'a semblé étrange, alors j'ai fait des recherches. Le propriétaire du break est décédé l'année dernière. Il semble relié à un local au 110 Moster Street à Baltimore. Relié : j'emploie le terme volontairement, parce que son nom n'apparaît qu'une fois, avant d'être remplacé par celui d'Ernesto Garcia, donc je ne peux pas vous dire s'il est locataire ou propriétaire ou quoi que ce soit.

— 110 Moster Street ? C'est à Sandtown-Winchester, impossible d'y aller sans protection.

Sandtown-Winchester avait beau n'être qu'à cinq kilomètres de l'élégant campus de Johns-Hopkins, c'était un monde parallèle. Plus de la moitié de la population y était sans emploi, le taux d'homicides était deux fois plus élevé que dans le reste de la ville. Détenant le triste titre de quartier remplissant le plus les prisons du Maryland, il avait été l'épicentre des émeutes.

— Vous n'êtes pas en uniforme et votre voiture est banalisée, on peut jeter un coup d'œil avant de prévenir la cavalerie, suggérai-je.

— Je dis à Higgins de nous rejoindre sur place.

7

Baltimore, 17 h 30

Après avoir déposé Peter à une station de taxi et lui avoir donné l'ordre de nous attendre au commissariat sans toucher aux ordinateurs du service, même pour « améliorer leurs performances », Lynch s'était garé dans une rue parallèle afin de ne pas attirer l'attention sur nous, la plupart des habitants de Sandtown-Winchester repérant une voiture étrangère immédiatement. Sur les trottoirs, nous pouvions espérer nous mêler aux quelques employés de bureau qui regagnaient leur domicile avant la tombée de la nuit.

Nous dépassâmes une infâme gargote dont la carte recelait mille promesses d'intoxications alimentaires et arrivâmes devant une étroite ruelle puante coincée entre deux immeubles d'habitation décrépis. Higgins fondit sur nous dès qu'il nous aperçut.

— Le Cessna a fait des essais du 31 décembre au 9 janvier dernier. J'ai demandé les relevés de la zone.

— Vous pourriez les transmettre à Peter ?

Higgins se mordit les lèvres avant d'avouer :

— Je n'ai pas eu d'autre choix que de les demander directement à Guildenstein qui en a informé Stern. L'agent Lewis et son équipier sont sur le coup. Je suis désolé.

Lynch haussa les épaules :

— Même si nous sommes d'accord pour dire que Lewis est une nullité absolue, il devrait être capable d'entrer des numéros dans la base de données du FBI et d'en ressortir une identité, non ?

— Espérons-le.

Nous sortîmes de la voiture et Lynch me lança un paquet de gants jetables en latex.

— C'est normal que le numéro du gugusse mort n'existe pas ? Le 110 devrait logiquement être entre le 108 et le 112, et là, ça ressemble à un garage, non ?

— Vous avez vu la taille de la porte ? Moins de quatre-vingts centimètres de large ! Par où les voitures entreraient-elles ?

Higgins avisa le cadastre avant d'annoncer :

— Ça n'apparaît nulle part. Un *in-laws*[1] ?

Lynch s'accroupit et commença à tripoter la serrure en prenant un air pénétré et confiant. Il apparut très vite qu'il n'avait pas la moindre idée de la façon d'ouvrir une serrure sans la réduire en miettes. Il alla récupérer un pied de biche dans son coffre et, sous le regard amusé

1. Modeste habitation bricolée construite à côté de sa maison, sur son propre terrain, voire aménagement d'un garage, initialement destinée à accueillir les beaux-parents (*in-laws*) et qui, par conséquent, n'apparaît pas au cadastre.

d'Higgins, fit levier avant de finir le travail à coups de pied rageurs.

— Et voilà, s'exclama-t-il lorsque la porte en tôle finit par céder. Si on vous pose la question, cette porte était ouverte.

— Dans l'état où elle est, elle risque de le rester longtemps.

Higgins poussa la porte et nous fûmes assaillis par une forte odeur de désinfectant. La pièce mesurait une vingtaine de mètres carrés et à la lumière de la lampe torche de Lynch je réalisai qu'elle était parfaitement entretenue : le carrelage était immaculé, sur les nombreuses étagères étaient disposés une centaine de flacons impeccablement rangés et étiquetés, et deux combinaisons blanches pendaient à une patère pendant que, dans la machine à laver, une troisième avait tourné à 90 degrés.

Une improbable oasis de propreté au milieu d'un ghetto.

Au-dessus de la table en inox, une feuille plastifiée format A3 récapitulait les différentes étapes de l'embaumement.

Lynch laissa échapper un sifflement d'admiration.

Dans le frigidaire récemment javellisé, des bouteilles d'eau côtoyaient trois yaourts dont la date de péremption était dépassée depuis peu.

— Si on chope le type, vous devriez l'embaucher pour votre bureau, constata Lynch en examinant les étagères. C'est nickel. L'identification judiciaire va être ravie. L'effet *Les Experts* dans toute sa splendeur.

Biberonné aux enquêtes qui montrent qu'on attrape les criminels grâce aux traces qu'ils laissent, en prenant bien soin de les inventorier, n'importe quel téléspectateur sait désormais que la javel détruit l'ADN et qu'avant d'étrangler son voisin, mieux vaut disposer d'un solide alibi et d'une paire de gants.

Merci Hollywood.

— La pièce a une double aération. Il a pris toutes les précautions pour ne pas s'intoxiquer avec les vapeurs de formaldéhyde, ajouta-t-il en désignant la trappe et la VMC. Ce type est un pro. Dans votre baraque en rondins, n'oubliez pas les ouvertures.

Lynch se dirigea vers le bureau et commença à inspecter les tiroirs.

— Il y a l'équivalent de quoi ? Une semaine de poussière ?

Je m'approchai et passai un doigt ganté sur la surface lisse. Depuis mon divorce et mon emménagement contraint avec Peter, j'avais du mal à évaluer ce que représentait une semaine de poussière. Nous commencions à envisager de passer la serpillière lorsque nos pieds restaient collés au sol.

— Je suppose, mais je ne suis pas spécialiste.

— Joan Gould, l'avocate retrouvée à Dundalk, Jenny Lane, la consultante en informatique retrouvée à Essex, Michelle Hancock, la plasticienne, et Claire Spencer, énonça Lynch, passant en revue les dossiers soigneusement rangés dans le bureau. Il a consigné la procédure d'embaumement de chacune. Rien sur Maggie.

— Pas encore.

*
* *

Moins d'une demi-heure plus tard, trois camions et une douzaine de policiers en uniforme bloquaient Moster Street pendant qu'une escouade d'agents équipés de gilets pare-balles et de casques à visière en plexiglas faisaient sauter la serrure que nous avions mis un bon quart d'heure à remonter et entraient en hurlant de conserve « police ».

— La trappe était ouverte quand vous êtes entrés la première fois ?

— Ouais.

— Il aurait pu s'échapper par là, non ?

— S'il a le gabarit d'un enfant de dix ans, effectivement.

Lewis débarqua dix minutes après la bataille, huit agents à ses basques. Des voisins curieux étaient sortis de leur appartement, bien décidés à savoir ce qu'il se passait, et discutaient, oublieux des ordres qu'il leur cria avant de se tourner vers nous et de nous darder un regard furibond :

— Pourquoi ne m'avez-vous rien dit ?

— Vous n'êtes pas arrivé là par l'opération du Saint-Esprit, l'inspecteur Higgins vous a appelé, rétorqua Lynch.

— À qui appartient ce local ?

— Sur les papiers officiels, à Ernesto Garcia. Il y a un mandat d'arrêt à son nom. Autant dire qu'on ne risque pas de mettre la main sur lui. Il possède le premier étage de l'immeuble adjacent et se fait payer exclusivement en liquide. Ou en drogue.

— Comment ça, « sur les papiers » ?

— Un des voisins nous a dit que Garcia l'avait vendu à un type l'année dernière. Nous interrogeons les habitants qui ont l'air d'avoir moins de deux grammes dans le sang et la plupart ne se sont jamais posés de questions sur cette porte. Ils disent tous que l'on n'entend rien. Alors que la pièce jouxte deux appartements. Cela dit, un dealer s'est fait descendre au troisième étage de ce même bâtiment il y a six mois, un chargeur entier a été vidé sur lui et les voisins ont prétendu ne rien avoir entendu, donc on n'en tirera rien de sûr.

Sandtown-Winchester était le genre de quartier où les coups de feu faisaient partie des bruits usuels et dont l'absence surprenait les habitants. La violence était leur quotidien au même titre que la bière et les chips.

— Des témoins ?

— On est en train de voir avec un habitant qui aurait aperçu une silhouette, mais entre le crack et la meth qu'il consomme, il est complètement défoncé. Et je ne vous parle pas de son haleine. Alors son témoignage…

*
* *

Notre témoin avait un casier judiciaire à rallonge et un taux d'alcool dans le sang à l'avenant. Il nous garantit qu'il avait peut-être, éventuellement, aperçu quelqu'un et qu'il se sentait prêt à nous le décrire si nous lui filions un coup de main, une fausse accusation dont il était la victime, une improbable histoire de braquage à laquelle il ne pouvait être mêlé puisqu'à l'heure du forfait il s'occupait de sa vieille mère malade qui résidait à quelques blocs d'ici.

Un quart d'heure et la magie de Lynch plus tard, notre témoin s'avérait orphelin et avait effectivement vu un homme d'une trentaine d'années, caucasien, entrer dans le local.

Higgins le remercia chaleureusement pour la qualité de son témoignage et lui passa les menottes.

— Il correspond à la description qu'a donnée Ruth Harris ?

— Non, beaucoup plus petit. Un mètre soixante-cinq au maximum. Maggie mesure un mètre soixante et l'homme aperçu par Ruth dépasse le mètre quatre-vingts. Qu'est-ce que je fais de lui ?

— Selon la qualité du portrait-robot qu'il établira, on verra s'il mérite le coup de main qu'il nous demande, arbitra Lynch.

Trois types de l'identification judiciaire en combinaison blanche s'activaient, emballant les flacons dans des sacs en plastique et ne manquant pas de s'extasier sur le sens pratique du Cinéphile qui avait pris la peine de ranger les produits dans l'ordre où il s'en servait.

Un coup d'œil à Lynch me confirma qu'il ne partageait pas leur émerveillement.

— Vous savez ce qui me turlupine ? Tous ces produits pour quatre nanas. Ils existent sans doute en conditionnements plus petits. Il ne faudrait pas qu'il nourrisse l'ambition de passer à la filmographie d'Audrey Hepburn, grogna Lynch en plissant les yeux pour examiner la date de péremption.

— Je crois qu'il y a un problème avec l'évier, il dégage une odeur d'égout, nous informa un gars de l'identité judiciaire. On dirait que le broyeur a mal fait son boulot.

Il commença à démonter l'évier, vidant devant nous une bouillie de papiers qu'il déposa sur une bâche.

À genoux, Lynch et moi commençâmes à trier le magma, séparant avec minutie les différents fragments.

— Un ticket de caisse se terminant par « street », ce qui nous avance grandement, une étiquette de prix se terminant par 99 cents, un emballage de capsule d'Advil, commença à inventorier Lynch avant de brandir un papier noir et blanc. Qu'est-ce que c'est ?

— On dirait un code QR.

— L'espèce de code-barres qu'on lit avec les smartphones ?

— Il faut surveiller les lieux, intervint Higgins. Mais si l'on installe une caméra de sécurité, elle sera démantelée dans la demi-heure.

Lynch leva la tête et avisa l'un des immeubles adjacents.

— C'est quoi cette fenêtre, là ?

— Le machin étroit avec des barreaux ? nous interrompit Lewis.

— Il n'y a qu'une seule fenêtre sur ce côté de l'immeuble, donc oui, le machin étroit avec des barreaux.

— Ce sont les toilettes communes de l'étage.
— Ça me semble un endroit fait pour vous, agent Lewis.
— Des chiottes ? Vous comptez me faire planquer dans des chiottes ?
— *Yep.*
— C'est une plaisanterie ?
— *Nope.*
— Au mieux, je me fais dépouiller après m'être fait violer et avoir servi de cobaye aux dealers du coin, annonça Lewis en s'efforçant de respirer dans la manche de son costume afin de filtrer les relents de friture mêlés d'alcool *cheap* et de sueur de l'immeuble décrépi dans lequel nous venions de monter.

Des graffitis recouvraient les murs bétonnés et des seringues côtoyaient les débris des ampoules.

— C'est une possibilité que nous ne pouvons écarter, confirma Lynch. Mais si cette ordure apporte le corps de Maggie Exton pour l'embaumer, le FBI sera le premier informé.
— Vous allez vraiment me laisser là ? s'alarma Lewis.
— S'il n'y avait ne serait-ce qu'une chance de la retrouver vivante, je vous ferais planquer dans une bouche d'égout sans hésiter.

Lewis passa un doigt tremblant sur le mur écaillé avant d'annoncer :

— C'est de la peinture au plomb.
— Si vous léchez ce mur, vous mourrez bien avant de développer le saturnisme. La relève arrive dans six heures. Vous avez votre portable sur vous ?

— Pour appeler l'inspecteur du service d'hygiène et de sécurité ?

Il recula et nous entendîmes nettement le bruit d'un pied écrasant des coquilles.

Lynch braqua sa torche et nous vîmes avancer une file indienne de cafards. Lewis manqua de convulser et se mit à sautiller sur place.

— Vous êtes agent du FBI ! Vous n'allez pas avoir peur de quelques blattes ?

— Nous étions convenus que vous couvriez Baltimore, fit remarquer Lewis d'une voix tremblante.

— Que dira votre cher directeur Stern s'il apprend que vous avez refusé de jouer un rôle clé dans cette enquête et que vous avez déserté pile au moment où je dois rentrer en urgence au commissariat ?

J'aurais mis ma main à couper que Lewis avait répondu « le perfectionnisme » lorsqu'au FBI on lui avait demandé quel était son plus gros défaut. C'était totalement faux, ce type avait un ego surdimensionné couplé à une bêtise sans appel.

— Vous avez raison. Mon patron et, derrière lui, tout le FBI comptent sur moi. Je vais rester.

— Ne faites pas tout capoter, le mit en garde Lynch.

— Parce que vous avez l'impression que c'est ce que je fais ? répliqua Lewis, indigné.

— Pas encore, mais vous faites preuve d'un certain talent en la matière.

Nous descendîmes les marches du taudis et rejoignîmes la voiture de Lynch.

— Vous le pensez capable ?

— Absolument pas. Un de mes gars va planquer à l'angle de la rue.

— Et on va laisser Lewis dans les chiottes à cafards ?

— À cause de lui, un adolescent a été considéré comme un kidnappeur, donc on l'y laisse. Cette perspective me laisse présager une excellente nuit.

— Que va-t-il se passer, du reste, pour le jeune délinquant amateur de bières et de jeux vidéo ?

— Ce n'est plus un problème, ronchonna Lynch. On lui a collé la trouille de sa vie. S'il aperçoit un billet abandonné sur un trottoir, il fera un détour de dix bornes plutôt que s'en approcher.

Le téléphone sonna et Lynch lâcha le volant pour l'extirper de sa poche. Higgins se mordit les lèvres et ferma les yeux.

— Madame Harris ? répondit Lynch en mettant son téléphone sur haut-parleur, nous laissant profiter de la logorrhée de notre témoin.

Elle avait vu une camionnette de déménagement en stationnement devant l'immeuble d'en face et craignait que le jeune couple dont elle nous avait parlé ne se sépare. Lynch se tourna vers moi, poussa un profond soupir et coupa le haut-parleur.

Cinq minutes de « mmmh », « ah oui » et autres « c'est très intéressant », il le réactiva et tenta de congédier Ruth Harris lorsque nous entendîmes celle-ci ajouter :

— Et je ne vous parle pas de cet autocollant satanique sur la voiture. Juste à côté du bouchon d'essence.

Heureusement pour nous, elle en parla.

*
* *

Baltimore, 19 h 50

— Je ne sais que faire de cette information, m'avoua Lynch en immobilisant sa voiture en biais. Je ne sais pas ce qu'elle fout dans sa verveine, mais j'aimerais en prendre. Un autocollant représentant un grand crâne vert brillant, avec de grandes dents, sur la voiture noire dans laquelle Maggie Exton serait montée. Près du bouchon d'essence.

— Donc côté conducteur, puisque la rue est à sens unique.

— Je me demande ce que j'ai fait pour avoir un témoin pareil, maugréa Lynch en se dirigeant vers son bureau.

— Vous n'allez pas vérifier ? s'inquiéta Jane qui, sortie de nulle part, nous emboîta le pas.

— Les gars, cria Lynch à la cantonade. Si je vous dis une tête avec deux grandes dents…

— Recourbées, les dents, précisa Jane.

— Une tête avec deux grandes dents recourbées, ça vous dit quelque chose ?

Un chœur de non s'éleva.

Lynch se tourna vers Jane :

— Vérification effectuée.

Jane leva les yeux au ciel.

— Je lui envoie un graphiste ?

Lynch soupira :

— Évidemment que vous lui envoyez un graphiste ! On n'est plus à une impasse près, de toute façon. Higgins, tu l'accompagneras demain matin.

— Vous ne viendrez pas ?

— Non, demain matin, je suis à Washington.

8

Washington, 8 heures

Et de fait, à 8 heures du matin, Lynch débarquait chez moi avec la moitié du présentoir de Starbucks dans trois sacs en papier.

— Votre singe savant n'est pas là ? Je lui ai pris un grand chocolat exprès !

— C'est drôlement sympa de votre part, m'étonnai-je.

— Disons que grâce à lui, j'ai un excellent prétexte pour limiter le temps de mon fils aîné devant les écrans. Cherchez pas à comprendre, ajouta-t-il devant mon air perplexe. Il est où ?

— Il a découché.

— Ne me dites pas que ce résidu de bidet mal lavé a une copine ?

— Il est au bureau.

Lynch hocha la tête avant de froncer les sourcils :

— Qu'est-ce que c'est que ce truc ?

— Un compas-traceur à niveaux pour reporter la forme du rondin inférieur sur le rondin supérieur. Pour ajuster les fûts avec précision, si vous voulez.

— Et ça ?

— Un tourne-bille pour tourner les rondins sur eux-mêmes.

J'extirpai mon carnet de ma poche arrière et le tendis à Lynch qui le feuilleta d'un air effondré avant de me le rendre sans le moindre commentaire.

Une demi-heure plus tard, nous fûmes accueillis en fanfare par un Peter entouré de mugs de café sales et de canettes de Red Bull, qui vibrait littéralement d'excitation.

— Peter, qu'est-ce qu'on ne fait plus après trente ans ?

— Soulever un truc lourd sans plier les genoux ?

— Et ?

— Porter un T-shirt AC/DC à un entretien d'embauche ?

— Même avant trente ans, mieux vaut éviter. Je répète ma question : qu'est-ce qu'on ne fait plus après trente ans ? Une nuit blanche en semaine.

— Je croyais que c'était la fête en semaine qu'on ne faisait plus.

— Ça revient au même.

Peter balaya ma remarque d'un geste de la main qui fit valser un carton vide de traiteur chinois.

— Dormir, c'est pour les faibles. Le premier numéro relevé par Winston Smith est effectivement un traiteur du Minnesota. Mon programme est encore en train de tourner afin de voir s'il existe des points de convergence entre Maggie Exton et lui. Pour le moment, ce n'est pas le cas. Le second numéro est celui de John Osborne, directeur de la très prestigieuse Livingston Academy, pension huppée du New Jersey qui accueille les enfants de onze à dix-huit ans.

— Ça me dépasse, ronchonna Lynch. Quel est l'intérêt d'avoir des mômes si c'est pour les expédier en pension dès onze ans ? La simple perspective que mon aîné candidate dans une université à l'autre bout du pays me déprime trois ans à l'avance.

La Livingston Academy s'enorgueillissait de former l'élite de la Nation, ce qui, compte-tenu du montant hallucinant des frais de scolarité, semblait être la moindre des choses. De fait, l'annuaire de l'Association des anciens élèves ressemblait au Who's Who de la réussite entrepreneuriale. Le raté de la promo émargeait à 200 000 dollars par an.

— Deux étudiants s'y sont suicidés au cours des huit dernières années, ajouta Peter.

— Vu la pression exercée sur des enfants aussi jeunes, cela n'a rien d'étonnant, décréta Lynch qui sortit de son portefeuille la photo de ses trois fils et la colla sous le nez de Peter qui me lança un regard affolé.

— Vous avez... heu... ils...

Lynch leva les yeux au ciel et rangea la photo.

— Dites qu'ils sont mignons, qu'ils ont l'air intelligents, sympas, ajoutez « quelle belle famille vous avez », c'est dingue d'être handicapé à ce point, socialement parlant ! Bref. Livingston Academy. Le nom m'est familier.

— Madeline Zeller, la jeune fille qui a fait un esclandre au cabinet de Maggie Exton lors de votre visite, y était scolarisée, enchaîna Peter, avec un soulagement évident. Et le « Ethan Ottman » qu'elle mentionnait aussi. Le seul étudiant de l'établissement à ne pas avoir un casier vierge. Une adolescente scolarisée au Hunter College High School, à New York, en même temps que lui, l'a accusé de viol au printemps 2014. La plainte a été retirée. J'ai trouvé la trace d'un virement de 2 millions de dollars en faveur des parents de la jeune victime qui ont déménagé en Californie depuis. J'ai appelé le psychiatre qui l'a suivi à l'époque en me faisant passer pour…

Lynch laissa échapper un grognement de désapprobation.

— Enfin j'ai appelé son psychiatre qui a été évasif, mais m'a quand même expliqué que la pathologie d'Ottman était blanche, c'est-à-dire sans signes particulièrement visibles, et non exprimée, enchaîna Peter. Il avait recommandé qu'il passe dix-huit mois au minimum dans un service de soins fermés. Conseil que ses parents n'ont, de toute évidence, pas suivis puisqu'on retrouve sa trace à la rentrée 2014 à la Livingston Academy où ils se sont déménés à coup de centaines de milliers de dollars pour le faire admettre. Il a alors dix-sept ans et entre en terminale l'année où Madeline Zeller rentre en seconde.

— Et Maggie aurait voulu s'entretenir avec Osborne ? Pourquoi prendre des moyens aussi détournés ? Je conçois qu'il ne soit pas dans l'annuaire, mais ça me semble une méthode un peu alambiquée pour obtenir un numéro de téléphone privé.

— Et surtout, pourquoi ne pas aller le voir directement à l'Academy ? renchérit Lynch.

— La Livingston Academy évolue en vase clos. Même les parents ne sont pas autorisés à y venir, sauf le jour de la rentrée pour installer leurs enfants, et à la fin de l'année pour les aider à déménager leurs affaires, intervint Peter. Le numéro privé d'Osborne est très difficile à obtenir. Il en change régulièrement et j'ai mis plus de trois heures à le récupérer en utilisant toutes les ressources que j'avais à ma disposition.

— Lewis peut nous obtenir un mandat, mais ça risque de prendre des plombes, grommela Lynch avant de sursauter lorsque son téléphone sonna.

Il attrapa deux donuts, en fourra un dans sa bouche et s'éloigna en mastiquant frénétiquement.

Il revint quelques minutes plus tard.

— Les techniciens de l'identification judiciaire ont passé le salon au peigne fin. La bonne nouvelle est qu'ils ont trouvé quelques éléments analysables.

— Et la mauvaise ?

— Chaque personne a dans ses cellules sanguines une sorte de marqueur de groupe. Quatre-vingts pour cent des gens ont aussi ce marqueur dans leurs secrétions corporelles : la salive, la sueur, le sperme. Ces individus sont ce qu'on appelle des « sécréteurs ».

— C'est-à-dire ?

— Imaginez un robinet qui laisserait l'eau couler à flots.

— OK.

— Et malheureusement...

— Le Cinéphile fait partie des 20 % de robinets laissant couler l'eau goutte à goutte ?

— Voilà. Et l'analyse ADN ne donne rien, le type n'est pas répertorié dans le fichier. Cela dit, les gars de l'identité judiciaire ont réussi à reconstituer le code QR. Il s'agit de la carte de visite d'un avocat de Washington, Joseph Meyer. Il est propriétaire de deux lofts au Dresden, sur Connecticut Avenue, dont un qu'il loue pour des soirées. Et devinez le nom de sa dernière locataire ? Claire Spencer, la quatrième victime connue du Cinéphile.

— On y va. Au fait, beau boulot Peter ! On peut te laisser ?

— S'il te plaît, oui, répondit Peter sans prendre la peine de cacher l'immense soulagement que lui procurait cette nouvelle.

— Apprendre que c'est lui l'embaumeur ne me surprendrait pas plus que ça, murmura Lynch en jetant de petits coups d'œil inquiets à Peter qui, penché sur son clavier, tapait comme un dément.

— Impossible.

— Je sais que vous avez confiance en lui, mais il est quand même particulier, ce garçon.

— Embaumer les gens nécessite un contact physique suffisamment long pour horrifier Peter. Même les morts, il ne les supporte pas.

Lynch soupira, exécuta un demi-tour au frein à main, très réussi, et fonça vers Dupont Circle.

— Et Ruth Harris ?

— Le graphiste m'a envoyé son œuvre d'art. Qu'elle soit folle commence à devenir une option raisonnable, visez-moi ce truc !

*
* *

Le Dresden était un immeuble de sept étages en brique rouge et pierre blanche, construit au début du XXe siècle à l'angle de Connecticut Avenue et de Kalorama Road, l'un des quartiers les plus huppés de la capitale.

Comme nous l'annonça le concierge, Ted Kennedy et Donald Rumsfeld y avaient habité, ainsi que la petite-fille du dix-huitième président des États-Unis, Ulysses S. Grant, la princesse Julia Grant Cantacuzène, qui y était décédée à l'âge de quatre-vingt-dix-neuf ans.

Elle était la veuve du prince Michael Cantacuzène, qui avait commandé le dernier régiment à Kiev durant la Révolution russe, nous rendions-nous compte de ça ?

Pas vraiment.

Munis de cette information capitale, nous le regardâmes téléphoner à Joseph Meyer pour l'informer que deux hommes des forces de l'ordre allaient monter lui poser des questions.

Pour un homme qui n'avait pas dû manger cinq fruits et légumes par jour depuis la puberté, Joseph Meyer se déplaçait curieusement rapidement. Nous le dérangions, il avait rendez-vous avec un client et s'était mis sur son trente et un.

Un quarante-huit aurait été mieux approprié. Il ressemblait à un sac de couchage roulé en force dans une enveloppe trop petite.

Il avisa le sac plastique contenant les débris de sa carte de visite et haussa les épaules :

— Je loue régulièrement un loft à des gens qui organisent des réceptions. Claire Spencer était ma locataire du 1er septembre au 1er novembre dernier. Elle a disparu ensuite mais il n'y a aucun lien de cause à effet.

— Vous avez loué votre loft deux mois à Claire Spencer. Elle a fait la fête pendant deux mois ?

— Non, c'était une soirée déguisée pour ses trente ans, mais elle a passé beaucoup de temps à décorer le loft. Son mari a pas mal d'argent, d'après ce que j'ai compris.

— Et combien de fois l'avez-vous vue durant ces deux mois ?

— À la signature du bail, lorsqu'elle m'a rendu les clés et deux fois dans le hall. Elle avait fait livrer des meubles pour sa soirée et le portier de nuit lui donnait un coup de main pour les monter dans l'ascenseur.

— Comment s'appelle-t-il ?

— Si vous pensez que j'ai le temps de me souvenir des noms des gugusses qui me tiennent la porte, s'agaça-t-il. Chuck quelque chose, peut-être. Vous me faites perdre mon temps.

— Je vous signale, à toutes fins utiles, que vous êtes la dernière personne à avoir vu Claire

Spencer en vie, répliqua Lynch en me lançant un regard entendu.

— Oui. Et c'est bien ainsi que je l'ai vue : en vie, s'agaça Meyer avant de nous indiquer la porte de sortie.

— Il est tellement arrogant que j'ai envie de le coller en garde à vue juste pour le plaisir. Quel dommage que nous ne soyons pas à Baltimore, soupira Lynch avant d'aller chercher le concierge qui lui expliqua que l'équipe était en sous-effectif. Il devait régulièrement faire appel à des intérimaires, mais l'agence qui les envoyait s'assurait de leur professionnalisme. Aucun résident n'avait jamais eu à se plaindre de leur attitude.

— Vous avez un Chuck quelque chose, parmi vos effectifs ?

— Pas du tout, nous n'avons ni de Chuck ni de Charles.

Je réfléchissais à une dernière question lorsque le téléphone de Lynch sonna. Il s'éloigna avant de revenir à grandes enjambées.

— C'était Higgins, m'informa-t-il. Il était chez votre copain Martin Exton lorsque celui-ci a fait une crise d'épilepsie. Il a été hospitalisé à George Washington.

— Une crise d'épilepsie ? Martin n'est pas épileptique.

— Les premières analyses révèlent la présence d'une quantité importante de zolpidem dans le sang, un hypnotique de la classe des imidazopyridines, lut-il sur son portable. Qu'est-ce que c'est que ce truc ?

— Un somnifère.

— Eh bien, les toubibs pensent qu'il a fait une crise de manque. Allez le voir, je rentre à Baltimore, je voudrais tenter un truc.

9

Washington, 13 h 30

Pendant que Lynch quémandait auprès de ses supérieurs et de ceux de Lewis les autorisations nécessaires à notre déplacement à la Livingston Academy, j'essayais de convaincre Martin de lever le pied avec autant d'effet que si j'avais dit à Peter : tu devrais sortir davantage, rencontrer des gens, partir en voyage de groupe.

— Le discours sur l'état de l'Union est passé. Je pense que tu peux t'accorder une pause.

— Le président s'apprête à déclarer l'état d'urgence sanitaire à Flint, dans le Michigan. Pour réduire ses coûts de fonctionnement, la ville a décidé de puiser son eau dans la rivière locale plutôt que de continuer à l'acheter à Detroit. L'usine de traitement de Flint n'était pas en mesure techniquement de produire une eau aux normes de qualité locales et fédérales. Des milliers d'habitants ont été empoisonnés par des particules de plomb. Dix personnes sont déjà décédées de légionellose. Et comme si ça ne suffisait pas, Michael Moore en personne s'est épanché dans les journaux pour expliquer que ce n'est pas seulement une crise de l'eau, mais une crise raciale, une crise de la pauvreté.

— Il a le sens de la formule, mais tu te remets d'une crise de manque occasionnée par un sevrage brutal de somnifères.

— Je n'ai jamais consommé de somnifères. Ne pas dormir serait le seul moyen de boucler tout ce que j'ai à faire, donc je n'ai aucun intérêt à prendre un traitement m'empêchant de faire mon travail, me fit remarquer Martin en retirant soigneusement son cathéter et en basculant ses jambes hors du lit.

J'avais déjà fait sortir Martin des urgences, mais je ne me souvenais pas de l'avoir vu aussi livide et amaigri. Je savais également que seul, je n'avais aucune chance de le convaincre de prendre quelques jours de congés.

— Quand je t'ai vu arriver, je me suis dit que tu allais m'expliquer que j'avais eu une absence. Que j'avais tué Maggie moi-même. Que j'avais peut-être tenté de tuer Higgins et que c'était la preuve ultime dont vous aviez besoin, murmura-t-il.

— L'inspecteur Higgins n'a pas eu le temps de te le dire, mais l'analyse de tes vêtements n'a rien révélé d'anormal et corrobore ce que les caméras de surveillance ont montré : au moment où Maggie a été enlevée, tu étais endormi dans le local à archives. Tu fais un burn-out, tu n'es pas un assassin amnésique.

Martin hocha la tête.

— Est-ce que tu penses que Maggie est encore en vie ? demanda-t-il sans lever les yeux du linoléum défraîchi de la chambre.

— Je l'espère.

La vérité était que je n'en avais aucune idée et que les statistiques chères au cœur de Lynch nous étaient de moins en moins favorables.

Les épaules de Martin s'affaissèrent. Il fallait passer au plan B. Je me souvins de quelque chose :

— J'aurais besoin de ton téléphone, je voudrais faire vérifier quelque chose par Peter.

Martin me regarda d'un air alarmé.

— Simple vérification de routine. Étant donné que tu es hospitalisé, tous tes appels sont dirigés vers tes assistantes, donc si je te prends ton portable quelques heures, l'Amérique devrait survivre.

— À propos de portable, ne serait-ce pas le tien qui vibre ?

— Non. Tu souffres d'hallucinations auditives, tu dois te reposer. Allô ?

— J'ai eu une idée de génie ! s'exclama Lynch.

— Vraiment ?

— Ramenez-vous à Baltimore, j'ai Osborne sous les yeux. Et son emploi du temps. Laissez-moi vous dire que si personne ne rentre à la Livingston Academy, lui en sort bien plus souvent que nous ne le pensions.

Je sortis de la chambre et passai un appel.

*
* *

De fait, l'idée qu'avait eue Lynch était géniale. Sous prétexte d'une banale vérification, il avait appelé l'ex-femme d'Osborne et découvert que celui-ci venait récupérer leurs enfants tous les mercredis après-midi. Il lui avait suffi de prendre un ton dégoulinant de sympathie et de gloser sur la difficulté qu'une mère devait éprouver de ne pas voir ses enfants tous les jours pour que Mme ex-Osborne lui indique l'adresse où son ex emmenait ses enfants déjeuner avant de les conduire au cinéma.

— Vous savez que la plupart du temps, il les dépose au cinéma et vient les récupérer à la fin de la séance ? Mes petits restent seuls dans le noir pendant deux heures !

Lynch lui garantit que ce mercredi elle pourrait les emmener où bon lui semblait. Il lui suffirait de lui indiquer la marque et l'immatriculation du véhicule de son ex-mari et il se chargerait de tout. À peine rentré de Washington, Lynch défonça le phare arrière de la Lexus du directeur de la Livingston Academy. Il l'arrêta dans la foulée avant de le faire souffler dans un éthylotest bidouillé et l'emmena *manu militari* au commissariat. Maintenant qu'il avait fait tout le boulot, pourrais-je daigner l'y rejoindre ?

*
* *

Baltimore, 17 heures

John Osborne était un type puant qui avait un avis sur tout et ne se privait pas de nous en faire part sur un ton ne souffrant aucune objection. Il concluait chacune de ses réponses d'un « vous n'êtes pas sérieux ? » incrédule.

Un délice.

Ce fut donc avec tout le sérieux dont il était capable que Lynch informa Osborne que les dates où il se rendait à Baltimore coïncidaient avec la découverte des corps des femmes assassinées et embaumées *post mortem* dont toute la presse parlait – il devait forcément être au courant, n'est-ce pas ? –, que son numéro de téléphone personnel avait été en possession d'une femme qui avait disparu et que nous étions suffisamment sérieux pour le mettre en garde à vue immédiatement.

Osborne se cabra d'indignation avant de réclamer un avocat.

— Vous ne seriez pas en train de m'accuser d'avoir enlevé Maggie Exton, tout de même ? Vous n'êtes pas sérieux ?

— Nous sommes tellement sérieux que nous allons vous demander où vous étiez dans la période du 23 décembre au 5 janvier dernier.

— Dans les Hamptons avec mes enfants. Vous pouvez demander à mon ex-femme, répliqua Osborne en croisant les mains d'un air satisfait.

Les Hamptons ? Parfait. Les planètes n'auraient pas pu mieux s'aligner. Mon plan B s'annonçait encore plus productif que prévu.

— D'autres personnes vous ont-elles vus durant ces vacances ?

— Nous avons déjeuné quasiment tous les jours au Dock House, à Sag Harbor.

— Nous vérifierons.

Situés à l'ouest de Long Island, à deux heures et demie en voiture de Manhattan, les Hamptons étaient le rendez-vous balnéaire le plus huppé des États-Unis, le refuge estival des super-riches. Et de leurs invités.

La grand-mère de Martin lui avait légué une immense bâtisse d'un style Nouvelle-Angleterre, meublée d'antiquités, au fond d'un parc verdoyant où s'épanouissaient hêtres et érables du Japon. Au fond du domaine, un petit chemin sablonneux menait à l'océan. Le mois d'août suivant notre première année à Princeton, Martin m'y avait convié. Encouragé par mes parents qui m'avaient garanti qu'après une année universitaire et un mois de travaux à la ferme je méritais une pause avant la reprise, j'avais débarqué dans une maison déserte où Martin finissait de passer l'été seul. Ses parents étaient débordés et n'avaient pas eu le temps de venir le voir, avait-il annoncé en haussant les épaules avant de m'entraîner explorer la baie sur un minuscule canot accroché au bout d'un ponton en bois. Lorsque j'appelai mes parents quelques heures plus tard, je laissai échapper que nous étions seuls et entendis ma mère s'étrangler au téléphone.

— Ne bougez surtout pas, on arrive, m'informa-t-elle.

Deux jours plus tard, mes parents s'extrayaient comme des tas désossés et informes après trois mille kilomètres dans la vieille Dodge. Pendant que mon père sortait du coffre des bocaux, des Tupperware de nourriture et des sacs de légumes, ma mère nous serra tous les deux contre elle, comme si elle nous retrouvait après un combat particulièrement sanglant.

— J'étais si inquiète de vous savoir tous les deux seuls. Vous n'êtes même pas encore majeurs, c'est complètement irresponsable.

Martin, qui venait de passer six semaines livré à lui-même en se nourrissant exclusivement de sandwichs et de nouilles chinoises lyophilisées, faillit défaillir lorsque ma mère hurla « à table » moins de deux heures plus tard et qu'il se retrouva assis devant un repas complet. Les dix jours qui suivirent furent paradisiaques. Pour la première fois de ma vie, je me retrouvais seul avec mon meilleur ami et mes parents. Mon père créa la surprise en se révélant être un excellent pêcheur, ce qui, pour un agriculteur du fin fond du Wyoming, ne coulait pas de source. Il avait emprunté un livre à la bibliothèque de Rawlins et l'avait lu sur le trajet pendant que ma mère conduisait. Le torse bombé de fierté, il nous déposait chaque soir plusieurs poissons plats que ma mère accommodait. Entre deux baignades, Martin apprit les rudiments de la conduite avec ma mère qui avait préparé ses cinq garçons au permis sans jamais élever la voix.

Fin août, quand mes parents nous raccompagnèrent à Princeton, nous décrétâmes que c'étaient les meilleures vacances de notre vie et mes parents prirent l'habitude de confier la ferme dix jours à mes frères les étés qui suivirent.

Longtemps après, ils y revinrent sans moi pour s'occuper de Martin après la fusillade qui avait emporté sa mère. Et c'est naturellement là que je leur demandai d'emmener Martin.

*
* *

— Vous voyez vos enfants tous les mercredis et un week-end sur deux. Vous passez donc le mercredi entier à Baltimore, mais nous savons de source sûre que vous les laissez au cinéma, sans surveillance. Que faites-vous pendant deux heures ?

Osborne ne put cacher sa surprise et Lynch ajouta :

— Et nous sommes très sérieux, au cas où vous vous poseriez encore la question.

— Je rencontre des intervenants potentiels pour mon établissement. La Livingston Academy ne serait pas ce qu'elle est sans les conférences qui s'y tiennent.

Lynch poussa un bloc-notes et un stylo vers Osborne :

— Je veux la liste. Sérieusement. Tout de suite.

Jeudi 14 janvier 2016

10

Ellicott City, banlieue de Baltimore, 7 h 20

Thomas avisa le chiffre que lui annonçait la balance et décida qu'elle était cassée. Ou qu'il avait un problème de thyroïde. Peut-être de rétention d'eau. Comment expliquer autrement les quelque neuf kilos qu'il avait pris depuis la découverte du corps de Michelle Hancock ?

— Ou on pourrait imaginer que tes grignotages incessants ont fini par avoir raison de ton métabolisme, proposa Emily en écartant le pot de beurre de cacahuètes.

Thomas en glapit d'indignation et décréta que, de toute façon, il n'avait pas faim. Une demi-heure avant, Higgins l'avait réveillé pour l'informer que l'avion Cessna avait intercepté le numéro IMSI d'un portable appartenant à un résident d'un quartier chaud de Washington. Il avait un nom et une adresse à laquelle il venait de proposer à Miller de le rejoindre. Jack s'était révélé réglo, rigoureux et capable de poser de sacrées bonnes questions. Quand il serait mort, écrasé par le premier mur de sa maison en rondins au fin fond d'un patelin du Wyoming, il le regretterait beaucoup. Sans compter que Miller constituait l'indispensable courroie de transmission entre Peter et lui. Et Dieu sait si ce handicapé social s'était révélé déterminant pour l'enquête.

Thomas repoussa la salade de fruits qu'Emily venait de poser devant lui, goba son café, embrassa sa femme et sortit de la maison.

Il n'était même pas engagé sur l'US-29 que son estomac se mit à gargouiller.

*
* *

Washington, 8 h 30

— L'avion Cessna a fait des essais de nuit durant la période du 30 décembre au 8 janvier. Heureusement pour nous, la zone est déserte de nuit et une petite dizaine de numéros IMSI seulement ont été interceptés. La seule personne qui n'avait rien à foutre sur les quais de Baltimore est un certain « C. J. Mitchell ». Il habite sur Talbert Street, à Anacostia, DC, m'expliqua Lynch en mordant dans un cheeseburger dégoulinant de sauce. Lewis est injoignable, il a collé un de ses collègues à la surveillance du bouge de Sandtown et est rentré à Washington. J'ai réussi à avoir une secrétaire de son service et figurez-vous que cet ahuri est parti courir. « Pour évacuer son stress. » Cas typique d'une personne qui a une vie inintéressante au possible et qui s'impose une hygiène d'athlète pour essayer d'en profiter le plus longtemps possible. Higgins nous rejoint sur place.

Il n'y avait bien que sur le descriptif d'Airbnb qu'Anacostia était présentée comme une destination populaire de Washington. Un quartier bien pourvu en cafés et restaurants ! Idéal pour les citadins en quête d'espace désireux de s'installer dans un quartier en constante évolution !

La seule évolution que l'on pouvait y observer se limitait à un effondrement d'immeuble abandonné de temps en temps et l'apparition de nouvelles drogues supplantant les anciennes dans un trafic qui ne semblait jamais vouloir cesser.

L'adresse que nous avait donnée le FBI était un petit immeuble de deux étages doté d'une façade en bardage blanc au fond d'un jardin mal entretenu, où trônaient trois containers à poubelles débordant d'ordures. La porte avait dû être forcée à maintes reprises et restait entrouverte malgré une réparation soigneuse à base de scotch et de ficelle de boucher.

— Lewis nous a obtenu un mandat de perquisition et le propriétaire est là, nous informa Higgins, mais il y a un problème.

— Ça m'aurait étonné, souffla Lynch.

— Les trois locataires sont toutes des femmes. Deux mères célibataires et une femme seule. Le propriétaire en a sauté deux sur trois. La première est femme de ménage, la seconde garde des gosses et il ignore le métier de la troisième.

— Et on est certain que C. J. Mitchell habite ici ?

— C'est l'adresse qu'il a donné à son FAI[1], en tout cas.

— Ramène-nous Don Juan. J'ai deux, trois questions à lui poser.

Le serial dragueur d'Anacostia était un passionné de culturisme qui nous accueillit en contractant les biceps, un haltère dans la main gauche. Je me redressai immédiatement et Lynch rentra le ventre en bombant le torse du mieux qu'il pouvait.

— Je suis coach à domicile, nous annonça-t-il, avant de généreusement préciser qu'il prenait les débutants et que, même si certains partaient de loin, il réussissait toujours à « en faire quelque chose ».

— Ce ne sera pas nécessaire, rétorqua Lynch en croisant les bras sur son ventre.

— J'ai plus de vingt-cinq mille abonnés sur Instagram.

— Et deux maîtresses dans l'immeuble que vous louez.

— Je ne savais pas que c'était interdit.

— Trois locataires et seulement deux maîtresses. Mme Majer n'a pas voulu de vous ?

— J'ai dû la croiser trois, quatre fois. Vous savez, dans ce taudis, quand vous avez la chance de toucher un loyer sans le réclamer, vous n'insistez pas. Mme Majer me règle même le trimestre à l'avance. En liquide.

— Et elle y vit seule ?

— Ouais. Son frère vient lui rendre visite. Enfin, je crois.

1. Fournisseur d'accès Internet.

— Vous croyez ?

— Je vois parfois un type entrer chez elle, vers 9 heures du matin. Ce n'est pas une heure pour un amant. Je me suis fait la réflexion qu'il lui ressemblait vaguement et que ce devait être son frère.

— Comment est-elle physiquement ?

— Très soignée, bien habillée avec des robes, des talons, du maquillage, toujours très bien coiffée.

— Est-elle jolie ?

— Apprêtée, coquette, mais jolie, non, pas vraiment. Une petite chose maigrichonne. Moi, je préfère les femmes avec des formes, des courbes, une *shape* si vous préférez, conclut-il non sans nous gratifier d'un geste éloquent en ouvrant la porte de l'appartement.

J'avisai les rideaux élimés, les meubles bon marché, probablement glanés sur les petites annonces de Craigslist, la moquette parsemée de taches décolorées à force d'avoir été nettoyée. Sur un petit bureau, une trousse de maquillage pléthorique avec uniquement des produits de luxe – fond de teint Dior, mascara Chanel, fard à paupières Mac et d'autres produits dont je n'avais jamais compris l'intérêt – était posée devant un grand miroir en bois stuqué doré. Sur un meuble bas, une télévision à écran plat et un lecteur de DVD sur lequel s'empilaient des dizaines de coffrets des grands classiques du cinéma, mais aucun film de Grace Kelly, comme le fit remarquer Lynch entre deux jurons.

Je continuai l'inventaire sans réussir à me débarrasser de cette impression prégnante que quelque chose n'allait pas.

Cet appartement ressemblait au mien.

Sans les taches sur la moquette ni les cloques d'humidité aux murs, mais impersonnel, meublé de manière disparate et strictement fonctionnel. Sans cadres décoratifs ni photos ou bibelots que mon ex-femme aurait immédiatement apposés partout pour conférer un peu de chaleur à notre domicile.

Sauf que je ne possédais pas pour plusieurs centaines de dollars de maquillage et autres produits de beauté.

Ni de perruques soigneusement disposées sur des têtes en plastique.

— Où sont ses vêtements ?

— Il n'y a pas d'armoire dans la chambre, nous informa Higgins avant de plonger sous le lit et d'en extirper une immense malle plate.

— Deux personnes vivent ici, constata Lynch en en extrayant une robe en soie et un costume cravate qu'il observa soigneusement avant d'annoncer : c'est un costume de fonction, on voit les marques du badge.

— Ça ne vous semble pas étrange qu'une femme vivant dans ce gourbi infâme ait des robes en soie ? Et une collection de perruques en cheveux naturels ? dis-je en faisant tournoyer le toupet platine.

Il se figea et commença à examiner la robe avant de la tenir à bout de bras.

— La femme qui porte cette robe a une silhouette peu commune, non ?

Je détaillai la robe. Lynch avait raison. Ce qu'il tenait n'était pas des robes de femme, elles étaient faites sur mesure, il n'y avait pas d'étiquette et toutes avaient été élargies au niveau des hanches et des épaules. Aucune femme ne vivait dans cet appartement et aucun frère ne venait rendre visite à sa sœur au petit matin. L'unique occupant de ce taudis était un homme qui se travestissait.

*
* *

Dix minutes plus tard, du fourgon noir du SWAT jaillirent cinq hommes casqués en combinaison pare-balles cramponnant des fusils d'assaut, attendant le signal de Lewis. Que nous venions de passer une demi-heure dans un appartement vide ne le dissuada pas de donner l'assaut.

Hurlant des ordres, agitant les bras, Lewis vivait de toute évidence l'un des plus beaux moments de son existence. Bonheur éphémère lorsqu'un des membres du SWAT vint nous annoncer qu'il n'y avait personne.

— Quelle surprise ! rétorqua Lynch.

— Et que proposez-vous ? répliqua Lewis d'un ton aigre.

— Une fouille complète.

— De tous les appartements ?

— Étant donné que vous avez déjà défoncé deux portes pour rien, je vous propose de nous concentrer sur celui-ci.

Il avait fallu moins de deux heures à l'équipe pour explorer l'intégralité de l'appartement. Les moquettes et les parquets moisis que nous avions découverts dessous avaient été arrachés, le lambris cache-misère de la salle de bains défoncé à coups de hache, les meubles démembrés gisaient dans un coin de la pièce et nous contemplions notre butin : un reçu du Paradis de l'étoffe pour quatre mètres d'organza noir, un tableur Excel plié en quatre, onze DVD collector des films de Grace Kelly et une boîte à chaussures contenant les photos de quatre jeunes femmes fixant la caméra d'un regard vide : Joan Gould, Jenny Lane, Michelle Hancock et Claire Spencer.

— Il les droguait, probablement avec la substance dont nous a parlé Brenner, observa Lynch. Qu'est-ce que c'est ?

— Son planning. Il est portier de nuit dans plusieurs immeubles.

— Comment cela se fait-il que l'autre débile du Dresden ne l'ait pas mentionné ?

— Il est intérimaire et change d'immeuble au gré des défections. Et il doit le connaître sous le nom de « C. J. Mitchell ». Pas « Chuck », ni « Charles ».

— Il y a des photos de chacune de ses quatre victimes connues, mais rien sur Maggie.

— Et le Paradis de l'étoffe ? On y va ?

Le Paradis de l'étoffe était une minuscule boutique poussiéreuse tenue par deux sœurs ayant largement dépassé l'âge de la retraite et pour qui « le client est roi » n'était pas une expression en l'air. Après avoir attendu vingt minutes qu'elles dégottent un bouton de chemise identique à celui qu'une cliente leur montrait, elles s'approchèrent de nous à petits pas mesurés.

L'examen du bout de papier que Lynch leur tendit dura dix bonnes minutes avant que celle qui portait un chignon se décide à parler.

— Mme Majer n'est pas venue chercher sa dernière commande. C'est une habituée de notre magasin. J'ai récupéré l'historique, comme le monsieur du FBI l'a demandé, nous annonça-t-elle en lançant un regard inquiet vers Lewis qui avait décidé que, pour passer inaperçu, se faire accompagner par cinq membres du SWAT, en plein Anacostia, était une idée judicieuse. Elle a longuement hésité entre du tulle blanc et de la soie noire ou de l'organza noir et son choix s'est finalement porté sur…

— De l'organza ?

— Un tissu transparent à armure toile en soie organsin torsadée et non décreusée. Il peut être fabriqué en fibres synthétiques. C'est moins cher, mais Mme Majer a choisi la version en soie. Elle ne prend que le meilleur, nous expliqua-t-elle en détaillant l'historique des commandes, soit trois pleines pages soigneusement calligraphiées dans un cahier jauni.

— Ça correspond, m'indiqua Lynch.

— Il ne lui est rien arrivé au moins ? s'inquiéta-t-elle alors que je dégainais mon regard le plus noir pour empêcher Lewis d'expliquer que sa chère cliente était un détraqué travesti qui s'approvisionnait chez elle pour déguiser des cadavres embaumés par ses soins.

— Dans *Fenêtre sur cour*, Grace Kelly portait une jupe en tulle blanc avec un haut noir, fis-je remarquer à Lynch.

— Putain. Où est-il censé être aujourd'hui ?

— Il prend son service à midi, au Harper, à un kilomètre et quelques du Dresden, sur la 14e North West.

— C'est dans vingt-cinq minutes.

— J'envoie le SWAT ? demanda Lewis.

— Après les avoir trimballés partout, il me semble que c'est effectivement le moment ou jamais.

— Cette fois, on le tient, se réjouit Lewis.

11

— Vous êtes le portier intérimaire ?

Il repose la clé que lui a remise son collègue et se redresse avant de hocher la tête.

— Oui, Monsieur.

L'avocat obèse et rougeaud du quatrième agite un billet et un post-it sous son nez avant de pencher légèrement la tête :

— J'ai une réunion de la plus haute importance et je ne suis pas en avance. Un livreur de la boutique Vuitton doit déposer un sac pour mon épouse. Vous le réceptionnerez et vérifierez qu'il a été personnalisé comme inscrit sur ce post-it, exige-t-il avant de lui tendre le billet de 20 dollars. Il fronce les sourcils et articule lentement : une large bande bordée d'une petite de chaque côté, placées à la verticale avec les initiales de mon épouse. Avec un point après chaque initiale, conclut-il en tapotant le comptoir d'un geste impatient. C'est un service gratuit, vous savez, précise-t-il, non sans ajouter en haussant les épaules qu'à plus de 5 000 dollars le sac à main, c'est la moindre des choses. Vous ne devez pas avoir ce genre de préoccupations. C'est peut-être plus sain de ne pas avoir les deux pieds dans la société de consommation, se hâte-t-il de conclure avant de s'éloigner à grands pas vers la porte d'entrée.

Le surlendemain, il revient :

— Je n'ai pas fait le rapprochement l'autre jour, mais c'est vous le fameux portier qui transportez des meubles d'époque ? Claire Spencer, ma locataire, m'a demandé de l'aider, mais j'ai le dos fragile. Heureusement qu'il y a des gens comme vous, lance-t-il avec jovialité.

Il voudrait répondre, mais l'assurance de l'avocat rubicond lui fait perdre tous ses moyens. Il ouvre la bouche et rien n'en sort. Il se sent rougir avec horreur lorsque le propriétaire du dernier étage lui tend une paire de mocassins flambant neuve et rajoute :

— Elles sont trop petites pour mon fils, Matthew. Quatorze ans et il fait déjà du 42, rendez-vous compte ! Je me suis dit que vous seriez content de les porter. J'ai perdu le ticket, conclut-il en souriant. Vous avez de tout petits pieds, elles vous iront sans problème. C'est pour vous remercier d'avoir réceptionné le sac.

Il se penche vers le portier et lit :

— C. J. Donc, merci, C. J. La consigne a été parfaitement respectée.

Il n'oublie pas les consignes, même les plus tordues. Il sait qu'au Dresden, le trader du troisième lui demandera de courir acheter trois bouteilles de Perrier-Jouët chaque fois qu'il entrera dans le bâtiment accompagné d'une femme, mais que l'avocat du quatrième étage du Kalorama exigera du Dom Pérignon. Il se rappelle toujours que la mère de famille du

Carthage a besoin d'un taxi chaque mercredi soir pour raccompagner la baby-sitter de ses fils et lui donne 10 dollars pour qu'il nettoie la litière de ses deux chats siamois.

— C'est vrai que vous avez de tout petits pieds, pouffe une jeune femme lovée contre son épaule.

Il redresse la tête et reconnaît immédiatement l'amie de Claire, celle de la bergère Louis XVI. Il regarde, fasciné, le bras de l'homme imposant autour des frêles épaules de la jeune femme, la grosse main qui serre, à intervalles réguliers, son bras mince, avec l'assurance d'un propriétaire. Lucy, il se souvient de son prénom, évidemment, appuie sa joue contre son manteau en cachemire.

Il a honte. Honte de son uniforme sans intérêt, du petit croissant de crasse qui s'est infiltré sous l'ongle de son index droit. Honte de son rôle de *peón* des portiers titulaires affecté aux basses besognes, courbant l'échine sous les demandes et les reproches.

Il a honte de plaquer un sourire sur son visage cireux lorsque l'avocat s'approche du comptoir, fait glisser un billet de 100 dollars et murmure :

— Vous pourriez aller nous chercher deux paquets de cigarettes et un tube de vaseline. Déposez-les devant la porte. C'est un peu pressé.

La première voix était apparue brièvement pendant l'été précédant sa troisième et lui avait interdit de bouger. Hank ou Hans, il ne s'en souvenait plus, avait ouvert la fenêtre et s'était installé sur le rebord, bras écartés. Un hurlement avait retenti dans le dortoir. Le plus jeune des docteurs avait débarqué et attrapé Hank-Hans au moment où celui-ci se laissait tomber. Le lendemain matin, ils avaient appris par le directeur en personne que les parents de leur camarade l'avaient ramené à la maison.

L'une des filles, qui venait elle aussi depuis plusieurs étés, avait protesté : les parents de Hank-Hans habitaient au fin fond de la Floride, il était peu probable qu'ils soient venus le chercher si vite. Mais le plus âgé de l'équipe avait balayé sa remarque d'un geste agacé de la main et tous avaient rejoint la grande salle. La fille portait le prénom des rêves de sa mère : Caroline. « Je voudrais m'appeler comme toi », lui avait-il avoué un jour.

Juste avant la rentrée, la voix était revenue, accompagnée d'une deuxième, plus douce, qu'il aurait pu apprécier si elle n'avait pas affirmé qu'il ne servait à rien et ferait mieux de se tuer. Que sa mère ne l'aimerait jamais. Qu'il ne la rendrait jamais heureuse et que jamais elle ne serait fière de lui.

Les voix n'avaient jamais cessé. Deux jours après leur déménagement de nuit, une troisième avait surgi, lui annonçant qu'il était surveillé. Lorsqu'il avait fini par se convaincre que ces voix venaient de caméras implantées dans sa tête par les extraterrestres, il s'était lacéré le cuir chevelu au cutter en plein cours de technologie. Le lycée avait appelé les urgences et il avait attendu deux heures ligoté à un lit avant qu'un homme n'entre et ne défasse les sangles. Les voix lui avaient enjoint de se taire. La troisième – une voix grave d'homme âgé – lui avait ordonné de refuser tous les traitements que les médecins lui prescriraient. Il avait donc annoncé au Docteur qu'il ne voulait pas de médicaments. Il n'en avalerait aucun et arracherait ses perfusions si on lui en mettait.

Le Docteur avait hoché la tête.

— Tu entends des voix ?

— Non.

— Six cents millions de personnes dans le monde entendent des voix. Si tu étais l'une d'entre elles, tu ne serais pas fou pour autant. Tu peux décider de ne plus les croire et de vivre ta vie comme tu en as envie.

Le Docteur lui avait proposé de venir le voir pour mener des séances destinées à apprivoiser ces voix.

— Je n'entends pas de voix.

Il avait un endroit en ville où il pourrait venir le voir. Le Docteur n'exerçait que deux jours par semaine au dispensaire. Le reste du temps, il travaillait dans le cabinet qu'il avait ouvert quelques mois auparavant.

Le surlendemain, en sortant du lycée, il s'était rendu à l'adresse figurant sur la carte de visite remise par le Docteur. Les voix lui interdisaient de parler d'elles et de prendre des médicaments, pas d'aller voir le Docteur.

Quelques semaines plus tard, alors qu'il massait le corps d'un octogénaire mort d'une crise cardiaque quelques jours auparavant – briser la rigidité cadavérique est essentiel pour éviter que les liquides d'embaumement ne dévient des zones attribuées, lui avait expliqué le Docteur –, il avait réalisé que les voix avaient diminué au point de n'être qu'un brouhaha lointain et imperceptible.

Dès lors, le salon du Docteur était devenu son repaire. Tous les soirs après les cours, tous les week-ends et lors des vacances scolaires, inlassablement, il aidait le Docteur, fermant les yeux des corps sans omettre de placer une capsule entre la paupière et l'œil pour leur permettre de garder une jolie forme arrondie, diluant avec précision le liquide d'embaumement, cousant la bouche à l'aiguille avec une telle dextérité que le Docteur, qui utilisait généralement un pistolet à injection et un protège-dents afin de maintenir les mâchoires ensemble en fonction de leur alignement naturel, avait décrété que seul son apprenti était capable de donner une ligne naturelle aux mâchoires. Désormais, il le laisserait s'occuper de tous les visages des défunts.

Il avait bien constaté que le Docteur retirait certains os, les remplaçant par des tubes en PVC, partait dans l'arrière-cour avec une glacière, mais l'une des voix l'avait empêché de poser des questions.

Cela ne te regarde pas, cela ne te regarde pas, ne gâche pas tout.

Lorsque le scandale des pilleurs de cadavres avait éclaté, il avait aidé le Docteur à déménager dans un petit salon de la banlieue de Baltimore. Il venait de finir le lycée, ses parents étaient partis sans laisser d'adresse et le Docteur l'avait incité à prendre un boulot à mi-temps. Il ne pouvait pas le déclarer mais tenait à le garder auprès de lui. Il continuerait de le payer et de le former. Cela était-il susceptible de lui convenir ?

Refuser cette proposition ferait revenir les voix, il le savait. Lorsque, pendant quelques jours, il lui arrivait de ne plus travailler avec le Docteur, la cacophonie redémarrait.

Deux jours après avoir aménagé le nouveau salon, les voix étaient revenues. Leurs exigences étaient nouvelles. Le Docteur était mort et il avait décidé de suivre leurs consignes. Il voulait une vie normale, avec une femme et des enfants. Un chien. Une maison à lui. La nouvelle voix lui avait fait comprendre que ce serait compliqué mais qu'il pouvait avoir une femme. Même plusieurs. Il lui suffirait de suivre ses consignes.

Deux jours après avoir déposé les Marlboro et la vaseline au pied de la porte de Joseph Meyer, il l'avait endormie et conduite dans l'appartement.

Il s'est installé comme à son habitude, dos à la fenêtre, penché sur sa machine à coudre.

Il pourrait faire ces gestes les yeux fermés. Placer le fil et le support sur le porte-bobine. Glisser le fil dans le guide. L'enrouler dans le sens horaire des disques de tension. Glisser le fil dans la canette. La placer sur l'axe du bobineur avant de la pousser vers la droite en tenant l'extrémité du fil. Appuyer sur le rhéostat de la machine. Couper le fil. Repousser l'axe du bobineur vers la gauche. Retirer la canette.

Un gémissement l'interrompt.

Avec ce qu'il lui a donné, elle ne devrait pas être réveillée. Il aurait dû la peser, être plus minutieux. Le Docteur a toujours détesté la négligence. Lorsqu'il a préparé l'injection, il a estimé son poids à quarante-cinq kilos, mais elle est musclée. Peut-être pèse-t-elle plus lourd qu'il n'y paraît ?

Il regarde l'heure et décide d'aller jusqu'au bout de la préparation. S'il n'est pas interrompu, il peut finir la doublure avant d'aller travailler. Demain, il se rendra dans cette minuscule boutique qu'il adore, récupérera sa commande, éprouvera la douceur de l'organza entre ses doigts et se mettra à l'ouvrage.

Le patron est prêt, les essayages ont été concluants, elle sera magnifique. Plus petite que Grace, mais avec sa taille fine, la robe lui ira à merveille.

Elle le mérite, elle n'est pas comme les autres. Elle sera le cadeau d'anniversaire du Docteur. Le premier 14 janvier qu'ils ne fêteront pas ensemble depuis des années. Il sait qu'il doit faire vite, mais il n'a pas peur. Il est prêt, les autres n'ont été qu'un entraînement, une lente et minutieuse préparation de ce moment.

Il prend une large respiration, insère la canette dans son logement, tire le fil et le place dans l'encoche avant de refermer le couvercle d'un geste sûr.

Il vérifie que le fil n'est pas cassé et le tire délicatement.

Son doigt caresse la photo quand un raclement métallique le décide à aller la voir.

Les premières fois, il aimait les entendre supplier, promettre, tenter de négocier leur liberté. Depuis que la deuxième s'est coupé la lèvre à force de se mordre, il les endort. Il ne peut pas se permettre qu'elles soient abîmées.

Il attrape sa cagoule, sa paire de gants, les enfile et pénètre dans la pièce surchauffée.

Il ne lui adresse même pas un regard et entre dans la salle de bains contiguë. Au moment de remplir la seringue, il hésite. Hors de question qu'elle meure aujourd'hui. Chaque étape est soigneusement prédéterminée. Il doit la garder en vie encore quelques jours.

Il sort de la salle de bains et se plante devant elle.

Assise par terre, les bras tendus en arrière à travers les barreaux d'un lit en fer solidement arrimé au sol par des plaques métalliques, les mains menottées, les jambes tendues, elle le regarde. Les ecchymoses qui constellaient ses jambes lorsqu'elle a repris conscience la première fois ont quasiment disparu. D'ici quelques jours, elle sera parfaite.

Il lui ôte son bâillon.

— Combien pèses-tu ?

Elle a du mal à respirer. Ses cheveux collent à son front, à sa nuque, poisseux, trempés. Il va falloir lui donner un bain pour nettoyer tout ça.

Elle remue doucement ses membres ankylosés.

— Combien ? insiste-t-il.

— Cinquante-deux kilos.

Il remet le bâillon et retourne dans la salle de bains.

Lorsqu'il revient, il évite de croiser son regard. Il doit impérativement rester concentré durant la phase de préparation. Il s'agenouille pour lui poser un garrot lorsqu'il entend une clé tourner dans la serrure de la porte d'entrée.

Il se lève d'un bond, sort de la chambre, ôte sa cagoule en prenant soin de replacer correctement sa perruque, s'avance dans le salon et voit un homme qui lui fait face. Qui le regarde d'un air horrifié avant qu'un cri ne s'élève. Il reconnaît cette voix, il ne sait pas d'où, mais il l'a déjà entendue.

Il reçoit un coup à la tempe et sent une main lui attraper le bras. Il se dégage violemment et perd l'équilibre. Du coin de l'œil, il voit l'homme essayer de le rattraper, mais son crâne heurte un meuble. Tout explose dans sa tête, il a juste le temps de réaliser qu'il a cogné la table basse, et soudain tout devient noir.

12

Washington, 13 h 15

Trois heures plus tard, malgré une fouille en règle de tous les appartements du Harper, nous dûmes admettre que nous ne le tenions pas du tout. Pire, le manager nous annonça que Mme Majer, qui dans le civil était un homme répondant au nom de C. J. Mitchell, ne s'était pas présenté au travail depuis une semaine et était, par conséquent, viré avec pertes et fracas.

— L'article de Pulitzer a peut-être fonctionné ?

— Quatre de mes gars planquent devant l'entrepôt où a été retrouvé le corps de Claire Spencer et personne ne s'est pointé. J'espère vraiment que votre petit génie de l'informatique va trouver quelque chose, parce que là, on est à poil, conclut Lynch.

*
* *

— Il n'existe pas, nous informa Peter lorsque nous arrivâmes à notre bureau. En revanche,

Margaret Katherine Majer était le nom de la mère de Grace Kelly.

— Comment ça, il n'existe pas ? s'étrangla Lynch.

— Le numéro de sécurité sociale qu'il a donné à l'agence d'intérim n'a jamais été attribué, l'adresse qu'il a fournie pour son portable est celle de l'appartement que vous avez déjà fouillé, et comme nous ne disposons pas d'autres informations sur lui, je ne peux pas te dresser l'historique de C. J. Mitchell. En revanche, j'ai une information qui me semble importante, continua-t-il en se tournant vers moi. Tu sais que je regarde régulièrement les registres des hôpitaux ? Ça me détend de lire les pathologies et de voir que les urgences à proximité sont capables de les traiter.

— Qui cela ne détendrait-il pas ?!

— Tu me rassures, tout le monde ne le comprend pas, répondit Peter, soulagé. Dans le registre des hospitalisations du George Washington University Hospital, j'ai vu qu'une Fiona Apple – son nom de scène, j'ai fait des recherches, c'est une escort – est arrivée en taxi aux urgences vendredi 8 janvier à 21 h 30. Elle présentait des marques aux poignets et aux chevilles indiquant qu'elle avait été ligotée et souffrait d'une déshydratation sévère. Le registre indique qu'elle affirme avoir été retenue contre son gré, mais n'a rien voulu dire à la police lorsqu'ils sont venus l'interroger.

— Ce qui ne nous avance pas tellement, pesta Lynch en se laissant tomber sur le canapé.

— Le taxi dit l'avoir prise en charge devant le Dresden. Il se souvient de la personne qui l'accompagnait, une trentenaire blonde, un mètre soixante, corpulence fine. Lorsque je lui ai envoyé la photo de Maggie Exton, il s'est montré catégorique : c'est elle.

— Et il ne s'est pas dit que ça intéresserait les autorités ?

— Disons que ses papiers ne sont pas vraiment en règle.

— Où est l'escort ?

— Elle habite sur Woodley Road.

— Comment une escort peut-elle habiter Kalorama ? s'étonna Lynch. C'est hors de prix !

Sans avoir l'exubérance de Park Avenue ni la démesure de Beverly Hills, Kalorama, un quartier du nord-ouest de la capitale surplombant le parc national du Smithsonian, attirait les grandes fortunes. Essentiellement constitué d'immenses bâtisses coloniales aux pelouses impeccables, habitées par des millionnaires, de hauts diplomates, des juges de la Cour suprême et d'anciens locataires de la Maison-Blanche, c'était un quartier calme et sophistiqué où j'imaginais effectivement mal une call-girl loger.

— Elle a un site Internet où on la voit souffler une bougie plantée sur un gâteau posé sur ses fesses, avança Peter.

— Une véritable artiste.

— Dont le véritable patronyme est Lucy Wagner et qui figure parmi les amis Facebook de Claire Spencer.

— Appelez Lewis, on y va !

*
* *

L'artiste habitait un luxueux immeuble d'une rue résidentielle large et arborée. Je sonnai et une jeune femme mince et blonde avec de grands yeux verts, en jogging, vint nous ouvrir. Elle avisa la carte du FBI que lui brandissait Lewis d'un air blasé :

— Vous avez plus de ténacité que des morpions. J'ai déjà dit à l'hôpital que je ne portais pas plainte. Ce n'est pas pour changer d'avis devant le FBI, nous annonça-t-elle sans manifester l'intention de nous laisser entrer.

— Mademoiselle Wagner, nous aimerions savoir ce qu'il s'est passé.

— Rien.

— Vous vous êtes présentée vendredi 8 janvier en soirée aux urgences du George Washington University Hospital, en état de choc, déshydratée et présentant des blessures aux poignets et aux chevilles.

— Ce qui est mon droit le plus strict.

— Et vous avez dit avoir été détenue contre votre volonté dans un appartement du Dresden.

Lucy Wagner fronça les sourcils :

— Je n'ai jamais dit ça.

Lynch prit une grande inspiration, oublia les questions de juridiction.

— Quatre femmes détenues contre leur gré sont décédées dont Claire Spencer, l'une de vos amies. Nous pensons qu'elles ont été victimes du même ravisseur que vous. Pour une raison que nous aimerions connaître, vous êtes encore en vie. Ce dont nous nous réjouissons, ne vous méprenez pas, mais de là à ce qu'un de mes collègues décide d'appeler du renfort et vous fasse arrêter dans votre beau quartier de Kalorama au vu et au su de vos riches clients et de la presse, il n'y a qu'un pas que je n'hésiterai pas à franchir. Par ailleurs, vous n'imaginez pas à quel point cet homme est puissant, ajouta-t-il en désignant l'agent Lewis qui se mit à hocher la tête frénétiquement, oubliant qu'il planquait dans des chiottes quelques jours auparavant.

*
* *

La serrure céda facilement. Dix agents du FBI se dispersèrent, hurlant « FBI » à chaque porte ouverte.

— L'appartement est vide. Son propriétaire est un retraité qui part régulièrement chez son fils en Floride sans prévenir personne, mais il y a un corps, nous informa l'un des agents.

Sur le parquet de la chambre la plus éloignée de la porte d'entrée, une frêle silhouette, ne mesurant guère plus d'un mètre soixante, cheveux blonds mi-longs, était allongée face contre terre. Au radiateur de la chambre réglé au maximum s'ajoutaient deux engins d'appoint dont la résistance rougissait.

— On ne touche rien avant l'arrivée des techniciens de l'identification judiciaire et du légiste, prévint Lewis. Comment avez-vous su ?

— Fiona Apple, pardon, Lucy Wagner, commença Lynch avant de battre en retraite, déclarant que s'il devait rester une minute de plus dans cette chambre surchauffée et puante, il allait vomir.

— Vous arrivez à confondre les deux patronymes ?

— Fiona Apple est son pseudo d'escort, précisa Lynch. C'est une amie de Claire Spencer, la quatrième victime du Cinéphile. Elle a été retenue contre son gré jusqu'à ce qu'une femme correspondant à la description de Maggie Exton la fasse sortir de l'appartement et la mette dans un taxi, direction les urgences. Le Cinéphile a changé de mode opératoire : Lucy Wagner a été enlevée avant que le corps de Claire ne soit retrouvé. Peut-être parce qu'elles se connaissaient.

Oublieux de la puanteur suffocante de la chair humaine en décomposition, le médecin légiste arriva et enfila une paire de gants en latex. Après avoir pris plusieurs clichés du cadavre *in situ*, il retourna le corps. La chaleur étouffante de l'appartement avait accéléré le processus de décomposition au point que le visage était méconnaissable.

— Il fait au moins trente-cinq dans cette pièce, avec un taux d'humidité délirant, la décomposition est trop avancée pour qu'il soit possible de procéder à une identification, annonça-t-il tout en commençant à inspecter le corps. Cette bosse sur la tête n'est pas suffisante pour tuer quelqu'un. Mais voilà une sacrée ecchymose, observa-t-il.

— C'est ça qui l'a tuée ?

— Il va falloir que je l'examine à la morgue, mais c'est une option envisageable. Cela dit, il nous reste une gamme de possibles aussi vaste que sympathique.

— C'est-à-dire ?

— Il reste assez de muscles pour mener un examen toxicologique. S'il y a des traces de drogues, je les trouverai, assura le médecin en continuant son examen.

— Vous pensez que c'est Maggie Exton ?

— Je n'aime pas me montrer catégorique. Rendre mes conclusions avant même d'avoir démarré une autopsie n'est pas dans mes habitudes, mais j'aimerais néanmoins vous montrer quelque chose, si vous vous sentez capables de revenir dans la pièce.

— Nous montrer quoi ?

Le légiste souleva la robe mauve de la victime et annonça :

— Le pénis de votre cadavre.

PARTIE IV

Lundi 18 janvier 2016

1

Ellicott City, banlieue de Baltimore, 0 h 30

Thomas se retourna dans son lit et poussa un profond soupir. S'il ne dormait pas dans une demi-heure, il descendrait finir la paperasse qu'il avait laissée s'accumuler depuis dix jours. Vendredi, Guildenstein n'avait pas tari d'éloges sur Lynch et son équipe et les avait félicités à plusieurs reprises lors de la conférence de presse consacrée à la découverte du cadavre du Cinéphile. Mais le soir même, il avait appelé Lynch pour une mise au point : l'enquête concernant la disparition de Maggie Exton était désormais l'affaire du FBI et du détective privé mal coiffé et habillé comme un sac. Hors de question pour la police de Baltimore de continuer à enquêter dessus.

Depuis, Thomas ruminait.

— Tu devrais être fier, lui avait répété Emily tout le week-end.

— Si par fier, tu entends effectivement satisfait d'avoir mis fin aux activités d'un tueur en série mais frustré de ne pas avoir retrouvé

Maggie Exton, alors oui. Je suis fier, avait-il soupiré.

Il était furieux. Surtout contre Guildenstein qui avait sous-entendu qu'il était jaloux du FBI. Pourquoi tout le monde partait du principe qu'il était jaloux de ce qu'il détestait ? Il détestait les araignées, mais jusqu'à preuve du contraire, n'enviait ni leurs huit pattes ni leur régime alimentaire à base de mouches. Et ce n'était pas le département de police de Baltimore qui, en 2006, avait prétendu déjouer un complot islamiste – qui n'existait que dans la tête perturbée d'agents du FBI – en Floride. Lewis était un incapable, et bien que Jack Miller et son taré de copain se soient révélés rudement efficaces, Thomas ne pouvait s'empêcher de croire – ou d'espérer – que sa présence serait utile pour résoudre l'enquête.

— Vois le bon côté des choses. Tu vas pouvoir avoir des horaires plus conventionnels et assister à la réunion parents-profs d'Henri.

Thomas avait poussé un gémissement et enfoncé sa tête dans les coussins du canapé pour ne pas entendre sa femme rire.

*
* *

Washington, 0 h 45

Nous tournions en rond. Maggie avait disparu depuis presque dix jours et aucun élément nouveau ne se présentait. Guildenstein considérait que ses équipes avaient résolu l'enquête relative au Cinéphile et avait retiré Lynch de l'affaire. Ce que j'avais beaucoup plus de mal à encaisser que prévu. Collaborer avec la police était nécessaire, mais contrairement à beaucoup de flics, Lynch ne s'était jamais senti obligé de rappeler son grade pour imposer ses décisions. Il avait joué franc jeu dès le début – oui, son équipe mènerait une enquête sur Martin même s'il était mon ami – et, fait suffisamment exceptionnel pour être relevé, supportait Peter. Stern considérait que nous avoir flanqués du plus débile de son équipe et nous rappeler la primauté du FBI dans cette enquête était largement suffisant pour que nous retrouvions Maggie, et il nous lançait des regards aussi consternés que surpris lorsqu'il devenait flagrant que l'enquête piétinait. Autant dire qu'il se départait rarement de son air affligé.

Comme chaque fois qu'une affaire me posait problème, je consacrais mon temps libre à la préparation de mon avenir de rural autosuffisant.

Si calculer de tête la valeur isolante d'un mur ne me posait aucun problème, la pratique me résistait, comme en témoignait la dizaine de rondins de cinquante-quatre centimètres sur lesquels je m'étais exercé à la technique de l'entaille en tête de bélier. Peter examina chacun des rondins avant de déclarer qu'ils ne ressemblaient pas du tout au modèle du manuel.

— Je dois m'entraîner. Je vais y arriver.

Peter fit la moue avant d'annoncer :

— J'en doute. Mais ça n'est pas grave. C'est un fantasme qui n'a pas lieu d'être réalisé.

Un dérivatif et non un projet d'avenir. Appelle ça la crise de la quarantaine, l'attrait d'un retour aux sources après une série d'échecs professionnels, diagnostiqua-t-il.

J'avisai mes rondins, soupirai et attrapai l'épais dossier que j'avais constitué depuis la disparition de Maggie.

Après avoir passé deux heures à dresser un récapitulatif exhaustif des faits avec Peter, je m'écroulai tout habillé dans mon lit. Je dormais profondément lorsqu'il tambourina à la porte de ma chambre.

À 3 h 45 du matin.

— 1 + 4 = 5, tu es d'accord ?

— Admettons que je le sois.

— N est la quatorzième lettre de l'alphabet : 1 + 4 = 5, et W est la vingt-troisième lettre de l'alphabet : 2 + 3 = 5. Tu es d'accord ?

Je vous livre une information supplémentaire sur moi. Lorsqu'il est 3 h 45 du matin et que je suis assis sur mon lit en tailleur en train de faire défiler l'alphabet sur mes doigts, je suis d'accord avec à peu près tout.

— Depuis le début, nous avons procédé comme si, sur le papier qu'a donné Winston Smith à Maggie Exton, il s'agissait de numéros de téléphone. L'un dans le Minnesota, l'autre à New York.

— Et ?

— Et alors, pas du tout. Ce sont des coordonnées GPS. Latitude : 391 746 6 N et longitude 763 655 5 W. Parce que 1 + 4 = 5.

— Qui indiquent ?

— Le 7-Eleven où Maggie Exton a été vue pour la dernière fois. Le papier que lui a remis Smith donnait les coordonnées d'un lieu de rendez-vous.

*
* *

Sourcils froncés, visage fermé, Thomas Lynch arpentait mon salon d'un air sombre pendant que Peter sautillait sur place.

— Et tout ça, parce que 1 + 4 = 5. Vous y croyez ?

— Que vous m'ayez fait venir à Washington à 5 heures du matin pour faire des maths au milieu d'un massacre de rondins ? Non, je n'y crois pas.

— Techniquement, ce n'est pas « un massacre de rondins », mais des essais d'entailles en tête de bélier.

— Techniquement, ce ne sont pas « des maths », mais de l'arithmétique.

— Techniquement, je vous conseille de me dire rapidement ce que je fous ici. Je ne suis plus sur l'enquête, je vous rappelle, bougonna Lynch.

— L'élément nouveau dont parlait Guildenstein comme condition *sine qua non* pour vous y remettre ? Je l'ai trouvé, annonça Peter d'un air satisfait. Lorsque j'ai réalisé que les deux séries de numéros qu'avait remis Smith à Maggie étaient des coordonnées GPS, je me suis dit qu'il y avait vraiment quelque chose d'étrange dans cette histoire. Et j'ai repensé à ses mots de passe. Normalement, avec les informations dont je dispose sur Maggie et une attaque par dictionnaire et par force brute, le programme que j'ai conçu aurait dû être capable de casser tous ses mots de passe en trois minutes.

— J'étais à deux doigts de me réjouir de continuer à bosser avec vous. Mais là, j'ai juste envie de vous étriper.

Peter s'en étrangla d'indignation :

— Mais je ne peux pas être plus clair ! Qu'est-ce que vous ne comprenez pas ?

— « Attaque par dictionnaire. »

— Imaginez une machine dotée d'un énorme dictionnaire de mots de passe qui les taperait tous, les uns après les autres, dans un compte donné pour l'ouvrir.

— Et le truc par force brute ?

— C'est ce qui vous permet de savoir à quoi ressemble Jennifer Lawrence nue.

— Vous savez être clair quand vous voulez, apprécia Lynch.

— Et ça m'a pris beaucoup plus longtemps que cela n'aurait dû. Et certains de ses mots de passe sont particulièrement vicieux. Or, les gens sont de très mauvaises sources de hasard. Qu'elle soit autant au fait de la sécurité informatique m'a semblé étrange, donc j'ai décidé de retracer toute la vie de Maggie Exton.

— Vous êtes en train de nous dire que vous ne l'aviez pas déjà fait ?! s'étrangla Lynch.

— Si, mais là, je l'ai fait depuis le début. Et avant de monter sur vos grands chevaux, je vous signale que la Maison-Blanche et le FBI ont été un peu légers sur ses antécédents aussi. C'est la femme du chef de cabinet adjoint et ils ont commis la même erreur que moi : faire une copie de son état civil, vérifier qu'elle n'avait pas de casier judiciaire et entrer dans les détails à partir de ses dix-huit ans.

Lynch accusa le coup avant de reprendre :

— Donc, vous vous êtes intéressé à ce qu'elle avait fait avant ses études ?

— Avant tout ce que j'ai l'habitude de faire depuis que je travaille avec Jack, et bien m'en a pris. Maggie Exton n'existait pas avant 1994.

— Alors ça, je ne l'avais pas vu venir, murmura Lynch.

— Le moyen le plus simple pour se créer une nouvelle identité consiste à récupérer le certificat de naissance d'une personne décédée, née la même année que soi, et à endosser cette nouvelle identité. Je vous présente Margaret Howland, annonça Peter en nous tendant deux feuilles. Née en mars 1976 et décédée en juillet 1978. D'après cet article de presse, elle s'est noyée dans la piscine familiale. Et elle renaît en avril 1994, intègre Harvard en septembre de la même année. Quatre ans plus tard, elle en sort diplômée avec les honneurs et entre à Johns-Hopkins pour un master puis un doctorat. Elle épouse Martin James Exton en 2011 et devient Margaret « Maggie » Exton.

*
* *

Baltimore, 19 heures

Presque vingt ans de mariage et trois enfants plus tard, Lynch décida que jamais il ne s'habituerait aux dîners en famille que lui imposait sa femme.

Un malheur n'arrivant jamais seul, sa belle-sœur avait décrété qu'elle avait besoin de vacances en famille, ce qui signifiait qu'il allait devoir s'infuser Richard, son épouse et leur progéniture deux semaines d'affilée l'été prochain.

Assis sur le canapé, il feuilletait l'un des innombrables guides sur le Brésil que Richard avait téléchargés ou achetés. Son beau-frère organisait le moindre de ses déplacements avec une minutie étonnante et était capable de piquer de véritables crises si son planning n'était pas respecté à la lettre. Concernant les consignes de sécurité, le secrétariat aux Affaires étrangères n'y allait pas avec le dos de la cuillère. On sentait tout de suite que, pour le type qui avait rédigé le fascicule, s'aventurer au-delà de DC n'était pas une mince affaire. Un paranoïaque mâtiné de chauvin, friand d'anecdotes alarmistes. Le Bronx faisait figure de jardin d'Éden par rapport au Brésil ravagé par la criminalité.

Il s'étira et bâilla. Depuis que Jack l'avait appelé au milieu de la nuit, tout s'était enchaîné. Guildenstein lui avait donné l'autorisation de continuer l'enquête – « deux semaines et ensuite, je vous récupère par la peau des fesses » – et les résultats de l'autopsie du Cinéphile étaient tombés. Brenner et un légiste de Washington avaient conclu à une mort accidentelle. « Plaie contuse de la tête au niveau occipital. »

Le tueur avait reçu un coup à l'arrière du crâne, mais ça ne l'avait pas tué. L'hémorragie fatale était due à un traumatisme crânien majeur, consécutif à une blessure à la tempe faite en tombant contre le bord en acier de la table basse. L'accident bête. D'après ce que lui avait expliqué Brenner, le volume crânien ne pouvant augmenter, l'hémorragie avait engendré une pression excessive sur le cerveau.

Sous le regard perplexe de sa femme et des trois garçons, Thomas avait remplacé la table basse rectangulaire du salon par une ronde le soir même, avant de passer deux heures à vérifier les sécurités enfants sur les coins des autres meubles.

— Quelle perte tragique pour l'humanité, avait déclaré Jack en découvrant le rapport.

— L'agresseur était gaucher, ce qui élimine Maggie Exton, avait explicité Brenner.

— Le type qui a forcé Maggie à entrer dans la voiture a écarté sa veste avec la main gauche. Mais 13 % des Américains sont gauchers, dont le président Obama, avait-il fait remarquer.

La voix de Richard le tira de ses pensées.

— Ouais, donc le Brésil serait une destination sympa pour des vacances en famille. T'auras retrouvé la femme du type de la Maison-Blanche d'ici là ? s'inquiéta-t-il. Parce que pour les réservations, il faut que je sache à l'avance. Il est hors de question que tu nous fasses faux bond.

— Je vais tout faire pour ne pas gâcher tes vacances, rétorqua Thomas.

— Du reste, comment a-t-elle pu être enlevée en pleine rue ?

Thomas haussa les épaules :

— Aucune idée.

— Mais tu es toujours chargé de l'enquête, je n'ai pas rêvé ? Tu dois savoir ça, non ?

— Nous n'avons qu'un témoin qui l'a vue de loin entrer dans une voiture noire.

— Quelle marque ?

— Aucune idée. Une berline. Ah, et sur la voiture, il y avait un autocollant triangulaire brillant avec un crâne et deux grandes dents, ajouta-t-il en extirpant la photocopie du dessin réalisé par le graphiste du BPD.

— Un fan de la LNAH ? proposa Richard après avoir observé le dessin.

— Je te demande pardon ?

— La Ligue nord-américaine de hockey. Il est peut-être québécois ton ravisseur ?

Discuter avec Richard était toujours une épreuve.

— Québécois ?

— Ben ouais. Tu sais, les Prédateurs de Laval, l'équipe de hockey sur glace ? Leur logo est un crâne de tigre à dents de sabre dans un triangle. Ça ressemble beaucoup à ton dessin.

Mardi 19 janvier 2016

2

Washington, 10 h 30

— Faites vos valises, nous partons demain à Saint-Johnsbury, annonçai-je à Lynch qui haussa un sourcil circonspect.

— C'est où, ce bled ?

— Dans le Vermont, à une soixantaine de kilomètres de Montpelier.

— Et qu'est-ce qu'on va foutre à Saint-Machin ?

— Votre beau-frère avait raison. L'autocollant est bel et bien le logo des Prédateurs de Laval.

— Vous avez demandé l'expertise de votre beau-frère ? s'étrangla Lewis qui, depuis la découverte du cadavre du Cinéphile, ne nous lâchait plus.

— Il y a une heure, Higgins a montré le logo des Prédateurs de Laval à Ruth Harris parmi une dizaine d'autres dessins approchants et elle l'a tout de suite reconnu, répliqua Lynch. Mon beau-frère est bête à manger du foin à pleines fourches, mais en matière de sports, il est incollable. Un tigre à dents de sabre, il fallait le trouver !

Lewis leva les yeux au ciel.

— Je sais que vous n'appartenez pas au FBI et que je suis là pour pallier vos défaillances et mettre mon expertise au service de cette enquête...

— Ce qu'il ne faut pas entendre, s'étouffa Lynch.

— Et c'est pour cette raison que je préfère vous prévenir qu'il y a peu de chance que nous trouvions dans le Vermont des traces d'une équipe de hockey canadienne.

Je sortis de mon sac une photo que j'épinglai sur le tableau en liège du bureau de Lynch.

— Je vous présente Clyde Pell, adjoint au shérif du comté de Caledonia depuis plus de huit ans. M. Pell aimerait monter en grade et intégrer une école de police pour multiplier ses chances d'être élu shérif d'ici quatre ans. Heureusement pour nous, M. Pell est un homme prévoyant qui a un plan B : devenir détective privé. Après son service, il a pris l'habitude d'écumer les sites et les forums dédiés à ce métier merveilleux qui permet de rencontrer des gens extraordinaires. Je parle de vous, agent Lewis.

— Arrêtez, il va être capable de vous croire, s'agaça Lynch.

— Il y a quelques jours, Clyde Pell a démantelé un réseau de trafiquants de cigarettes.

— Vraiment ?

— Non. Il a arrêté un môme de onze ans qui revendait des cartouches achetées par son frère à Burlington.

Je punaisai la carte du Vermont.

— À cet endroit. Juste à côté du réservoir McIndoes, en bordure de l'US-5-S. Donc, notre shérif adjoint se planque, le môme arrive, il le chope et le gamin lui explique qu'il a vu une voiture abandonnée. Une Renault 21 Nevada marron.

— Et ? On cherche une berline noire, pas un break marron.

— Convaincu que pour échapper à Sing Sing[1] il doit balancer le plus d'informations possible, notre jeune contrebandier a ajouté qu'avant la Nevada, se trouvait une berline originellement grise mais récemment repeinte en noire sur laquelle il a lui-même collé le logo des Prédateurs de Laval. M. Pell rentre chez lui après le service, se connecte, comme tous les soirs, sur plusieurs forums de détectives privés et finit par débarquer sur celui que je fréquente. Et là, il tombe sur mon message dans lequel j'explique être à la recherche de toutes les informations concernant une berline noire sur laquelle est collé un autocollant de cette équipe de hockey.

— Et il vous a contacté ?

— Mieux, il a identifié le modèle de berline – une Ford Sedan – et a retrouvé son propriétaire. Faites vos valises, nous partons demain à Saint-Johnsbury.

---

1. Prison américaine de l'État de New York.

Mercredi 20 janvier 2016

3

Saint-Johnsbury, Vermont, 14 h 30

L'agent Lewis tourna à droite et se gara en marche arrière avant de se retourner vers Lynch :

— Saint-Johnsbury. Nous y sommes. Et à l'heure. C'est ça que j'appelle bien conduire. Si je vous avais laissé le volant, nous serions tous les trois à la morgue.

— Et je récupère mes chaussures quand ?

— Comment avez-vous pu envisager, ne serait-ce qu'une minute, que je vous laisserais monter dans *ma* voiture de fonction avec *vos* semelles pleines de boue ?

— De là à me faire voyager pendant huit heures en chaussettes avec mes pompes dans le coffre, il y a de la marge, s'étrangla Lynch.

— Je suis déjà bien gentil de vous avoir récupéré à Baltimore. J'ai fait un détour, je vous signale, rétorqua Lewis en lui tendant le sac dans lequel se trouvaient ses chaussures.

À peine étions-nous entrés dans le bureau du shérif du comté de Caledonia, un bâtiment en brique aux dessous de toit vert d'eau, légèrement en retrait de Main Street, qu'un homme en grande conversation avec quatre quadragénaires surexcitées se détacha du petit groupe pour s'avancer vers nous.

— Officier Clyde Pell, adjoint au shérif du comté de Caledonia. C'est moi qui vous ai contacté. Enfin l'un d'entre vous, annonça-t-il avant de nous faire entrer dans son bureau.

— Jack Miller, détective privé. Voici Thomas Lynch qui m'assiste et l'agent Lewis du bureau du FBI à Washington.

— Le propriétaire de la Ford Sedan est Dave Graham, un agriculteur de Sheffield, à trois quarts d'heure de route de l'endroit où nous avons retrouvé la Ford. Il a une exploitation laitière qui ne marche pas très fort en ce moment.

— Nous allons l'interroger, décida Lewis.

— *Je* vais l'interroger, argua Pell en tapotant son étoile. Cet homme est dans *ma* juridiction et sous *ma* responsabilité.

— Votre juridiction ne supplante certainement pas celle du FBI lorsque nous sommes mandatés par le chef de cabinet adjoint de la Maison-Blanche, répliqua Lewis en articulant chaque mot comme s'il dégustait un grand cru.

Je croisai le regard de l'adjoint au shérif et tentai de me composer un air contrit avant d'entraîner Lewis et Lynch à l'écart.

— Le FBI n'a pas besoin d'autorisation pour interroger un bouseux, décréta Lewis.

— M. Pell et moi allons lui parler. Et vous, vous restez là.

— Il était convenu dès le début de cette enquête que le FBI chapeauterait l'enquête, protesta-t-il.

— Le bouseux, comme vous le dites, est ma langue maternelle. J'en suis un et je ne voudrais pas qu'il soit impressionné par votre prestance.

Plus c'est gros, plus ça marche.

Lewis reconnut qu'effectivement, il pouvait impressionner.

Ce que Lynch confirma à grand renfort de hochements de tête, le nez dans un gobelet de café et les épaules agitées de soubresauts.

*
* *

Comme je l'avais pressenti, Dave Graham aurait pu être mon père ou bien tous les agriculteurs que j'avais côtoyés enfant. D'une culture à l'autre, les problématiques n'évoluaient finalement que peu. Je l'écoutai donc se plaindre de l'instabilité des prix du lait, de l'insuffisance des subsides laitiers et de l'inadaptation du programme fédéral d'assurance.

— Avec huit cents vaches en production, il faut des nerfs d'acier. En seize mois, le prix du lait a baissé de près de 40 %. Je suis dans le rouge depuis juin. Dans six mois, l'étiquetage des produits sera obligatoire. J'ai dû adapter ma production de fromage. Les gens entendent OGM et n'achètent plus.

— Alors qu'aucun de ces crétins de scientifiques n'est capable de prouver que c'est néfaste pour la santé.

Dave me lança un regard étonné et, mis en confiance, continua :

— Et là, ce type arrive et me propose de l'argent.

— Quand et comment ?

— Avant Noël. J'organise parfois des visites de mon exploitation, surtout pendant les vacances d'hiver, les touristes viennent en masse. Leurs gosses veulent voir des animaux. L'un des visiteurs m'a proposé de l'argent. Une grosse somme. Ça ne me semblait pas si grave d'accepter de rendre service.

— De quoi s'agissait-il ?

— Je devais acheter une voiture, une berline noire, en bon état, mais d'occasion, et y mettre de nouvelles plaques d'immatriculation et une mallette dans le coffre. Et garder le reste de l'argent. Il devait me rappeler le lendemain, ce qu'il a fait, et j'ai accepté. Deux jours plus tard, j'avais 80 000 dollars, la mallette et les plaques dans la boîte aux lettres. J'ai eu une idée. J'ai une Ford Sedan gris métallisé. Elle a dix ans, mais roule encore parfaitement bien, je l'entretiens régulièrement. Nous n'avons plus les moyens de garder deux voitures. Alors, j'ai acheté de la peinture noire, je l'ai repeinte et j'ai changé les plaques. Et je l'ai conduite au lieu convenu, près du réservoir McIndoes.

— Est-ce qu'il vous a dit son nom ?

— Non.

Évidemment.

— Physiquement, comment le décririez-vous ?

Faites qu'il dise « bien mis de sa personne » et nous permette d'établir un portrait-robot utilisable.

— Pas très grand, un peu costaud. Ça m'a étonné qu'un type aussi banal puisse avoir autant d'argent, en réalité.

Devant mon air décontenancé, Dave se hâta d'ajouter :

— Mais il conduisait une voiture française, une Renault 21.

L'adjoint Pell sauta sur ses pieds :

— Une Nevada marron ?

Dave hocha la tête avant de demander :

— Est-ce que je vais avoir des ennuis ? Avec l'agent du FBI ?

Compte-tenu des antécédents de l'agent Lewis, mieux valait éviter de lui donner une réponse négative et je cherchais une idée pour noyer le poisson lorsque l'adjoint au shérif revint dans le bureau :

— J'ai tenté quelque chose et je crois que ça a fonctionné. L'autocollant, c'est les Prédateurs de Laval. La Ford se trouvait à Ryegate. Le trajet Laval-Ryegate passe par le poste frontière de Stanstead.

Lynch fronça les sourcils :

— Mais c'est pas le gamin qui a collé l'image ? Je croyais qu'il n'avait jamais mis un pied hors du Vermont.

— Exact. J'ai juste voulu tenter un truc. Un truc de détective, rajouta Pell en se redressant de toute sa hauteur. J'ai appelé le poste-frontière de Stanstead. Comme Dave Graham a déposé sa voiture repeinte en noir le 8 janvier à 6 heures du matin, j'ai demandé au douanier que j'ai eu au téléphone s'il avait vu passer une Nevada marron dans la journée du 8. Non seulement il l'a vue passer mais il s'est souvenu qu'une dizaine de professionnels ont traversé la frontière pour assister à une conférence sur la chirurgie maxillo-faciale à Concord, New Hampshire. Le conducteur de la Nevada était l'un d'entre eux. Un prothésiste dentaire du nom de Douglas Hill.

— On lance un mandat ! On lance un mandat ! se mit à triompher Lewis.

— Il n'y a pas de prothésiste dentaire à ce nom, précisa Pell. Mais nous avons le numéro d'immatriculation de la Nevada. L'assistante du shérif effectue en ce moment même une demande de coopération avec la GRC[1]. D'ici vingt-quatre heures au maximum, nous devrions avoir l'identité du propriétaire de la Nevada.

1. La Gendarmerie royale du Canada, à la fois police fédérale du Canada et police provinciale de la plupart des provinces canadiennes.

Jeudi 21 janvier 2016

4

Saint-Johnsbury, 8 h 30

Lewis nous avait dégotté ce que Saint-Johnsbury faisait de pire en termes d'hôtellerie. Lorsque nous lui avions fait remarquer que l'Overlook[1] avait l'air moins glauque que la taule infâme dans lequel il avait fait trois réservations, il avait balayé nos protestations d'un revers de main et expliqué que le forfait gouvernemental attribué aux agents du FBI ne lui permettait pas de se payer autre chose. Or, il tenait à nous avoir à côté au cas où il aurait une illumination en pleine nuit. Que nous le croyons ou non, il lui était arrivé plus d'une fois de résoudre une affaire sur le coup des 3 heures du matin.

Ce fut pourtant au son de ses ronflements que Lynch et moi passâmes la nuit tout habillés, observant les cafards grimper le long des murs décrépis et soupirant aux improbables bruits de ce qui se révéla rapidement être un hôtel

---

1. Hôtel dans lequel Jack Torrance, sa femme et son fils emménagent dans *Shining*.

de passe, comme nous le confirma l'adjoint du shérif le lendemain matin, lorsqu'il frappa à la porte de ma chambre, trois gobelets de café en équilibre contre la hanche.

Depuis que Lynch avait confié à Pell que Martin Exton ne dépassait pas le mètre soixante-dix – ce qu'il s'était empressé de dire à sa femme, ravi de voir son air déçu –, ce dernier avait abandonné toute méfiance envers nous.

— Nous avons l'identité du propriétaire de la Renault 21. Le mois dernier, il avait quatre-vingt-cinq ans et une dégénérescence maculaire qui l'empêchait de conduire depuis des années.

— Comment ça, « le mois dernier » ?

— Il y a un problème, admit-il.

— Qui est ?

— Le seul moyen de contacter le propriétaire est un *ouija board*. Il est décédé fin décembre. Mais il y a autre chose, rajouta-t-il. Abdallah Talash, feu le propriétaire de la Nevada, a été une figure importante de la LIM.

— La LIM ? demanda Lynch.

— La Ligue islamique mondiale. Une ONG saoudienne fondée au début des années 1960, expliquai-je.

Au début de la guerre froide, les États-Unis et l'Arabie saoudite avaient conclu un accord : en échange d'un monopole sur leur pétrole, les États-Unis assuraient aux saoudiens la sécurité militaire. L'immunité, si ce n'est l'impunité. Et que les plus hautes autorités religieuses de ces nouveaux alliés proclament que la terre était plate ne posait aucun problème. En échange du pétrole, les Américains laissèrent donc le champ libre à la monarchie wahhabite qui finança, dans l'ensemble du monde musulman, un immense réseau d'officines islamistes. En 1962, le prince Fayçal patronna la fondation d'un instrument de la diplomatie religieuse saoudienne, propageant le message d'un islam d'obédience wahhabite et luttant contre toute forme de velléité à caractère révolutionnaire : la LIM.

Allant au-delà de cette dimension religieuse officielle, elle constitua rapidement un réseau d'informations, d'influence et d'action pour la famille Séoud.

— D'action ? intervint Lynch.

— Politique.

Parce que cette improbable connivence entre l'Amérique puritaine et l'islam fondamentaliste, directement liée à la maîtrise des ressources pétrolières, n'en était pas restée là.

1979, la guerre froide bat son plein. Si l'obsession américaine à cette époque était l'URSS, celle de l'Arabie saoudite était l'Iran. Il faut dire que Khomeyni, se réclamant du Coran qui ne reconnaît aucune royauté, s'amusait à traiter le roi Fahd de « faux musulman », ce qui ne détendait pas l'atmosphère.

Pour contrer l'Iran chiite, l'Arabie saoudite ne savait plus où donner du pétrodollar pour financer tout ce qui fleurissait de radical sous le ciel sunnite, et en 1979 le président Carter signa la première directive sur l'assistance clandestine aux opposants du régime prosoviétique de Kaboul afin de donner à l'URSS sa guerre du Vietnam.

L'Afghanistan devint un *joint-venture* à trois piliers : États-Unis, Arabie saoudite et Pakistan. Les deux premiers finançant, le deuxième recrutant, le dernier réceptionnant et gérant armes et combattants.

Avec la bénédiction de la CIA, l'Arabie saoudite intensifia son prosélytisme wahhabite, sollicitant les oulémas les plus conservateurs pour la diffusion de fatwas faisant de la lutte contre l'envahisseur russe un devoir sacré et créant des madrasas destinées à initier la jeunesse afghane réfugiée au Pakistan au véritable islam – le sien –, sans complaisance pour les États-Unis et l'Occident.

Le nom des étudiants de ces madrasas ?

Des talibans.

Et nos fiers combattants du djihad, entre entraînement militaire et endoctrinement, ne tardèrent pas à se convaincre que la victoire sur le petit Satan soviétique préfigurait de nouvelles batailles héroïques contre les kouffar du grand Satan.

— Elle s'en est toujours défendu, mais la LIM apporte son soutien financier à des groupes islamistes, continuai-je.

Avec une règle : la violence intégriste, produit du soutien financier apporté aux islamistes, ne devait jamais s'exercer contre des ressortissants ou des biens occidentaux. Règle qui avait été foulée aux pieds par un homme que le sérail saoudien avait soutenu et protégé dans son prosélytisme, le rejeton monstrueux né des amours morganatiques de l'Amérique et du djihad afghan : Oussama Ben Laden.

— Donc l'homme avec lequel Maggie Exton a été vue fait partie d'al-Qaida ? intervint Lewis.

— Al-Qaida était bâtie sur le même modèle que certaines familles de la mafia. Le chef mort, la structure s'est effondrée. Depuis septembre 2001, elle a perdu l'essentiel de ses capacités opérationnelles, observa Lynch.

— Mais elle est aussi devenue un outil de propagande et de guerre idéologique qui prône sur Internet le dijhad contre les Juifs, les croisés et les apostats.

Des gens convaincus que les attentats avaient une justification religieuse puisqu'ils étaient autorisés par une fatwa vieille de huit cents ans autorisant les musulmans d'Asie centrale à tuer d'autres musulmans pris en otages et utilisés comme boucliers humains par les Mongols.

— Pour le moment, nous sommes sûrs de deux choses, tempéra Lynch. D'une part, le propriétaire de la Nevada a été l'un des représentants de la LIM au Québec. D'autre part, sa voiture a été utilisée par deux personnes différentes : d'abord un homme de cinquante ans, corpulent, qui a demandé à l'agriculteur d'acheter une berline noire d'occasion, d'en changer les plaques d'immatriculation et de la laisser à une centaine de kilomètres de la frontière canadienne. Puis un homme grand et mince avec qui Maggie serait montée en voiture. En déduire que le ravisseur de Maggie fait partie d'al-Qaida serait un sacré raccourci. Abdallah Talash est canadien et décédé. Et on cherche un homme d'une trentaine ou d'une quarantaine d'années dont on ignore la nationalité, mais qui est bien vivant.

Laisser à l'agent Lewis le soin d'interroger l'entourage d'un éventuel complice revenait à lui envoyer la moitié des forces armées du pays. Si nous voulions éviter un incident diplomatique, nous n'avions pas le choix.

— Préparez-vous à retirer vos chaussures, Lynch.

5

Banlieue de Laval, 11 h 05

Deux heures plus tard, nous étions dans un quartier résidentiel de la banlieue de Laval, devant la maison d'Abdallah Talash où sa fille cadette, Mehria, nous accueillit. Si elle ne reconnut pas l'interlocuteur de Dave Graham, elle hocha la tête à peine le portrait-robot établi par Ruth lui fut-il présenté :

— Il s'appelle Ahmad Shah Mir. Il habite en face, vous voyez, ajouta-t-elle en écartant le rideau, la maison aux volets bleus.

— Vous le connaissez ?

— Très bien. Ses parents ont quitté l'Afghanistan lorsqu'il avait onze ans. Ils étaient originaires de la vallée du Panshir. Son père était médecin et l'a appelé comme Massoud. Nous habitions dans le même immeuble à quelques rues d'ici, dans les années 1980. Il est ingénieur informaticien.

Lewis manqua en défaillir de joie.

— Il est afghan ?

— Il a la double nationalité afghane et canadienne. Comme moi, précisa-t-elle.

Ahmad était né en 1975 dans la vallée de Paryan, dans le haut Panshir, au nord-est de l'Afghanistan. Quatre années plus tard, les Soviétiques étaient arrivés en terre afghane prêts à en découdre avec leurs Katioucha, leurs chars et leurs Mig. Mais rien n'avait semblé décourager son père, médecin. Ni les avions soviétiques, cracheurs de feu, de tonnerre et de mort, plus redoutables que Dieu, qui avaient réduit l'hôpital de fortune qu'il dirigeait en poussière, ni les bombes qui avaient touché les canaux d'irrigation de la vallée, ni les entraînements intensifs avec des fusils taillés dans des morceaux de bois avant d'en prendre de vrais à l'ennemi. Fuir n'était pas une option et le père d'Ahmad s'absorbait tout entier dans cette guérilla difficile et ingrate.

Cinq ans plus tard, deux de ses fils, échappant à la vigilance maternelle, s'éloignèrent du village pour ramasser de petits jouets en forme de feuilles de tilleul vertes qui venaient de tomber du ciel. Âgés de sept et neuf ans, les deux enfants ignoraient qu'ils tombaient du ciel parce qu'ils étaient largués par les MI-24 soviétiques au-dessus des zones censées abriter des contre-révolutionnaires. Ce n'étaient pas des jouets. Tous deux sautèrent sur ces petites mines antipersonnel. Un mois plus tard, le père d'Ahmad emmena sa femme, son fils et ses deux jeunes sœurs au Pakistan puis, deux ans plus tard, au Canada.

— J'étais amie avec sa sœur cadette. Ahmad est parti à Montréal puis aux États-Unis pour ses études. Il est extrêmement brillant. Lorsque nous étions adolescents, il faisait même partie d'un programme de jeunes génies. Il partait suivre des cours ou je ne sais quoi pendant les grandes vacances. Ça me semblait affreux mais apparemment ça devait lui plaire puisqu'il y retournait tous les ans. Il s'est installé à Laval après le décès de ses parents, il y a six ans.

— Et il voyait souvent votre père ?

— Il passait régulièrement. Il lui lisait le journal, notamment. Ils parlaient de la montée de l'islamophobie. Depuis l'arrestation des membres du « Toronto 18 » qui planifiait de faire exploser le Toronto Stock Exchange et plusieurs monuments de la ville en 2006, nous sommes traités comme des criminels en puissance. Des gens crachent sur des femmes voilées, il y a des appels à la haine sur les réseaux sociaux. Le pays a sombré dans la paranoïa, conclut-elle.

Et avec lui l'agent Lewis qui dégaina son portable avant de quitter la pièce à pas rapides. Il revint cinq minutes plus tard, dans un état d'excitation indescriptible.

— La police de Laval et la Gendarmerie royale du Canada vont venir, j'ai également prévenu le Bureau.

Lynch se pencha vers moi :

— La GRC a un accord de coopération avec le FBI, mais pas avec la police de Baltimore, donc pour le moment nous évoluons dans un environnement où Lewis est le chef.

Merveilleux.

— Je peux savoir ce qu'il se passe ? demanda Mehria.

— Ahmad a passé trois semaines à l'étranger l'année dernière, savez-vous où il s'est rendu ?

— Son oncle habite toujours à Kaboul, il est parti lui rendre visite.

— Et il ne vous est pas venu à l'esprit que nous aimerions savoir si M. Mir s'est rendu dans ce repaire de fanatiques ? Cet incubateur à terroristes ? s'étrangla Lewis.

— *Vous* avez délocalisé la guerre froide en Asie centrale. *Vous* avez applaudi les exploits des « combattants de la foi » contre l'Armée rouge. *Vous* avez changé de terrain de jeux en laissant l'Afghanistan sombrer dans le chaos. *Vous* avez financièrement aidé les talibans à prendre le pouvoir. *Vous* les avez laissés instaurer une dictature fondamentaliste. La charia, toute la charia et rien que la charia. Dans sa conception la plus étroite.

Lewis accusa le coup et reprit :

— Vous comprenez donc qu'il nous est impératif de retrouver M. Mir dans les plus brefs délais.

— Je ne vois pas le rapport.

— Les terroristes les plus sanguinaires ne sont pas forcément des fous désocialisés. Un individu lambda peut tout à fait dégénérer progressivement sans que personne dans l'entourage ne le réalise.

Les mots « terroristes sanguinaires » firent l'effet d'un électrochoc sur Mehria.

— Qu'est-ce qu'on lui reproche ? s'affola-t-elle.

Trois fois rien. D'être un terroriste islamiste ayant enlevé la femme du chef de cabinet adjoint de la Maison-Blanche. Et tant qu'on y est, pour le moment, vous êtes la seule personne à le connaître, et votre père étant le représentant du bras religieux de l'islam wahhabite au Québec, l'agent du FBI ici présent envisage très sérieusement de vous emmener au commissariat de force pour un interrogatoire musclé.

L'agent Lewis se contenta d'un bref :

— Nous avons besoin de l'interroger pour les besoins d'une enquête dont la teneur est strictement confidentielle.

— Associer Ahmad et « terroriste sanguinaire » n'a aucun sens. Ahmad est un scientifique, un cartésien.

— Il s'est rendu en Afghanistan.

Mehria nous regarda d'un air aussi consterné que surpris :

— Il est sérieux ?

Un coup de sonnette nous fit réaliser que l'homme parfaitement sérieux avait réussi l'exploit de déclencher un branle-bas de combat hallucinant. Pas moins d'une douzaine de membres de la police de Laval et de la Gendarmerie royale du Canada débarquèrent casqués, en uniforme et gilet pare-balles, dans le salon de Mehria.

Le chef du Service de police de Laval nous lança un regard de commisération lorsque Lynch suggéra que mettre la maison de Mehria Talash sens dessus dessous n'était peut-être pas impératif.

— Ce ne serait pas la première fois que des Lavallois se trouvent au cœur de tragédies liées au terrorisme, rétorqua-t-il.

— Lorsque son père a emménagé chez elle, il était déjà quasiment aveugle. Difficile dans ces conditions de fomenter un attentat. Pourquoi ne pas commencer par la maison d'Ahmad Mir ?

6

Ahmad Mir habitait une maison extérieurement identique en tout point à celle de Mehria, mais l'intérieur ressemblait à s'y méprendre à un showroom Ikea. Des meubles en kit disposés comme sur le catalogue, des cadres vides et aucune trace de vie.

Pendant que police et gendarmerie s'affairaient à fouiller le rez-de-chaussée, Lynch et moi montâmes au premier étage, Lewis, citant des pans entiers de l'accord de coopération entre le FBI et les services de police canadien, sur nos talons.

Deux chambres étaient inoccupées, la troisième comportait un lit, une table de chevet et un dressing à moitié rempli de costumes classiques. La salle de bains était parfaitement vide et ne contenait ni rasoir, ni brosse à dents, ni fil dentaire, comme nous le fit remarquer Lewis.

— Ça sonne creux, fit remarquer Lynch en tapotant le mur.

Lewis bomba le torse et rendit son verdict :

— Construction moderne, ça ne vaut pas la pierre ou la brique.

— Ça sonne très creux même pour du moderne de lotissement, s'entêta Lynch en sortant de la salle de bains. Il rouvrit le dressing, écarta les costumes et tapa à nouveau sur la cloison. Elle a l'air plus récente que le reste de la maison. Agent Lewis, vous devriez chercher un marteau et la défoncer.

— Je vous demande pardon ?

— Comme vous l'avez subtilement laissé entendre, ici, c'est vous le chef. Je suggère donc au grand boss de défoncer cette cloison qui sonne creux, semble neuve et a l'air de faire quarante centimètres d'épaisseur, ce qui me semble beaucoup pour du BA13. Je pense qu'il y a quelque chose entre le fond du dressing et la salle de bains.

Lewis hocha la tête et sortit de la maison.

— Si la maison avait été en rondins, j'aurais demandé votre avis, m'informa Lynch.

Une expertise des démineurs et trois coups maladroitement assénés sur la cloison plus tard, Lewis tendit la masse à Lynch et recula prudemment. En une minute, Lynch défonça le mur qui laissa apparaître une cordelette qui pendait.

— Vous avez défoncé un mur pour ça ? commença à se rengorger Lewis.

Lynch prit une grande inspiration, tira la cordelette et ne se donna pas la peine de prendre un air contrit quand l'escalier escamotable heurta l'épaule de Lewis.

— Agent Lewis, vous montez en premier ?

L'escalier menait au seul endroit dont Ahmad Mir avait vraiment pris possession : des combles d'une trentaine de mètres carrés comportant un bureau, une chaise et des étagères vides.

— Il n'y a rien, déclara Lewis d'un ton satisfait.

Lynch braqua sa torche sur le plancher poussiéreux en mordillant sa lèvre.

— Vous voyez bien que cette pièce est vide ! Je suis le chef sur cette affaire et je vous dis de redescendre.

La torche se dirigea vers le plafond. Lewis soupira en levant les yeux au ciel. La torche s'arrêta sur une partie du lambris. Lynch hocha la tête, prit la chaise et commença à tâter les lattes blanches. Lorsque l'une d'entre elles se souleva, il passa sa main dans le trou avant d'adresser à Lewis un sourire triomphant et de jeter à nos pieds une épaisse enveloppe cartonnée format A4.

— Vous disiez, chef ?

Je m'agenouillai, ramassai l'enveloppe et la tendis à Lewis qui enfila une paire de gants et en sortit une série de photographies qu'il examina d'un air perplexe avant de me la rendre et de quitter la pièce.

Quatre adolescents de treize-quatorze ans posaient devant un baraquement en bois et souriaient à l'objectif, vêtus de shorts en jean et de T-shirts bariolés, dorés comme des pains d'épice et arborant des tignasses qui n'avaient pas dû voir un coiffeur de tout l'été. Je retournai la photographie et lus : « "Carrie" Mitchell, Max (AR), Carrie Green et moi (HB). »

— Je vais demander à Peter de passer la photographie au logiciel de vieillissement pour vérifier auprès de Ruth Harris que c'est bien le type qu'elle a aperçu.

*
* *

La maison d'Ahmad Mir grouillait de policiers et de techniciens. Après avoir appelé Martin afin de savoir si le nom d'Ahmad Shah Mir lui était familier – absolument pas – je raccrochai et aperçus Lynch revenir vers moi à grands pas :

— J'ai trouvé de quoi déjeuner, m'annonça-t-il avec la fierté de celui qui vient de passer trois heures en pleine forêt pour chasser sa pitance.

J'examinai avec suspicion le bloc compact qu'il me tendait.

— C'est de la poutine à emporter. Frites, cheddar en grains et sauce brune.

— Mes artères se bouchent rien qu'en regardant ce truc.

— Quand vous vivrez dans votre isba ouverte aux quatre vents au fin fond du Wyoming, vous repenserez à ce repas avec nostalgie.

Une vibration dans ma poche m'indiqua que Peter avait passé la photo au logiciel de vieillissement. Je l'étudiai attentivement avant de la tendre à Lynch qui l'examina et rendit son verdict avec toute la grâce qui le caractérisait :

— Qu'est-ce que c'est que ce bordel ?

7

Banlieue de Laval, 16 h 30

— On rentre à Washington.

Lynch jeta un coup d'œil à l'équipe de techniciens occupés dans la maison d'Ahmad Mir. Lewis s'était autoproclamé Grand Coordinateur de l'Enquête et, ignorant les regards courroucés du chef du Service de police de Laval, dispensait ses consignes avec enthousiasme.

— Vous vous souvenez que j'habite Baltimore ? Que j'ai une femme qui m'en veut de ne pas l'avoir accompagnée à une réunion parents-profs et trois enfants qui aimeraient voir leur père de temps à autre ? D'autant que l'aîné file un mauvais coton. Il réclame un smartphone et va finir comme votre geek asocial. Je dois le surveiller de près pour éviter ça. Et vous n'avez pas répondu à ma question : qu'est-ce que c'est que ce bordel ?

— La troisième jeune fille en partant de la gauche est bien Maggie Exton. D'après la légende inscrite au dos de la photo, elle s'appelait à l'époque Carrie – Caroline, je présume – Green.

Peter a retrouvé sa mère qui est bien vivante et placée dans une institution à Washington.

Lynch agita un trousseau de clés et désigna la voiture de l'agent Lewis.

— Qu'est-ce qu'on attend ?

Pendant que Lynch profitait du double bonheur qui lui était offert : maculer de boue la voiture de fonction de Lewis et multiplier les excès de vitesse, je récapitulai les dernières informations en notre possession : Ahmad Shah Mir, quarante ans, ingénieur en informatique récemment débarqué de son entreprise, discutait régulièrement avec le père de sa voisine d'enfance. Lequel se trouvait être un ancien représentant de la LIM au Québec. Si les premiers témoignages recueillis faisaient état d'un homme modéré, il n'en demeurait pas moins un ancien agent d'une organisation responsable de la tentative de légalisation de la charia en Ontario. Ahmad Mir connaissait Maggie Exton pour avoir fréquenté le même camp d'été qu'elle, alors qu'elle s'appelait Caroline Green.

Savait-il que son ancienne camarade de colonie avait épousé le chef de cabinet adjoint de la Maison-Blanche, lequel ignorait totalement que son épouse s'appelait Caroline Green jusqu'en 1994 ?

— Sauf à vivre au fond d'une grotte, probablement, trancha Lynch.

Lui avait-il fixé rendez-vous ce 8 janvier au soir ou avait-il profité d'un rendez-vous fixé par une autre personne ? Toujours était-il que

Maggie était montée dans sa voiture et ne donnait plus aucune nouvelle depuis.

— Pourquoi laisse-t-elle son sac dans la voiture ?

— Elle hésite, proposa Lynch. Ruth Harris a dit qu'il avait écarté sa veste, admettons que pour la convaincre de le suivre, il n'ait eu d'autre choix que de lui montrer une arme, dans la panique, elle laisse son sac.

— Ça se tient. Mais pourquoi n'a-t-il pas revendiqué son enlèvement ? Prenons une piste douteuse et décrétons que Lewis a raison : Mir est un terroriste. Daech et consorts n'hésitent pas à revendiquer chacun de leurs attentats et ne sont pas avares de vidéos d'otages. Ça fait presque deux semaines que Maggie a disparu et on n'a rien.

— Par principe, je refuse de partir du postulat que Lewis a raison. Vous vous êtes déjà demandé pourquoi Stern avait choisi ce nase pour diriger l'enquête ?

La question méritait effectivement d'être posée. Stern pouvait être qualifié de beaucoup de choses mais pas de crétin. Pourquoi en avait-il choisi spécifiquement un pour une enquête de cette importance ?

— J'ai demandé à Jane de fouiller, reprit Lynch. Stern devait être nommé directeur général du FBI. Finalement, c'est un proche de Martin Exton qui a eu le poste. Je ne sais pas si votre ami a influencé le président, mais Stern lui en veut. L'agent Lewis en est la meilleure preuve.

— Stern est un minable. Martin n'aurait jamais joué de son influence pour obtenir une faveur. Il est très différent de son père.

— Autre point : Zack Mahone n'a toujours pas envoyé les noms des personnes que Maggie Exton a ajoutées dans la cohorte. Il va falloir le relancer. Et si votre geek pouvait avancer dans l'analyse, le décryptage ou que sais-je des fichiers de l'ordinateur de Maggie Exton, j'en serais ravi.

Je hochai la tête et continuai :

— Ahmad Mir a peut-être besoin d'informations que Maggie détiendrait ?

— Peut-être, mais ce qui m'intéresse c'est où il l'a emmenée.

PARTIE V

Vendredi 22 janvier 2016

1

Washington, 10 h 30

La mère de Maggie était pensionnaire d'un hospice de luxe à moins de cinq cents mètres de chez sa fille. Enregistrée sous le nom de Martha Green, elle ne recevait de visites que de Caroline Green, que l'infirmière nous décrivit comme une petite brunette piquante dotée d'un fort accent du Middle West. Elle nous garantit que Martha était « dans un bon jour » et serait ravie de revoir son ancien voisin, Thomas.

Je ne sais pas ce qu'elle qualifiait de « mauvais jour », mais découvrir Martha Green prostrée dans son fauteuil, le regard dans le vague et grinçant des dents, ne laissait rien présager de bon. L'infirmière se mit à genoux, tenta de capter le regard de Martha qui tourna la tête, avisa Lynch et marmonna :

— Vous avez grossi. J'ai faim.

— Je pensais qu'elle était dans un bon jour, s'excusa l'infirmière qui nous avait emmenés jusqu'à la chambre de l'élégante octogénaire, mais vous savez, Alzheimer est une maladie imprévisible. Restez un peu avec elle, si vous le souhaitez, ça ne peut que lui faire du bien, elle n'a pas eu de visites depuis deux semaines. Madame Green, vous savez que le déjeuner n'est pas avant une grosse heure.

— J'ai faim.

— Votre ancien voisin est venu vous rendre visite, je pourrais peut-être apporter quelques gâteaux avec du thé pour fêter ça ? proposa-t-elle avant de s'éclipser.

— À Pembroke, vous étiez moins gros, déclara-t-elle avant de se tourner et de reprendre sa contemplation.

L'infirmière revint et déposa un plateau sur un chariot.

— Elle a évoqué Pembroke, ça vous dit quelque chose ? demanda Lynch en louchant sur les pâtisseries.

Elle fronça les sourcils avant de l'observer et de lui demander d'un air soupçonneux :

— Vous étiez bien son voisin dans le New Hampshire ou j'ai mal compris ?

— Suis-je bête ! J'avais oublié que les Green étaient originaires de cette bonne vieille ville de Pembroke avant que je fasse leur connaissance, se hâta de répliquer Lynch avant de fondre sur le plateau et de prendre un gâteau pour se donner une contenance.

Il remplit une tasse de thé, mit une poignée de gâteaux sur une serviette et les déposa devant Martha, toujours perdue dans sa contemplation du rien.

— Elle n'a pas encore basculé de l'autre côté, nous la stimulons beaucoup, précisa l'infirmière avant de refermer la porte.

— Ça a l'air très efficace, grommela Lynch pendant que sur Google j'apprenais que Pembroke était une petite ville de sept mille cent habitants située sur la rive gauche du Merrimack, dans le New Hampshire.

— Vous étiez ami avec Joseph ou Caroline ? Parce que je ne vous connais pas, demanda Martha.

— Caroline.

Martha commença à grignoter un gâteau sec du bout des lèvres avant de le poser et d'observer Lynch.

— De la colonie, peut-être ?

— Exactement.

— J'ai dû rencontrer vos parents, alors. Au parc Adirondack. Mais vous n'êtes pas allé avec Caroline en Californie. Parce qu'elle n'y est pas allée pour de vrai, mais chut, ajouta-t-elle en mettant son doigt devant la bouche d'un air complice. Je ne l'ai jamais dit à mon Joseph. Il est mort en croyant toujours que notre Carrie était partie avec une amie faire un road trip en Californie après la remise des diplômes du lycée. Ce n'est pas un mensonge très grave. Il est parti en paix et je ne lui ai jamais montré la boîte.

— La boîte ?

— Donnez-moi un gâteau au lieu de vous empiffrer. Vous saviez que Caroline avait changé de nom ? Parce que Joseph ne l'a jamais su. Quand va-t-elle revenir ? Je voudrais la voir.

Elle est brune quand elle vient me voir, mais c'est une perruque. Les mères voient ce genre de choses.

— Nous venons de sa part. Elle a besoin de la boîte, déclara Lynch en tendant l'assiette de gâteaux secs à Martha qui se servit abondamment avant de désigner la penderie d'un doigt noueux.

*
* *

La température avait chuté et le ciel était devenu blanc lorsque nous sortîmes de l'hospice. À la radio, Muriel Bowser, la maire de Washington, annonçait l'arrivée imminente d'une tempête majeure et potentiellement meurtrière. La neige commençait à tomber.

— Je ne vois rien, m'informa stoïquement Lynch sans ralentir pour autant pendant que je fouillais la boîte. Vous trouvez des trucs ?

Pour trouver des trucs, j'en trouvais. De vieilles photos dont j'étais prêt à parier qu'elles n'avaient pas été prises en Californie, des coupures de journaux, des fiches cartonnées sur des gens inconnus au bataillon, des polaroids pris à proximité de leurs domiciles et lieux de travail, des cartes routières confirmant que le voyage post-remise des diplômes avait eu lieu à près de cinq mille kilomètres de Los Angeles. J'extirpai un article du *New York Times* du carton que Martha nous avait remis :

— Martin et ses parents, lorsqu'il a été reçu au concours du barreau de New York.

— Il a l'air très jeune, là-dessus.

— Martin a quatre ans d'avance. Cela faisait partie du grand programme de ses parents de s'en débarrasser le plus rapidement possible. Ils l'ont mis en pension quand il avait neuf ans.

Thomas secoua la tête. Jim venait d'avoir huit ans. Il ne l'avait pas vu depuis l'avant-veille et n'avait qu'une envie, organiser un combat de Nerf avec lui et son frère et discuter avec Henri. L'écouter lui parler des cours, de la fête d'anniversaire que ses copains et lui allaient organiser dans quelques mois. Comment des parents pouvaient-ils envoyer en pension un bébé de neuf ans ? Emily et lui auraient crevé les yeux de quiconque aurait osé évoquer une telle éventualité. Dès qu'il serait sorti de cette voiture, il l'appellerait, parlerait aux garçons, leur promettrait de rentrer rapidement. Il se ressaisit et se tourna vers Jack :

— Qu'est-ce que Maggie fout avec de vieux articles de Martin Exton ? bougonna-t-il.

— Et avec des photos de Martin sortant de l'immeuble du groupe Exton ? ajoutai-je en lui montrant une poignée de clichés défraîchis.

— On dirait des photos de paparazzi amateur. Vous pensez que leur belle rencontre au centre de réinsertion des anciens combattants n'était pas due au hasard ?

Maggie se documentait sur celui qui allait devenir son mari depuis des décennies et je m'en voulus de ne pas avoir été plus regardant. Pour Martin, être l'unique héritier de la septième fortune américaine n'avait posé aucun problème à Princeton puisque ses parents n'avaient jamais daigné mettre un pied sur le campus et qu'aucun de nos camarades n'avait fait le lien entre le groupe Exton et le petit génie effacé de quatre ans d'avance qui cartonnait à tous les examens. Tout avait changé lorsque Martin avait été diplômé du barreau de New York et que son père avait débarqué à la remise des diplômes, une armée de paparazzis à ses basques. Lorsqu'il m'avait appelé pour me faire part de sa nouvelle popularité, j'avais immédiatement rentré chacun des noms de ses nouveaux amis dans la base de données du FBI. Si l'écrasante majorité n'était qu'une bande de jeunes sans casier judiciaire et à tendance mythomane désireux de profiter des largesses d'un jeune homme en quête d'amitiés sincères, trois étaient d'authentiques croqueuses de diamants qui n'en étaient pas à leur premier héritier. Martin passa donc de nombreuses années à fréquenter des jeunes femmes présentées par ses parents désireux de nouer des alliances entre riches et une armée de midinettes aussi sexy qu'intéressées par son compte en banque. Lorsqu'il me présenta Maggie, mon ancien agent traitant venait d'être condamné à vingt ans de prison et j'étais empêtré dans mes demandes de mutation infructueuses ; ce n'est que lorsque toute cette affaire fut terminée que je réalisai que la conversation que j'avais eue avec elle à Muddy Gap aurait dû me mettre la puce à l'oreille.

À la radio, le National Weather Service évoquait l'arrivée imminente d'une « tempête potentiellement paralysante » pouvant « devenir extrêmement dangereuse ». Onze États – dont le Maryland – et DC[1] seraient mis en état d'urgence avant la fin de la journée. La deuxième plus forte tempête de neige depuis 1869, annonçait le speaker, des trémolos d'excitation dans la voix. Plus de quatre-vingt-cinq millions de personnes seraient impactées par la tempête Jonas que les médias avaient vite rebaptisée « Snowzilla ».

La neige recouvrait les trottoirs et les routes lorsque nous arrivâmes à mon appartement qui, contrairement à nos locaux de Foggy Bottom, était doté d'un groupe électrogène. Priver Peter d'électricité était une expérience que je n'avais nullement envie de renouveler après l'avoir entendu geindre l'année dernière à la même époque durant trois interminables jours qu'il ne survivrait pas sans wifi ni électricité. Les trottoirs n'étaient pas encore déblayés que j'avais filé acheter un générateur de secours.

— C'est comme ça que vous préparez la venue d'une tempête de neige ? s'étrangla Lynch en avisant les clayettes vides du frigo. Je vais faire des courses, nous annonça-t-il. Vous avez besoin de quelque chose en particulier, pendant que j'y suis ?

— Une brosse à dents, déclara Peter.

1. Le district de Columbia ne fait partie d'aucun des États fédérés américains.

— Vous n'en avez pas ?

— Pour vous. Il n'est pas envisageable que vous restiez trois jours ici sans vous laver les dents. Et je ne parle pas uniquement caries et haleine fétide. Ne pas se brosser les dents peut entraîner une gingivite susceptible d'endommager votre système immunitaire et d'entraîner la survenue de graves maladies cardiovasculaires. Les bactéries sur les dents vont essaimer dans tout votre corps et se fixer de façon aléatoire sur des zones à risque, déclenchant un choc qui provoquera une réaction problématique sur le cœur.

Lynch leva les yeux au ciel et sortit sans mot dire.

— Peter, si tu continues, plus personne ne t'adressera la parole.

— C'est vrai ? Tu ne dis pas ça pour me faire plaisir ?

Il se tut une seconde puis reprit : j'examinais le téléphone de Martin Exton quand le fond d'écran a brusquement changé, ça a été très fugace.

— Piratage ?

— Probablement. Et le pirate a laissé une signature électronique.

— Tu sais de qui il s'agit ?

— Non, l'adresse IP était fausse ; en revanche, j'ai le modèle du portable et sa position. Au moment où il piratait le portable, il se trouvait dans les montagnes Catskills.

*
* *

— Vous vous souvenez du Dr Brenner ? demanda Lynch en posant deux immenses sacs de courses par terre.

Il se sentait rasséréné. Il avait appelé Emily. Contrairement à lui qui vivait dans la hantise qu'il arrive quelque chose aux enfants, sa femme avait toujours été d'un calme à toute épreuve, quoi qu'il arrive. Oui, les accidents de voiture, les arrêts cardiaques sur un terrain de sport, les enlèvements d'enfants, les noyades en piscine, les fusillades dans les écoles existaient, mais les probabilités qu'ils concernent leurs enfants étaient faibles. Lorsque Thomas insistait que ces drames arrivaient bien à des gens et qu'il en avait la preuve tous les jours au travail, elle imprimait les dernières statistiques et les lui agitait sous le nez.

Lorsqu'il lui avait expliqué à quel point il se sentait coupable de ne pas être avec eux alors qu'une tempête se préparait, elle l'avait calmé, expliquant qu'ils avaient de quoi tenir un siège, voire plusieurs. La maison était solide et confortable et elle n'avait pas moins de trois trousses de premiers secours permettant de pratiquer plusieurs opérations à cœur ouvert si le besoin s'en faisait sentir. Il avait ri, lui avait proposé un restaurant dès qu'il rentrerait et avait eu chacun des garçons au téléphone. L'école était fermée depuis le début de l'après-midi, Jim et Billy faisaient des bonds dans la maison et Henri avait invité trois amis pour le week-end. Nul doute qu'ils allaient passer trois jours enfermés au sous-sol à jouer à dieu sait quel jeu de rôle, n'émergeant de leur antre que pour manger. C'étaient de chouettes gamins. Il venait de raccrocher lorsqu'il avait aperçu Brenner sortir de l'hôtel.

— Je me souviens des mains qu'il sépare de leurs propriétaires pour prendre les empreintes plus facilement.

— Il assistait à une convention de légistes et est coincé à Washington à cause de la tempête, nous informa Lynch en alignant des dizaines de boîtes de conserve sur les étagères du placard.

— Vous comptez vous installer ici à vie ? demanda Peter.

— La météo annonce plus de cinquante centimètres de neige demain, la circulation des bus et des métros est suspendue et les aéroports sont fermés. Je compte donc m'installer chez vous pour le week-end. Par ailleurs, j'ai invité Brenner qui s'emmerde tout seul à l'hôtel. Votre ami est toujours avec vos parents dans les Hamptons ?

— Oui.

— Vu les conditions météorologiques, il ne risque pas de rentrer. Martin Exton a fait une crise de manque à un somnifère qu'il garantit ne pas avoir consommé. Et si c'était vrai ? Je voudrais que Brenner jette un coup d'œil sur sa pharmacie personnelle.

*
* *

Moins de dix minutes après avoir présenté Brenner à Peter, je réalisai que j'avais probablement commis une erreur. En bon hypocondriaque qui a toujours « un truc, là, mais si, touche, je suis allé me renseigner sur Internet, je vais mourir », Peter apprécia immédiatement Brenner, tous deux étant d'accord sur le fait que tous les médecins étaient des crétins incompétents à qui on ne pouvait pas faire confiance. Pendant que nous nous dirigions tant bien que mal chez Martin, les deux nouveaux compères se lancèrent dans un concours de symptômes de maladies rares et infâmes, s'échangeant les diagnostics comme des cartes Pokémon.

La tempête avait eu pour effet de disperser les curieux et nous entrâmes chez Martin sans nous faire alpaguer par aucun journaliste.

— Votre ami souffre de céphalées, déclara Brenner en avisant les trois flacons d'aspirine avant de les ouvrir d'un geste expert et de lécher un comprimé de chaque fiole, ce qui n'aurait pas été inquiétant s'il ne s'agissait pas de la troisième réserve de médicaments que nous examinions.

J'attirai Lynch dans le couloir :

— Il est en train de goûter tous les médicaments, dois-je m'inquiéter ?

— Voilà le zolpidem, nous informa Brenner d'un ton exagérément joyeux en secouant un flacon sur lequel était inscrit en toutes lettres « aspirine ».

— L'aspirine et le Stilnox n'ont pas du tout la même forme.

— Normalement, non, mais dans ce flacon, si. Un médicament est constitué d'un principe actif qui présente une activité thérapeutique et d'un excipient inactif qui facilite l'absorption du principe actif et permet la mise en forme du médicament. Une simple chromatographie sur couche mince permettrait de déterminer qu'il n'y a pas une once d'acide acétylsalicylique dans ces cachets. Donc, votre ami en consomme pour ses maux de tête. Cela ne le soigne pas mais lui permet de dormir. Ses maux de tête étant probablement liés au surmenage, il se réveille sans douleurs. Par conséquent, il en reprend. Ce flacon est quasiment vide et les deux autres pleins. J'en déduis qu'il les a achetés récemment et qu'il a dû faire quelques insomnies et la fameuse crise de manque. Ce n'est pas sorcier de fabriquer des médicaments, n'importe quel étudiant de première année en est capable.

— Donc pour un docteur en médecine, c'est du gâteau, conclut Lynch.

Nous réintégrâmes l'appartement au rythme des bourrasques de vent et des conclusions de Peter.

— Elle a essayé d'empoisonner son mari et s'est enfuie. Vous devriez lancer un mandat d'arrêt international, suggéra-t-il à Lynch qui, courbé en deux, râlait qu'il serait mieux chez lui plutôt qu'à escalader des congères par un froid de gueux.

— Partir de son plein gré aurait été plus simple et, surtout, plus discret, objecta-t-il.

— Dans le sac à main que le jeune a volé, il n'y avait que son téléphone professionnel.

Son téléphone personnel, duquel a été envoyé le SMS à son mari le soir de sa disparition, n'y était pas. À 18 h 30, ledit téléphone a disparu des écrans, reprit Peter.

— Elle a dû retirer la batterie, la carte SIM et la puce GPS, rétorqua Lynch.

— Le SMS a été envoyé à 20 heures. Il était peut-être programmé, mais il a été envoyé après que le portable a disparu des radars, donc elle n'a rien retiré du tout, répliqua Peter d'un ton qui ne souffrait aucune discussion.

— Un bug ? proposai-je.

— C'est possible, mais pour le savoir il faudrait que j'examine le téléphone, ce qui est impossible. Et statistiquement, ça ne tient pas.

— J'imagine que tu dois avoir une idée derrière la tête, donc je te pose la question : comment fait-on pour qu'un téléphone n'apparaisse sur aucun radar ?

— On change de braquet. On utilise une technologie pointue capable de faire disparaître les données de bornage au fur et à mesure.

— Et qui sait faire ça ?

— À part moi ? La plupart des agences de renseignements et des gros départements de police.

*
* *

Une douche et un dîner préparé par Lynch plus tard, nous nous retrouvâmes assis autour de la table basse à la lumière des bougies que Peter avait insisté pour allumer, arguant qu'il préférait que le groupe électrogène soit uniquement dédié au bon fonctionnement de ses ordinateurs. Sans compter qu'au vu de mes qualités manuelles, commencer à m'éclairer à la bougie était un excellent entraînement. J'allais rétorquer que l'électricité était l'un de mes domaines de prédilection lorsque Brenner annonça :

— J'expérimente en ce moment un logiciel de reconstruction faciale extraordinaire. Une merveille ! Je suis sur le point de rendre son visage d'origine au Cinéphile.

Reconstituer le visage d'un individu à partir du squelette de son crâne demeurait souvent le dernier recours lorsque tous les autres procédés d'identification de restes humains avaient échoué. L'ancienne technique, comme nous l'expliqua Brenner, était contraignante puisqu'elle consistait à modeler le visage à la main, laissant une large place à la subjectivité du sculpteur. Un artiste, non scientifique, comme il ajouta sans prendre la peine de masquer son dégoût. Assez fréquemment, les visages reconstitués de cette manière ne permettaient d'ailleurs pas d'identifier un individu. Aujourd'hui, le processus était informatisé, permettant d'obtenir un résultat plus objectif et fiable. Il suffisait de traduire en équations mathématiques les liens entre la morphologie du crâne et celle du visage. Peter hochait la tête avec enthousiasme pendant que Lynch et moi grimacions, affligés de ne comprendre qu'un terme sur deux. Grâce à une imprimante

3D, la tête du Cinéphile rejoindrait sous peu le musée des horreurs qui lui tenait lieu de bureau. Laissant les deux scientifiques disserter sur les progrès de la technologie, j'attirai Lynch à l'écart pour finir d'examiner le carton que nous avions récupéré dans l'armoire de Martha Green.

Outre les coupures de journaux et les photographies de Martin, nous découvrîmes une clé USB qui contenait les bilans financiers du groupe Exton depuis les années 1970. Lynch extirpa trois feuillets.

— C'est l'écriture de Maggie ?

Je hochai la tête. La carte de remerciements qu'elle avait envoyée à mes parents après ce week-end passé à Muddy Gap ne laissait aucun doute sur l'identité de celle qui avait rédigé une biographie complète de Martin depuis sa naissance en 1975 jusqu'à son enrôlement dans l'association de réinsertion des anciens combattants. Le reste des documents nous permit de retracer le voyage effectué par Maggie vingt-deux ans auparavant. Depuis son domicile de Pembroke, New Hampshire, elle s'était rendue à New York après un rapide détour par les Hamptons, puis dans le New Jersey, avant de remonter vers la frontière canadienne sur les bords du lac Champlain. Ses notes étaient pour le moins cryptiques et comportaient des photos d'identité jaunies pour lesquelles le logiciel de reconnaissance faciale ne donna rien, ainsi qu'une fiche concise, comportant de simples initiales avec des dates.

— Le moins qu'on puisse dire, c'est qu'elle a soigneusement préparé son coup, avança Lynch. Reste à savoir ce dont il s'agit.

2

Washington, 8 h 10

Paralysés depuis vendredi, l'ensemble des transports publics étaient progressivement remis en service. Les aéroports de Washington avaient rouvert et nous avions pu mettre Brenner dans un avion, direction un congrès en Floride, non sans qu'il ait promis à Peter de lui envoyer un exemplaire dédicacé de son dernier ouvrage sur une maladie orpheline que je refusais de googler. Peter était extatique : il adorait lire avant de s'endormir.

Après avoir feuilleté le premier manuel de ma pile, Lynch avait effectué quatre découpes parfaites sur les rondins restants. Désormais, il avait foi en mon projet. Il fallait juste quelqu'un d'autre pour le réaliser.

Quant à moi, j'avais décidé d'abattre ma dernière carte et les opérations de nettoyage battaient leur plein lorsque nous rejoignîmes Terry, qui attendait au bar d'un café excentré. Lorsqu'il nous vit arriver, il leva péniblement ses quarante années de service pour aller les caler dans un fauteuil club défoncé.

— Une partie de moi envisage très sérieusement de te casser la gueule.

Il haussa les épaules :

— Ce n'est pas la bonne partie.

— De tous les thérapeutes de la côte Est, tu vas me faire croire que tu as choisi par hasard pour tes agents la seule qui a changé d'identité, qui drogue son mari avec des somnifères qu'elle a elle-même fabriqués, qui dispose d'une technologie gouvernementale capable de faire disparaître les données de bornage d'un téléphone portable et dont l'un des amis d'enfance fréquente un ancien représentant de la LIM ?

Terry prit un air exagérément surpris qui acheva de balayer mes dernières hésitations.

— Tu étais au courant depuis le début.

Il hocha la tête.

— Tu pourrais me présenter à ton ami, non ?

— Thomas Lynch, département de police de Baltimore. Terry, homme important de la CIA qui ne figure dans aucun de ses organigrammes. Lynch, vous ai-je raconté comment Terry et moi nous sommes rencontrés ? Vous allez rire. C'était quand ? Mars-avril 1999, non ?

Terry blêmit et je décidai d'enchaîner :

— J'étais infiltré dans une microcellule terroriste. Tous les jours, j'expliquais à des apprentis terroristes à manipuler des explosifs, et sur qui je tombe ?

— Ça suffit, coupa Terry.

— Lynch, êtes-vous familier avec le concept d'agent double ?

— Jack, grogna celui qui avait bénéficié d'un déroulement de carrière sans accroc grâce à moi.

— Une erreur de recrutement dans une carrière, ça n'est pas si terrible, tu sais...

— Qu'est-ce que tu veux ?

— T'informer que Lynch et moi travaillons main dans la main avec un journaliste promis au Pulitzer, n'est-ce pas ?

Lynch hocha la tête frénétiquement.

— Qu'est-ce que tu veux ?

— Savoir tout ce que tu as sur Maggie Exton.

— Je n'ai pas grand-chose. Tu vas être déçu.

— C'est à moi d'en juger.

— Tu t'attends à un scoop alors que tout ou presque est sur notre site Internet.

— Si le nom de Maggie Exton figurait sur votre site Internet, mon associé l'aurait trouvé. Parle !

— Le monde a beaucoup changé depuis ma jeunesse, tu sais.

— Oui. À l'époque, on pensait qu'il était plat.

— Peut-être pas, mais à l'époque l'ennemi c'étaient les Russes.

La suspicion quasi paranoïaque engendrée par la guerre froide entre les deux superpuissances avait servi de prétexte à des actions dont les auteurs de science-fiction et les conspirationnistes de tout poil n'auraient pu rêver.

Comme nous l'expliqua Terry, en réplique aux informations selon lesquelles l'URSS développait des techniques de lavage de cerveau sur les prisonniers de guerre américains, la CIA avait créé un programme expérimental sur le contrôle mental. Nous étions en 1951 et l'agence voulait pouvoir manipuler des dirigeants étrangers.

La ligne directrice de ce qui fut baptisé « l'opération Artichoke » était simple : savoir s'il était possible de contrôler une personne au point de lui faire faire ce que nous lui demandions, même contre sa propre volonté, et y compris contre les lois fondamentales de la nature. L'autopréservation, par exemple.

— C'est-à-dire ?

— Modifier le comportement d'une personne grâce à des mécanismes de dissociation psychologique.

Outre des techniques de désorientation, de privation de sommeil, d'électrochocs ou encore d'hypnose, cette opération était focalisée sur l'utilisation de drogues : amphétamines et LSD administrés à des prisonniers et des patients d'hôpitaux psychiatriques.

— Je crois que le mot que vous cherchez est « cobayes », intervint Lynch.

Terry leva les yeux au ciel.

— Initialement, c'était un projet défensif. La CIA ne pouvait pas se permettre d'attendre les bras croisés que des agents chimiques et biologiques soient utilisés par les Russes lors d'interrogatoires.

Le lancement de l'opération MK-Ultra, dirigée par le Dr Sidney Gottlieb en avril 1953, avait tout changé. L'objectif restait le même – la manipulation mentale, la mise au point d'un sérum de vérité capable de permettre d'extraire n'importe quelle information de n'importe quel soldat et le développement des moyens de contrôle d'activité et de capacités mentales –, mais les prisonniers et les malades mentaux ne suffisaient plus.

— Et ?

— MK-Ultra était un projet d'envergure : 25 millions de dollars, cent cinquante sous-projets différents, deux cents chercheurs et plus de quatre-vingts institutions américaines impliquées. Des expérimentations à base d'électrochocs, de PCP[1], de LSD et de substances spécialement créées par la CIA ont été menées lors d'interrogatoires coercitifs sur des toxicomanes officiellement en réhabilitation. Ironiquement, ils étaient récompensés en drogue. Drogue de leur choix, s'empressa-t-il d'ajouter.

— Ça change tout. Merci de cette précision.

— Mais rapidement, ce panel de cobayes n'a pas suffi. Des agents ont donc commencé à administrer des drogues à des sujets non volontaires.

— C'est-à-dire ?

— Par exemple, l'opération Midnight Climax à San Francisco.

— Vous avez appelé un projet d'expérience sur des êtres humains « orgasme de minuit » ? Qu'est-ce qui ne va pas chez vous ? s'étrangla Lynch.

Pour commencer à bien connaître Terry, beaucoup de choses.

---

1. Phéncyclidine, un psychotrope hallucinogène.

— George H. White, l'un des responsables du Bureau des narcotiques, supervisait cette opération, continua-t-il. Il avait constitué un réseau d'hôtels de passe dans lesquels les clients testaient des drogues. Sans en être informés avant. L'objectif était de les observer, par le truchement des murs qui étaient en réalité des miroirs sans tain et de mieux connaître les effets de ces drogues pour s'en servir comme arme dans le contexte de la guerre froide. Mais ce n'est pas ce qui vous intéresse ici. Quatre sous-projets ont été développés sur des enfants.

— Vous êtes de grands malades.

— Les médecins leur injectaient des substances…

— Appelez ça « des drogues », ce sera moins hypocrite. Vouloir débusquer des communistes ou des agents doubles en produisant un sérum de vérité parfait ne justifie pas des expérimentations sur des gosses, cracha Lynch.

— Le programme était destiné à les influencer.

— Les influencer ?

— Les manipuler mentalement. Fragmenter leur personnalité et les contrôler.

— On ne contrôle pas un enfant comme on dresse un chien ! tonna Lynch. Qu'est-ce que ces pauvres gamins sont devenus ?

— On n'est ni dans Stephen King ni dans *Stranger Things*. Aucun de ces enfants n'a développé de superpouvoirs de télékinésie, de pyrokinésie ou que sais-je, développa Terry. Il s'agissait simplement d'expériences de privation sensorielle. Typiquement, le sujet flottait dans de l'eau salée dans un caisson fermé, dans un silence total et une profonde obscurité, après avoir reçu des substances psychotropes ou des signaux bioélectriques. Les séances de flottaison peuvent être utilisées pour soigner des douleurs chroniques ou des problèmes d'hypertension. La concentration du cerveau du patient...

— Du cobaye, Terry. Du cobaye.

— La privation sensorielle permet de déplacer la concentration du cerveau de son hémisphère dominant à son hémisphère non dominant, ce qui apporte de nombreux bénéfices, continua-t-il, imperturbable.

— Tu as testé ?

— Des athlètes ont reconnu que cela leur permettait d'améliorer leurs aptitudes.

— Et peut-on savoir où vous avez trouvé des enfants dont les parents ne s'inquiétaient pas de les voir revenir à la maison frais émoulus d'un caisson de privation sensorielle ?

— Des hôpitaux pédiatriques. Et des camps de vacances.

— Où ?

— Un endroit charmant du nom d'Isle La Motte, au bord du lac Champlain. Des forêts, du bon air pur...

Lynch me donna un coup de pied discret et je hochai la tête. Maggie s'était donc rendue sur place en 1994. Je sortis les photos d'identité trouvées dans le carton remis par Martha Green et les plaçai devant Terry.

— Qui sont-ils ?

— Des hommes aujourd'hui décédés, paix à leur âme.

— Comment cela se fait-il que la CIA n'ait pas explosé suite à des révélations ?

— Grâce à des êtres de lumière qui hurlent aux *fake news* en lisant les journaux, mais croient dur comme fer toute publication non sourcée provenant d'un blog obscur, pour peu que ça aille dans leur sens.

— Pardon ?

— Les conspirationnistes, éclaircit Terry. Ils ont réussi l'exploit de focaliser l'attention du public sur des chimères : le candidat mandchou et la programmation monarque.

— La programmation monarque ? l'interrompit Lynch.

— Le graal du complotiste. La prétendue prolongation cachée de MK-Ultra, inspirée par Josef Mengele et répondant aux buts illuminati et nazis de créer une race supérieure. Notre projet a été noyé dans une espèce de *best of* de légendes urbaines sur fond d'abus sexuels sur mineurs, de rituels ésotériques et sataniques destinés à façonner « des robots mentaux », prompts à effectuer tout ce que leurs bourreaux – des représentants des plus hautes sphères de l'État, de l'ordre et de la justice, des religieux, des membres de services de renseignements et des gourous déglingués – exigeraient d'eux.

Toujours ces fantasmes sur les soi-disant élites et leur club secret à côté desquels Sodome et Gomorrhe font figure de monastères cisterciens.

Pour avoir eu un beau-père membre du Lions Club, laissez-moi vous dire que ça n'embaume pas trop l'hormone sexuelle. Autant leurs membres pouvaient passer des heures devant un plat de canard gras et des verres de grand cru, autant à poil avec un masque en latex ? Aucune chance. J'avais toujours bu du petit lait en entendant les fabuleuses légendes sur les réseaux et autres sociétés secrètes de puissants s'adonnant à d'étranges rituels satano-ésotériques incluant systématiquement des viols d'enfants, voire de nouveau-nés, des mises à mort, des chasses à l'homme ainsi que des séances de cannibalisme, afin que nos décadents notables acquièrent le goût du sang et en deviennent hyper dépendants.

— Ils sont même allés inventer que *Le Magicien d'Oz* comportait des symboles déclencheurs destinés à programmer les esclaves à distance. Ça nous a permis de ridiculiser leurs allégations et, surtout, de passer sous silence certaines de nos expérimentations.

— Et comment expliques-tu que les cobayes n'aient pas raconté ce qu'ils ont vécu ?

— Acide gamma-hydroxybutyrique.

— Du GHB ? Vous avez administré du GHB à des enfants ?

Terry haussa les épaules :

— Le meilleur anesthésique hypnotique ! Combiné à une autre molécule dont je serais bien incapable de te donner le nom, il provoquait une amnésie rétrograde chez les patients. L'idée était de mener des expérimentations sur le long terme, ce qui aurait été impossible autrement. Les enfants auraient essayé de fuguer, en auraient parlé à leurs parents et la CIA n'avait pas besoin d'un autre scandale à gérer. Le programme s'est officiellement arrêté en 1973 mais il a continué jusqu'en 1988.

— 1988 ? Le mur de Berlin est tombé fin 1989. Vous avez eu des remords ?

— Parce que c'est durant l'été 1988 que tout a basculé.

Cet été-là, sous l'impulsion d'une nouvelle équipe, les efforts de recherche sur les enfants avaient été recentrés sur la manipulation à l'aide d'électrochocs. En implantant des électrodes dans le cerveau des patients, les scientifiques avaient découvert que les effets précédemment observés étaient démultipliés. Les enfants développaient des capacités de mémorisation démentielles, leurs tests psychotechniques révélaient une augmentation sans précédent de leurs capacités intellectuelles et ils devenaient parfaitement immunisés aux techniques de contrôle de l'esprit susceptibles d'être développées par les Russes. Mais un des scientifiques commença à observer des effets secondaires sur certains des enfants.

— Lesquels ?

— Ils avaient des souvenirs des expérimentations. Diffus, mais existants. Les responsables ont également remarqué une exacerbation de certains traits de caractère. Par exemple, un enfant qui avait tendance à être parfois triste commençait à présenter les symptômes d'une grave dépression. Un enfant agressif devenait ingérable. La cohorte était divisée en trois : cinq enfants d'un groupe témoin, les « Castors », qui ne recevaient aucun traitement, dix autres étaient soumis au nouveau protocole, les « Hérons bleus » et les « Aigles royaux ». Seuls les « Aigles royaux » recevaient les doses maximales. C'est ce dernier groupe qui posait problème. Un des scientifiques a voulu arrêter l'expérimentation, mais le chef d'équipe a refusé.

« AR » et « HB », comme l'avait noté Ahmad Mir sur ses photographies.

— Et vous n'avez rien fait, à la CIA ? Outre attribuer des noms d'animaux à des cobayes humains pour vos expériences dégueulasses ?

— La tendance générale veut toujours que la science et la technologie avancent à pas de géant pendant que l'éthique et la politique rampent derrière.

Quatorze ans auparavant, en décembre 1974, le *New York Times* avait révélé que la CIA avait conduit des activités illégales sur le territoire national, dont des expériences sur des citoyens américains. L'année suivante, deux commissions d'enquête, la commission Church du Congrès américain et la commission Rockefeller, avaient dévoilé au grand public que la CIA et le département de la Défense avaient conduit des expériences sur des sujets humains dans le cadre de MK-Ultra. Si la CIA voulait continuer ses expérimentations, elle devait se montrer plus discrète. Les expérimentations menées dès 1975 furent intégralement sous-traitées à des équipes de chercheurs, permettant ainsi à la Compagnie de nier toute implication et de s'offusquer en même temps que le reste du monde en cas de problème.

— Mi-août 1988, à la rentrée scolaire, le camp a fermé. Une fermeture que nous pensions provisoire tant les résultats de ces dernières expérimentations étaient prometteurs. Mais c'était compter sans l'évolution observée sur les Aigles royaux. Tout au long de l'année scolaire, nous observions l'évolution des enfants grâce à un relai de médecins scolaires, de thérapeutes ou de moniteurs de sport.

Et ce qu'ils avaient observé cette année-là s'était révélé dramatique.

— Deux adolescents avaient été diagnostiqués au camp comme dépressifs, mais ils souffraient en réalité d'une psychose maniaco-dépressive, une maladie mentale caractérisée par des dérèglements de l'humeur, avec des successions d'accès maniaques et d'accès dépressifs. Ces deux états sont susceptibles de se reproduire régulièrement suivant un rythme cyclique très visible allant, en moyenne, de six mois à deux ans. Chez deux patients, l'alternance était de quelques heures. L'un d'eux s'est suicidé en octobre, le second en novembre. En décembre 1988, un troisième patient des Aigles royaux a fait feu sur deux de ses enseignants, tuant l'un d'entre eux. Le bilan aurait pu être pire si son arme ne s'était pas enrayée.

— Ça fait trois gamins dont la vie a été brisée à cause de vous. Et les deux autres ?

— Un premier a disparu dès l'hiver 1989. Il était « issu d'une famille dysfonctionnelle » comme on dirait aujourd'hui. Le père battait la mère et les gamins, allait bosser quand il y pensait, et n'y pensait pas souvent. Ils déménageaient régulièrement jusqu'au jour où le père a arnaqué l'un de ses patrons. Toute la famille a disparu en pleine nuit sans laisser de trace.

— Ça fait quatre. Et le cinquième ?

— Aucune nouvelle non plus.

L'histoire aurait pu s'arrêter là. Cinq personnes étaient décédées, les infrastructures d'Isle La Motte avaient été brûlées une nuit de janvier et les archives détruites. Mais six ans plus tard, ce fut au tour des Hérons bleus, qui n'avaient reçu qu'une dose réduite du protocole, de se rappeler au bon souvenir de leurs bourreaux.

En novembre 1953, Frank Olson, un biochimiste de l'armée, avait reçu une injection de LSD et s'était défenestré une semaine plus tard au cours d'un *bad trip* particulièrement violent sans que le médecin de la CIA censé le surveiller puisse l'en empêcher. En 1975, suite aux révélations des commissions Rockefeller et Church, le gouvernement américain admit publiquement qu'Olson avait ingéré du LSD à son insu.

— Dick Cheney et Donald Rumsfeld ont organisé une rencontre entre la famille et le président Ford. Celui-ci a présenté des excuses officielles et versé 750 000 dollars à la famille.

MK-Ultra aurait pu trouver sa conclusion à ce moment précis. Mais Frank Olson avait deux fils dont l'un commença à prétendre que son père avait été supprimé car il en savait trop. Il avait donc demandé l'exhumation du corps en 1994. Les légistes découvrirent des traces sur sa boîte crânienne.

— De mieux en mieux.

— Eric Olson est diplômé d'Harvard. En 1994, alors qu'il n'avait jamais eu l'idée de demander l'exhumation du corps de son père, il a fait connaissance avec une toute jeune femme lors d'une réunion anciens étudiants-futurs étudiants sur le campus d'Harvard.

— Maggie Exton.

— Exactement.

— Un mois plus tard, le corps de Frank Olson était exhumé avec les résultats que l'on connaît. Le premier patient des Hérons bleus venait de refaire surface, six ans après les faits.

— Quand je me souviens de ton petit numéro, « Retrouve-là, Max et les autres ont besoin d'elle », alors que tu savais pertinemment qu'elle avait servi de cobaye à la Compagnie… Sérieusement, je ne sais pas ce qui me retient de t'en coller une.

— La possibilité que je puisse t'envoyer dans une de nos fameuses prisons secrètes au fin fond du Kosovo où tu croupirais jusqu'à la fin de tes jours ? suggéra Terry.

— J'ai besoin de la liste des scientifiques présents au camp durant l'été 1988.

— La plupart des documents officiels ont été détruits. Les scientifiques sont aujourd'hui décédés. De vieillesse, comme le Dr Sidney Gottlieb, qui a fini ses jours dans une ferme de Virginie, à élever des chèvres, à défendre l'environnement et prêcher les valeurs de la paix ; ou d'accident de voiture, comme l'un des scientifiques qui avait lancé l'alerte.

— Le père de Max.

3

Washington, 10 h 45

— Vous ne voudriez pas aller vérifier sur place, sur l'île ? me demanda Lynch en mâchant énergiquement un hot-dog. On peut y être pour le dîner, on dort sur place et demain, je rentre enfin à Baltimore. Mes enfants font tourner ma femme en bourrique, les écoles n'ont pas rouvert et elle n'a pas signé pour que je ne sois jamais à la maison.

Je hochai la tête. Quelque chose m'échappait. Je m'installai dans la voiture de Lynch, tentai de faire abstraction de l'infâme odeur de graillon qui avait envahi l'habitacle et fermai les yeux.

Caroline-Maggie et Ahmad avaient passé plusieurs étés à être les cobayes involontaires d'une expérimentation secrète de la CIA, menée dans des laboratoires sur une île du lac Champlain. Tous deux avaient fait partie d'un groupe recevant un dosage limité d'un protocole, dont les effets secondaires s'étaient révélés catastrophiques chez les jeunes patients ayant reçu la dose maximale. Deux d'entre eux avaient disparu au nez et à la barbe de la CIA et le fait qu'ils soient décédés ne semblait faire aucun doute pour Terry. Quelles étaient les intentions d'Ahmad lorsqu'il avait rejoint Maggie ? Et Maggie avait-elle prévu de disparaître sans laisser de traces au moment où elle envoyait à son mari un SMS lui indiquant qu'elle rentrait, comme d'habitude, avant 22 heures à leur domicile ? Ahmad avait traversé la frontière dans la Nevada d'un ancien représentant de la LIM au Québec sous une fausse identité. Maggie le savait-elle ? Et surtout, que s'était-il passé pour que soudainement tout resurgisse ?

— Et son mari n'est au courant de rien ? intervint Lynch, me faisant réaliser que j'avais parlé à haute voix.

La conversation téléphonique que j'avais eue avec Martin m'avait appris qu'il ignorait jusqu'à l'existence d'un camp de vacances que sa femme aurait fréquenté dans ses jeunes années.

— Cela dit, il était persuadé d'avoir épousé une orpheline, renchérit Lynch. Vous lui avez dit que belle-maman sucrait les fraises, mais vivait à deux pâtés de maisons de chez eux ?

— Pas au téléphone, non.

Ma mère m'avait confié qu'elle trouvait Martin « en petite forme », ce qui, une fois traduit, signifiait qu'il ne mangeait pas et communiquait par monosyllabes. J'étais déterminé à lui transmettre le minimum d'informations tant que je ne l'avais pas en face de moi.

— Je comprends. Si j'apprenais par téléphone que j'avais une autre belle-mère ou pire, un autre beau-frère sur le modèle du premier, je ne le supporterais pas.

Le jour déclinait lorsque nous arrivâmes au nord de l'Isle La Motte, l'une des soixante-dix îles du lac Champlain, un immense lac à cheval entre les États-Unis et le Canada, à la frontière du Vermont et de l'État de New York.

La petite île d'une quarantaine de kilomètres carrés, sans autre relief que ses bouquets d'arbres, était posée comme une feuille au milieu du lac. Elle comptait moins de cinq cents habitants et n'était pas ce qu'on aurait pu qualifier un haut lieu touristique. En saison, quelques curieux de passage se satisfaisaient, comme vagues traces de la colonisation française, d'une visite de la chapelle Saint-Anne, d'une photo à la hâte de la statue de granite érigée en l'honneur de Samuel de Champlain et profitaient des espaces naturels préservés pour une petite promenade à pied ou à vélo. Essentiellement lieu de transition, elle constituait un endroit parfait pour installer un laboratoire secret déguisé en camp de vacances.

L'hiver renvoyait l'endroit à sa solitude et l'île semblait plus fragile encore assaillie par la glace du lac, trop peu épaisse pour permettre la pêche blanche aux amateurs locaux mais suffisamment pour interdire la navigation.

Le temps était humide et couvert. Une brume épaisse enveloppait la route 129 qui, après quelques kilomètres en direction du sud, devint chemin asphalté, pompeusement baptisé Main Street, coupant l'île en son milieu, entre bois et champs fumants. Aucune habitation visible, hormis les quelques bâtisses administratives du bourg, les rares maisons s'éparpillant le long du littoral. Pas un véhicule sur la route, pas un animal au pré ; tout semblait s'être terré comme pour une hibernation.

Comme nous l'avait dit Terry, il ne restait plus de traces des expérimentations et le bâtiment accueillant autrefois le laboratoire avait été transformé en une coopérative. À l'écart de la route principale, dissimulé derrière une rangée de peupliers, le bâtiment en béton avait récemment été doté d'un coffrage en lambris marron foncé, comme nous l'apprit son propriétaire, un septuagénaire massif avec des mains comme des battoirs, engoncé dans une chemise à carreaux agrémentée d'un badge l'identifiant comme « Joe », et portant un pantalon en velours élimé. Il nous lança un regard peu amène lorsque nous entrâmes dans la partie qu'une ardoise clouée à la porte présentait comme l'épicerie de l'île. Une fois la glace brisée – Lynch, ayant acté qu'il serait compliqué de trouver un restaurant ouvert en plein hiver sur l'île, acheta approximativement le quart des denrées disponibles qu'il entama sitôt les billets échangés –, il se montra intarissable, nous gratifiant d'une série de sourires édentés qui incitèrent Lynch à ajouter l'unique brosse à dents du magasin sur le comptoir. Joe trouvait tout « fou ».

Il se souvenait évidemment du camp de vacances et tint à nous emmener faire le tour de la propriété pour nous montrer qu'après les immenses sapins qui semblaient délimiter le terrain, se trouvait le lac Champlain. Dans les années 1980, en fin d'après-midi, il avait aperçu une ou deux fois des enfants s'ébrouer.

— Ils n'étaient qu'une vingtaine ! C'est fou, quel gâchis ! Dans ce grand bâtiment, une centaine d'enfants aurait pu tenir, et si les organisateurs avaient été moins stupides, l'île aurait pu profiter économiquement de leur venue, déplora-t-il.

— Comment ça ?

— Mes enfants ont tous fréquenté des camps d'été, alors je sais comment ça marche. Ma femme et moi les y emmenions, nous dormions sur place et nous revenions les chercher au bout de trois semaines. Nous assistions à leur spectacle et à nouveau nous dormions à l'hôtel. Cent gamins avec autant de familles, ça aurait fait deux cents nuitées pour les hôtels de l'île. Là, ils arrivaient en bus et les parents les récupéraient au parc du Jay Mountain Wilderness, au fin fond du parc Adirondack. À quasiment deux heures de trajet d'ici ! C'est fou. Lorsque le bâtiment a brûlé, cela n'a fait aucune différence pour nous. L'assurance a financé la reconstruction. Il ne restait que les murs extérieurs et la cave.

Le temps était sec et ensoleillé depuis près d'une semaine en ce 18 janvier 1989. Une famille de touristes canadiens avait pris rendez-vous avec lui pour une visite de l'île et Joe s'était réveillé tôt afin de les accueillir au cap de Burying Yard Point, à l'extrémité nord-est de l'île. Quelques kilomètres avant d'arriver au lieu de rendez-vous, il avait aperçu une colonne de fumée s'élevant au-dessus des peupliers.

Il s'était précipité dans la maison la plus proche et avait téléphoné aux pompiers.

— La brigade de pompiers volontaires ne comptait à l'époque qu'une dizaine de personnes, nous expliqua-t-il. Le temps qu'elles se mobilisent, les vitres avaient explosé sous l'effet de la chaleur. Le toit en tôle ondulé s'était tordu. Après plusieurs heures d'intervention, l'intérieur du bâtiment n'était plus qu'un amas de cendres. Vous auriez vu ça, c'était fou !

— La cave n'a pas brûlé ?

— La structure du bâtiment est en béton et une dalle a été coulée au sol. Les propriétaires de l'époque avaient fait installer une porte métallique absolument ridicule pour une cave, mais qui a su résister au feu. Le plus compliqué a été de l'ouvrir, il y avait un code. Un code pour une cave, vous ne trouvez pas ça complètement fou ?!

— Et lorsque vous l'avez ouverte, qu'y avait-il dedans ?

— Je vais vous répondre la même chose qu'au couple qui est passé il y a deux semaines : des registres, je crois. Le shérif de Grand Isle saura vous en dire plus. J'ai du reste dit aux deux historiens d'aller le voir.

Nos réponses fusèrent :

— Grand Isle ?

— Deux historiens ?

— Votre question est meilleure, déclara Lynch. Donc le couple ?

— En vingt-huit ans, seuls deux policiers sont venus. Ils ont conclu à un dysfonctionnement du système électrique. Et en deux semaines, quatre personnes viennent me poser des questions concernant ce bâtiment. C'est fou, non ?

— C'étaient eux ? demanda Lynch en dégainant deux photographies.

Joe examina les portraits, renifla, ajusta son pantalon, se moucha, jeta un coup d'œil au contenu du kleenex et le remit dans sa poche avant de rendre son verdict :

— Elle était brune. Cette jeune femme est blonde.

Lynch fronça les sourcils, extirpa un stylo de sa poche et s'appliqua à colorer soigneusement les cheveux de Maggie en noir.

— Ça pourrait être elle. C'est fou ce que ça change une femme, une coiffure !

Ça l'était. Quinze kilomètres et une demi-heure de conversation avec le shérif nous apprirent que Caroline Green et Douglas Hill, chercheurs en histoire, étaient effectivement venus consulter les archives le samedi 9 janvier, afin de finaliser le livre qu'ils écrivaient sur le lac Champlain. Le shérif n'émit aucun doute lorsque Lynch lui colla les photos de Maggie Exton et d'Ahmad Mir sous le nez : c'étaient eux. La petite dame avait changé de coiffure et l'homme s'était laissé pousser un de ces boucs à la mode, mais trente-cinq ans de métier ne se laissaient pas facilement abuser par une teinture et quelques poils. Il les avait conduits dans la minuscule salle d'archives du sous-sol où ils étaient restés quelques heures avant de le remercier et de partir. Des gens très comme il faut. Ce n'était pas tous les jours que des historiens de l'Université venaient en personne sur Grand Isle afin d'écrire un livre sur le lac Champlain.

4

Nous venions de dépasser Albany lorsque j'appelai Peter.

— Dis-moi ce que tu sais sur l'hypnose.

— Dans quel but ?

— Faire resurgir des souvenirs refoulés.

— C'est une pratique controversée. La mémoire n'est – et crois bien que je le déplore – ni un disque dur qu'il suffirait d'activer pour obtenir les images du passé, ni une caméra de surveillance qui capterait toutes les images et serait susceptible de les retranscrire. Elle peut transformer la réalité. Les sujets sous hypnose sont très influençables, ce qui rend sujet à caution la véracité de leurs souvenirs. L'hypnose peut parfois favoriser la mémoire, par des associations ou une plongée dans l'imaginaire, mais elle ne peut faire revenir que des souvenirs parcellaires et non fiables.

Le fameux syndrome des faux souvenirs évoqué par Terry, qui suscite de fausses allégations d'abus sexuels que les victimes vivent comme une réalité alors qu'il ne s'agit que d'une construction de leur imaginaire. Le FBI avait dû décréter officiellement que les affaires de viols rituels ou sataniques ayant pour cadre des réseaux structurés relevaient de la légende urbaine, du fantasme de victimes en mal de démons imaginaires. Et cela faisait plus de quarante ans que la police refusait d'avoir recours à l'hypnose pour raviver la mémoire des témoins, la justice ne tenant pas compte de ce genre de souvenirs.

J'écoutais d'une oreille distraite Peter réciter les arrêts de la Cour suprême – 1897, *People v. Ebanks*, « la loi des États-Unis ne reconnaissait pas l'hypnose », 1968, *Harding v. State*, admission de témoignages posthypnose, 1981, *State v. Hurd*... –, lorsque je le coupai net.

— Tu peux répéter ?

— Quoi ?

— Ce que tu viens de dire, la décision *State v. Machin* de 1981.

— *State v. Hurd*. Suite à certaines études de scientifiques, la Cour suprême du New Jersey décide d'encadrer l'admissibilité de l'hypnose en raison de ses dangers inhérents. Six précautions procédurales sont instaurées. Seul un psychiatre ou psychologue expert et indépendant peut conduire la séance d'hypnose. Il doit être indépendant donc, et non régulièrement employé par l'une des parties pour ne pas influencer le témoin. Il doit enregistrer de façon sonore toute information qui lui est communiquée avant la session. Avant d'entamer la séance d'hypnose, il doit obtenir une description détaillée des faits dont se souvient le sujet. Tous les contacts entre l'hypnologue et le sujet doivent être enregistrés avant, pendant et après la séance.

— Maggie a pratiqué l'hypnose sur Max. C'est forcément consigné quelque part dans son ordinateur ou sur un réseau. Je veux que tu abandonnes sur-le-champ ce que tu fais pour te concentrer sur la récupération de ces séances.

— Tous ses fichiers sont cryptés. J'imagine que les séances qu'elle a eues avec Max y sont au même titre que les autres. Ça va me prendre un certain temps. Elle utilise une classification bien à elle et je ne peux pas savoir ce que je décrypte tant que je n'ai pas ouvert le fichier.

— J'ai loupé quelque chose ? demanda Lynch.

— Vous vous souvenez de la légende de la photo : « "Carrie" Mitchell, Max (AR), Carrie Green et moi (HB). » AR, c'est « Aigles royaux » et HB, « Hérons bleus ». Max faisait partie des Aigles royaux, et je pense que c'est pour cette raison que son père a été assassiné. Maggie essayait de fouiller dans sa mémoire lors des prétendues séances de thérapie.

*
* *

Lynch se gara à moitié sur le trottoir du bâtiment de la morgue de Baltimore, sortit de la voiture et s'étira, prenant de grandes inspirations.

— Ça sent bon la pollution. Je commençais à déprimer sur cette île sinistre. Jamais je n'aurais envoyé mes gamins dans un endroit pareil. À quoi pensent les parents, franchement ? Et à quoi pensez-vous ?

— Comment ça ?

— Vous vous imaginez au fin fond du Wyoming, dans votre baraque défectueuse, en plein hiver ? Peter et vous allez vous entretuer, pronostiqua-t-il.

— Comment ça, « Peter et vous » ? Peter est mon associé. Quand j'arrêterai mes activités de détective privé, il est hors de question que je continue de vivre avec lui ! Il retournera vivre chez sa mère !

— Le temps que vous réussissiez à construire votre bouzin, elle sera morte.

— Elle n'est pas si vieille.

— C'est ce que je dis !

Je levai les yeux au ciel et poussai la porte. Le gardien, occupé à retrouver dans le journal les avis de décès des macchabées qu'il avait fait entrer à la morgue, nous lança un regard las avant de nous proposer d'attendre le Dr Brenner directement dans le cabinet des curiosités qui lui servait de bureau. L'ambiance était encore plus glauque que la dernière fois, une série de bocaux contenant des cerveaux de vaches, si l'on en croyait l'étiquette, était disséminée sur l'intégralité des sièges disponibles.

Brenner arriva en sautillant, posa son gobelet de café sur un bocal contenant un fœtus humain, jeta sa veste sur une chaise et, dans un geste théâtral, désigna l'une de ses étagères :

— Tadam ! Monsieur et Monsieur, admirez le travail !

Le bocal ouvert où trempaient deux mains la dernière fois avait été remplacé par une tête en plastique coloré au bout d'une pique qu'il retourna avant d'ajouter :

— J'allais oublier la touche finale.

Il sortit de son bureau d'un pas alerte et revint quelques minutes plus tard, brandissant une perruque qu'il installa minutieusement sur la tête en 3D avant de la faire pivoter vers nous.

— Je vous présente M. Charles Mitchell, cinéphile averti et *serial killer* à ses heures.

— Mais putain, qu'est-ce que c'est que ça ? s'étrangla Lynch.

5

— Pour une fois que vous posez une question pertinente ! s'enthousiasma Brenner. J'ai appliqué une méthode de reconstruction faciale 3D informatisée fondée sur les plus récentes techniques d'imagerie médicale. Pour cette reconstruction faciale, j'ai utilisé une image d'une tête de référence dont j'ai extrait la peau et le crâne et une image du crâne de votre dégénéré. La première étape a été l'initialisation du modèle déformable par une technique de recalage non linéaire, guidé par un modèle de déformations de forme libre à base de B-splines.

Lynch agita les bras :

— Stop ! C'est déjà suffisamment pénible de me sentir mentalement retardé lorsque je parle avec Peter, alors n'en rajoutez pas une couche, Doc.

Brenner le considéra longuement avant de hocher la tête.

— Vous savez ce que c'est qu'une courbure gaussienne ?

— Non, mais au commissariat, nous organisons des concours de tir et je les ai tous remportés. Sans exception.

— Je vois. Puis-je partir du postulat que vous ignorez tout des repères anthropologiques de Rhine et Campbell ?

— Partez de là, oui. Cela me semble assez sage.

— Grâce à de nombreuses manipulations, j'ai réussi à aboutir à une reconstruction 3D extrêmement fidèle du visage initial de votre *serial killer*, soupira Brenner en attrapant un des bocaux de cerveaux de vache et en s'installant à son bureau. Vous vouliez voir autre chose ou je peux me mettre au travail ?

*
* *

— « Issu d'une famille dysfonctionnelle », « toute la famille a disparu », pesta Lynch pendant que nous sortions du bâtiment. Je te foutrais tous ces tarés de la CIA à Guantánamo ! On est bien d'accord que c'est le gamin de la photo d'Ahmad Mir ?

Le logiciel de vieillissement utilisé par Peter ne laissait aucun doute là-dessus. L'été 1988, celui qu'on appellerait vingt-huit ans plus tard le Cinéphile et qui inspirerait sans doute à HBO un documentaire spécial sur les *serial killers* américains avait passé son été avec Ahmad Mir et Maggie Exton et était connu de ses camarades sous le nom de « Carrie » Mitchell. « Carrie », le diminutif de Caroline, ce prénom si beau que Grace Kelly l'avait donné à sa fille. Ce prénom qu'il devait également tant envier à son amie « Carrie Green ».

— Où étiez-vous ? Vous êtes partis avec ma voiture ! Vous n'étiez même pas joignables ! hurla l'agent Lewis en surgissant comme un diable de son véhicule – que nous avions garé devant le siège du bureau du FBI à Washington après que Lynch se fut méthodiquement essuyé les pieds sur chacun des tapis de sol.

Lynch m'adressa un regard interloqué. Entre la rencontre avec Martha Green, la tempête de neige et la visite des locaux d'Isle La Motte, nous avions complètement oublié Lewis.

— Le Cinéphile a été sujet d'une expérimentation menée par la CIA dans les années 1980. Au même titre que Maggie Exton et Ahmad Mir, annonça Lynch sans préambule.

Lewis se rassit sur son siège, bouche bée, et ne broncha pas lorsque mon portable retentit. Peter m'informa qu'il venait de décrypter les fichiers de séances d'hypnose que Maggie avait pratiquées sur Max. Maintenant qu'il avait fait tout le boulot, aurions-nous l'amabilité de rentrer à Washington, de préférence en passant par un traiteur japonais, une pizzeria ou n'importe quel restaurant susceptible de vendre autre chose que des nouilles lyophilisées ? Il avait consulté Internet et, sans vouloir nous inquiéter, il était convaincu de présenter les premiers symptômes du scorbut.

— J'appelle ma femme, soupira Lynch.

*
* *

— Vous imaginez qu'on va passer moins de temps à écouter les séances d'hypnose menées par Maggie Exton qu'à préparer vos fichus ordinateurs ? pesta Lynch en s'avachissant un peu plus dans un fauteuil.

— Moi vivant, je ne choisirai jamais le réglage « par défaut » de l'égalisateur graphique. Jamais, rétorqua Peter avant d'enfoncer la clé USB dans le port. On commence par la séance du vendredi 5 septembre 2015 ?

— Oui.

— Vous auriez pu me demander mon avis avant de répondre, protesta Lewis.

— Commencer par la première séance entre le Dr Exton et Max ne semble pas nécessiter vos précieux conseils, souffla Lynch.

— Et c'est parti !

— *Vous allez regarder vos mains avec attention. Et, pendant que vous les regarderez, vous deviendrez conscient de certaines sensations à l'intérieur de vos mains. Vous prendrez conscience du fait que vous êtes assis, chez vous, dans votre fauteuil préféré, dans un endroit sécurisé. Vous êtes en sécurité et votre respiration est profonde et détendue. Vous devenez très somnolent. Très somnolent. Encore plus somnolent. Votre main s'élève, s'élève vers votre visage. Votre main s'approche de votre visage. Vos yeux vont bientôt se fermer et vous vous endormirez profondément. Vous vous endormirez profondément au moment où votre main touchera votre visage.*

— Elle est bonne ! J'ai une de ces envies de roupiller, annonça Lynch dans un bâillement.

— *Vous sombrez lentement dans un état de plus en plus profond. Pendant que vous vous endormez de plus en plus profondément, vous pouvez séparer vos mains. Vous pouvez les laisser lentement, progressivement, doucement, s'élever involontairement. Vos mains s'élèvent un peu. Vos mains s'élèvent un peu plus vers votre visage. Vos mains s'élèvent, vos mains s'élèvent vers votre visage. Vos mains touchent votre visage et vos paupières se ferment.*

— On ne peut pas faire « avance rapide » ? Parce que c'est moi qui vais m'endormir, annonça Peter. Comme Mister Bean, ajouta-t-il en désignant Lewis, qui, assis bien droit sur sa chaise, le visage recouvert par ses mains, ronflait paisiblement.

6

Washington, 16 h 30

Les deux jours enfermés dans les trente mètres carrés de Foggy Bottom à écouter les séances pratiquées par Maggie sur Max furent instructifs sur plusieurs plans : l'agent Lewis était probablement la personne la plus réceptive du monde à l'induction hypnotique, Maggie avait attendu plus de trois mois avant de poser à Max les questions qui la préoccupaient et la CIA était devenue incontrôlable au fil des années.

La principale hantise des États-Unis avait toujours été d'être impliqués dans un processus de changement généré par une influence extérieure – que l'URSS ait comme objectif suprême de modifier le système de valeurs américain par sa subversion communiste avait justifié quarante-quatre ans de guerre froide –, et ce refus d'une interaction directe avec les ennemis susceptibles de contaminer l'exceptionnalisme américain se concrétisait par l'utilisation croissante d'une nouvelle arme de choix : les drones, pièce centrale de la guerre globalisée contre le terrorisme.

Les drones avaient certes changé l'art de la guerre mais ne permettaient pas de la gagner. Et surtout, cette technologie fascinante n'en était pas moins responsable d'effets collatéraux dramatiques.

Des « dommages collatéraux » admis au nom de la sacro-sainte « sécurité nationale » dans « la guerre contre la terreur », qui facilitaient le recrutement des groupes terroristes, motivaient d'autres attaques vengeresses contre les Américains et suscitaient partout dans le monde des vocations kamikazes qui fermaient la boucle de la violence.

Car, si le pourcentage de responsables de haut rang tués par ces frappes venant du ciel ne représentait que 2 % des morts, rien ne semblait dissuader les dirigeants de recourir toujours plus aux drones : l'administration Bush avait utilisé le Predator avec cinquante-sept frappes, celle d'Obama avec cinq cent soixante-trois.

Et ce n'était pas tout.

— *J'ai bossé pour des gens qui ont eu recours à de fausses campagnes de vaccination au Pakistan,* annonça la voix défaite de Max.

À la fin de l'hiver 2011, la CIA commença à soupçonner que Ben Laden se trouvait dans une maison fortifiée d'Abbottabad, une ville-garnison à deux heures de route d'Islamabad. Afin de pénétrer à l'intérieur de la résidence sans éveiller les soupçons, la Compagnie contacta Shakeel Afridi, un chirurgien pakistanais, pour qu'il organise une fausse campagne de vaccination contre l'hépatite B et récolte les empreintes ADN des nombreux enfants présents dans la maison. Les comparer à l'échantillon d'ADN de la sœur de Ben Laden, décédée en 2010 à Boston, permettrait de confirmer la présence du chef d'al-Qaida.

Le 2 mai 2011, le commanditaire des attentats du 11-Septembre fut abattu lors d'un raid secret d'un commando de Navy Seals héliportés de nuit à Abbottabad, officiellement au nez et à la barbe des autorités pakistanaises.

Un succès.

Arrêté peu après, Afridi fut jugé pour ses liens présumés avec des extrémistes, une accusation fantaisiste masquant la volonté des autorités pakistanaises de punir son appui secret aux services américains. Il fut condamné à trente-trois ans de réclusion.

Autre effet dramatique de cette fausse campagne de vaccination. Les rumeurs propagées par les talibans assimilant les campagnes de vaccination à une « conspiration des juifs et des chrétiens pour rendre les musulmans stériles et stopper leur croissance démographique » n'en furent que renforcées. Comment convaincre une population déjà méfiante à l'égard des Occidentaux en général que les initiatives d'immunisation contre la poliomyélite n'étaient pas encore une fois une couverture pour collecter des renseignements visant à repérer des cibles ? Des groupes armés multiplièrent les attaques meurtrières contre les équipes de vaccinateurs soupçonnées d'être des espions à la solde des puissances occidentales.

Il avait fallu qu'Islamabad sollicite des dignitaires religieux pour qu'à l'issue d'une réunion entre des oulémas du Pakistan et du monde islamique une fatwa soit émise déclarant que la vaccination antipolio était « autorisée par la charia ».

Après un premier essai en septembre, Maggie avait décidé de reprendre la thérapie par hypnose ericksonienne au début du mois de décembre. Peter, qui s'attendait à observer une scène similaire à celle de Dana Scully revivant son enlèvement par des aliens, ne cachait pas sa déception.

— Il n'y a pas de décompte.

— Ni de dessins ésotériques ou de *ouija board*, ajouta Lynch avant de lui intimer l'ordre de se taire lorsque nous entendîmes Maggie demander à Max : *Peut-être avez-vous déjà ressenti la même chose dans d'autres circonstances... dans votre passé... Vous autoriserez-vous à analyser cela plus en profondeur en toute sécurité ?*

Une voix enfantine peu assurée répondit :

— *Il m'a demandé de serrer le poing le plus fort possible et de regarder ailleurs. Lorsque j'ai regardé mon bras, un tuyau s'en échappait, mais ça ne faisait pas mal du tout. Ensuite, je suis rentré dans le caisson et j'ai commencé à flotter dans le noir. Lorsqu'on s'allonge dans le grand coffre, le corps ne s'enfonce qu'à peine. La première fois, se relaxer, comme ils le conseillent, est facile. À partir du moment où l'on n'a pas peur du noir, le corps entier se détend. Le silence enveloppe comme un immense édredon en plume dans une vieille maison de famille. Le seul bruit avant le début de l'expérience est le clapotis de ses mains dans l'eau. Puis une onde de chaleur se diffuse dans tout le bras. La première fois, ce n'est pas désagréable, juste surprenant.*

— *La première fois ?* intervint Maggie.

— *Ensuite, on sait. On ne sait pas tout, mais on sait que ça va durer très longtemps. Après la sonnerie, la chaleur se propage et le temps s'étire à l'infini. Bouger ou crier devient impossible, et même si on y parvient, personne ne vient. Personne ne viendra avant longtemps. On plonge à travers des figures fractales et des structures alvéolaires sans fin, l'eau prend des couleurs de plus en plus vives, les murs du caisson se mettent à respirer. Par intermittence, les effets disparaissent et on se retrouve plongé dans le noir total, dans le silence absolu, puis tout redémarre. D'immenses spirales colorées tournoient alors qu'on est allongé, occupé à façonner les formes du temps en filigranes et en chantournements. Des bruits se répandent partout dans le caisson et nous recouvrent. Des yeux commencent à sortir des parois du caisson et des mains faites d'arcs-en-ciel essaient de nous aspirer alors qu'on commence à bouillir. Tous les sens sont aiguisés, on entend les infrasons comme si l'on était emprisonné à l'intérieur d'un transistor cassé. Puis les flashs arrivent. Et le pire commence. Le chef ouvre le caisson, montre une feuille, referme le caisson avant de le rouvrir, de montrer une autre feuille. Pendant des heures et des heures. Les images s'enchaînent de plus en plus vite, un diaporama interminable qu'il faut apprendre par cœur. Sinon, le lendemain, la chaleur sera pire, les couleurs seront plus vives et les mains plus violentes. Il faut les apprendre vite alors que les couleurs nous bombardent d'idées et de mots et que son cœur bat de plus en plus vite, de plus en plus fort, jusqu'à ce que son bruit masque tout le reste et qu'on commence à fondre.*

— *Vous êtes en sécurité.*

— *Mais il ne faut pas en parler. Je risque des ennuis.*

— *Non, Max, vous êtes en sécurité et rien ne peut vous arriver.*

— *Il ne faut pas en parler. Ils sont morts parce que j'en ai parlé à mon père.*

— *Qui a dit qu'il ne fallait pas en parler ?*

— *Le chef d'AP2.*

— AP2 ? demanda Lynch en coupant l'enregistrement et en se tournant vers nous. C'est sur la liste d'Osborne. Celle des intervenants assurant des conférences à la Livingston Academy.

Les doigts de Peter volèrent sur le clavier et moins d'une minute plus tard, il annonça :

— Abbott & Pantheon Pharmaceuticals. À croire qu'ils sont protégés par la *Public Law* 86-36[1] : il manque des pans entiers de l'organigramme. Notamment tout ce qui concerne la recherche et les laboratoires.

Lynch relança l'enregistrement.

— *Et surtout,* ajouta la voix hésitante de Max, *le chaousarou*.

— Le chaousarou ?

— Un poisson du lac Champlain, expliqua Peter. D'après les œuvres de l'explorateur

1. La Public Law 86-36 permet à la NSA de ne pas être obligée à communiquer des informations non classifiées sur son organisation interne.

éponyme, il mesure huit à dix pieds, il a une grosse tête, un bec, une double rangée de dents pointues et c'est un prédateur très agressif. On pourrait tout à fait envisager que le chaousarou ait été présenté comme un croque-mitaine aux gamins cobayes, non ?

— Probablement, acquiesça Lynch. Maggie Exton connaît depuis le 2 janvier dernier le nom de la firme employant les savants fous qui ont décidé le passage au nouveau protocole d'expérimentation sur des gamins durant l'été 1988.

— Et qui ont commandité l'assassinat des parents de Max.

— Ou elle croit en connaître le nom, intervint Peter. N'oubliez pas le syndrome des faux souvenirs.

— Le quoi ?

Le syndrome des faux souvenirs. Un événement ou un épisode spécifique, entièrement nouveau, que l'individu n'a jamais vécu, mais qui réside néanmoins dans son souvenir.

— Une distorsion de la mémoire. Nos souvenirs ne sont pas de simples copies conformes de la réalité, des calques des événements vécus, mais plutôt des reconstructions réalisées sous l'influence de divers facteurs subjectifs.

— Même lorsqu'il parle d'un domaine dont il n'est pas spécialiste, on ne comprend rien, interrompit Lynch.

— Des facteurs comme nos expériences, nos attentes, nos émotions, nos croyances, nos buts, reprit Peter. Tout événement est stocké et reconstruit au fil du temps sous différents aspects. Il n'y a que très peu d'épisodes de notre vie dont nous nous souvenons parfaitement. Des instants particulièrement marquants, des réussites extraordinaires, des deuils, des drames… Et encore ! Chacun de ces instants est forcément teinté par l'émotion ressentie au moment où ils ont été vécus.

— En même temps, s'être fait coller des électrodes, injecter dieu sait quels produits et avoir été dans la voiture lors de l'accident qui a coûté la vie à ses parents, voilà qui peut être considéré comme une série d'instants particulièrement marquants, remarqua Lynch.

PARTIE VI

Jeudi 28 janvier 2016

1

Ellicott City, banlieue de Baltimore, 7 h 10

— Il faudra me passer sur le corps, décréta Thomas en faisant glisser les œufs brouillés de la poêle dans l'assiette que lui tendait Henri.

— Tu étais d'accord, s'indigna Henri.

Emily jeta un coup d'œil interloqué à son mari qui continua :

— Excuse-moi de ne pas vouloir que tu te retrouves dans un caisson d'isolation après avoir reçu des drogues expérimentales conçues par des scientifiques fous à la solde de la CIA.

— Pardon ? s'étrangla-t-il. Quand je t'en ai parlé à Noël, tu étais d'accord pour que je participe à ce stage d'été de foot ! Deux semaines, c'est rien. Entre maman qui prétend qu'elle n'est pas maniaque mais que j'ai vue passer l'aspirateur sur l'aspirateur et toi qui, de toute évidence, a pété un plomb, je suis mal barré, soupira Henri.

Leurs réponses fusèrent :

— Il était sale.

— J'ai de bonnes raisons.

— Lesquelles ? chuchota Emily.

Thomas allait répliquer lorsque Bill débarqua et commença à exécuter ce qu'il qualifia de danse de son invention.

— Alors ?

— On dirait que tu te noies alors qu'il n'y a pas d'eau. Je vis dans une famille de tarés, conclut Henri avant de se lever et de quitter la pièce en secouant la tête.

Thomas poussa un profond soupir avant de se tourner vers sa femme :

— Tu passes l'aspirateur sur l'aspirateur ?

— Il était sale !

*
* *

Baltimore, 10 h 45

Lynch passait des coups de fil concernant un stage d'été de football lorsque son assistante déboula, les cheveux soigneusement coiffés en minitresses africaines ornées de petites perles colorées.

On aurait dit un balai-serpillière retourné.

— J'ai reçu un coup de téléphone qui va vous faire plaisir.

— Votre coiffeur démissionne ? proposa-t-il sans lever les yeux du site Internet sur lequel il surfait depuis mon arrivée. Il croisa les bras, se tourna vers moi et annonça : je deviens complètement parano avec toutes ces conneries de colonies de vacances.

Jane soupira avant de se pencher sur l'écran dans un cliquetis de perles :

— Ce stage de foot est très bien ! J'y envoie mes fils tous les ans depuis trois ans et ils en reviennent enchantés.

— Vraiment ? Ils en reviennent comment ?

— Enchantés. Je viens de vous le dire !

— OK, mais vous n'avez pas remarqué un changement d'attitude ou quoi que ce soit de louche ?

— Ils ont un orteil supplémentaire à chaque pied pendant les deux mois qui suivent mais il disparaît ensuite naturellement. Et leur tête tourne à 360 degrés. C'est très pratique, je vous assure. C'est un stage de foot, Thomas ! Ils en reviennent ravis et sales comme des peignes. Au cas où cela vous intéresserait, la police de New York vient de retrouver la Ford Sedan.

— Où ça ?

— Dans le parking de l'aéroport JFK. J'ai pris l'initiative de demander et de regarder les enregistrements des caméras de sécurité. Elle a été déposée par Maggie Exton, sa perruque et son ami d'enfance canadien, le 25 janvier à 17 h 30.

*
* *

Le concierge du Dresden avait identifié Maggie et Ahmad Mir sur les photos que leur avait montrées Lewis et se rappelait avoir vu le couple prendre l'ascenseur le 8 janvier au soir. Vers 21 heures, il avait vu Maggie quitter l'immeuble bras dessus bras dessous avec une jeune femme qui titubait, sans nul doute en état d'ébriété. Il connaissait suffisamment ce type de personnes pour n'avoir aucun doute là-dessus. Après s'être fendu d'un discours sur les ravages de l'alcool, il avait admis ne pas avoir vu sortir Ahmad de l'immeuble avant de finir son service.

Maggie avait-elle rejoint Ahmad, après avoir mis l'escort girl droguée dans le taxi ? Nous savions uniquement que, le lendemain, tous deux s'étaient rendus sur l'Isle La Motte afin de consulter les quelques dossiers que la CIA n'avait pas réussi à détruire après l'incendie. Nous venions d'apprendre que, le 25 janvier en fin d'après-midi, ils avaient déposé leur voiture dans le parking de l'aéroport. Entre le 9 et le 25, qu'avaient-ils bien pu faire ?

Pendant que Lynch s'égosillait pour obtenir les vidéos de l'aéroport et l'historique de la liste des passagers de tous les avions en partance de New York, je fonçai dans le bureau de Jane.

— J'ai besoin d'une carte routière.

Pendant qu'elle plongeait dans une immense armoire, j'appelai Peter :

— Lorsque tu as vérifié le téléphone de Martin, tu as bien parlé des montagnes Catskills ?

— Je t'ai dit que le téléphone avait été piraté pendant que je l'avais dans les mains et que le pirate avait laissé une signature électronique qui m'avait permis de connaître sa position à ce moment-là, précisa Peter.

— C'était quel jour ?

J'entendis Peter fouiller dans ses dossiers avant qu'il annonce :

— Le mercredi 20 janvier à 19 h 45. Et le nom du patelin est Boiceville, dans l'État de New York. Sinon, tu sais qui est l'avocat d'AP2 ?

— Non.

— Je te donne un indice : les spécialistes du droit pharmaceutique de la côte Est.

— Peabody, Sherman et Hawles.

— Gagné !

Je raccrochai et étalai la carte que m'avait dénichée Jane.

— Ma femme est une sainte, intervint Lynch, mais si je ne dîne pas chez moi, ça va chauffer pour mon matricule. Où voulez-vous partir cette fois ?

— Je crois connaître l'identité du pirate du téléphone de Martin. De la pirate, plus exactement. Peter a déterminé que le téléphone de Martin avait été piraté le 20 janvier par une personne se trouvant ici, indiquai-je en entourant au crayon le nom du patelin.

— Boiceville ? Mais qu'est-ce qu'il y a dans ce bled ?

— En tout cas, aucun problème de surdensité de population. Le trajet Isle La Motte-New York en prenant l'I-87 passe à proximité de Boiceville.

— Donc, si je récapitule, commença Lynch. Caroline Green, cobaye involontaire de la CIA de 1984 à 1988, change de nom en 1994 après être sortie diplômée du lycée. Sous le nom de Maggie Howland, elle intègre Harvard dont elle sort diplômée en 1998. Elle part faire ses études de médecine à Johns-Hopkins. En 2002, elle devient médecin résident à l'hôpital Johns-Hopkins et entame sa formation post-doctorale. En 2006, elle ouvre son cabinet tout en continuant de travailler à Johns-Hopkins. En 2007, elle rencontre Martin, sur lequel elle a plus d'informations que son biographe officiel s'il en avait un, dans une association de réinsertion des anciens combattants. Et huit ans et demi plus tard, elle le drogue, c'est une certitude, parce qu'excusez-moi, mais je ne vois pas qui pourrait donner la forme d'aspirine à des somnifères si ce n'est pas un toubib vivant à ses côtés, et pirate son téléphone avant de disparaître. C'est beau l'amour, conclut-il en faisant craquer ses phalanges.

— Et ce n'est pas tout.

Je tendis mon portable à Lynch qui le saisit précautionneusement avant de le lâcher de toute sa hauteur en glapissant de surprise :

— Elle a ajouté Ethan Ottman dans le groupe témoin établi par Zack Mahone ? Le Ethan Ottman qui a violé Madeline Zeller, la gamine gothique hystérique qu'on a vue à son cabinet ?

La cohorte à laquelle Maggie avait ajouté trois personnes concernait cinquante jeunes de moins de vingt-cinq ans ayant tous été arrêtés au moins une fois. Elle leur avait fait passer une batterie de tests psychotechniques impressionnante avant d'évaluer les deux composantes essentielles du fonctionnement cognitif – l'intelligence et la mémoire. L'échelle qu'elle avait utilisée permettait de quantifier l'intelligence d'un individu et d'appréhender les points forts et les points faibles de son fonctionnement intellectuel, selon quatre volets : verbal, perceptif, mémoire, vitesse de traitement de l'information. Une dizaine de personnes de la cohorte se situaient au-dessus de la moyenne sans pour autant présenter de profil particulièrement extraordinaire. L'échelle clinique de mémoire de Wechsler, qui permet une évaluation des capacités mnésiques des sujets de seize à quatre-vingt-dix ans, faisait ressortir trois profils dont les capacités mnésiques se détachaient nettement du lot : les trois adolescents ajoutés dans la cohorte par Maggie.

Peter avait fait les recherches sur eux : un lycéen de dix-sept ans, décédé en novembre dernier dans un accident de voiture, un étudiant aux beaux-arts, interné après une bouffée délirante en plein examen, et Ethan Ottman.

— C'est pour ça qu'elle posait des questions à la gamine. Les expériences ont repris. Ces salauds ont recommencé.

2

— Max faisait-il partie des Aigles royaux ?

— Bonjour, déjà. Et effectivement. Personne n'a jamais compris pourquoi, mais le choc qu'il a reçu à la tête lors de l'accident qui a tué ses parents l'a, en quelque sorte, rebooté. Outre sa mémoire prodigieuse, il n'a jamais exhibé de symptômes inquiétants.

— Je l'ai effectivement trouvé en très bonne forme, lorsque je l'ai vu. Les expériences ont repris, c'est ça ?

— La CIA n'est pas impliquée. Tu ne trouveras de liens nulle part entre la Compagnie et d'éventuelles expériences sur des cobayes humains, se contenta de répondre Terry avant de raccrocher.

Au printemps 1989, la CIA, qui puisait ses informations dans les journaux locaux lui parvenant avec trois semaines de retard, ne remarqua pas que son principal ennemi était moribond. Lorsque le mur de Berlin, symbole même de la guerre froide, s'effondra, elle fut consternée d'avoir perdu l'adversaire qui avait justifié sa création et défini sa mission. Le communisme implosa et la CIA se délita au gré des mandats présidentiels.

Une fusillade au siège de Langley cinq jours après l'investiture de Bill Clinton et l'explosion d'une bombe dans l'un des parkings souterrains du World Trade Center un mois plus tard érigèrent le terrorisme au premier plan des préoccupations d'un grand nombre de membres de la Compagnie.

En avril 1993, Bush échappa à une tentative d'assassinat à la voiture piégée à l'instigation des services de renseignements irakiens. Clinton décida de lancer, en juin 1993, une attaque aux missiles contre le siège des Renseignements irakiens à Bagdad vers 2 heures du matin, exerçant ainsi des représailles très efficaces sur les femmes de ménage et les veilleurs de nuit occupant le bâtiment désert, difficilement qualifiables de proches de Saddam Hussein.

Le divorce entre l'exécutif et la CIA venait d'être consommé. Incapable de se renouveler, évoluant dans un climat de défiance, la Compagnie multiplia les ratés, ses officiers traitants démissionnaient en masse, se recyclant dans des métiers sérieux comme la finance, alors que l'ennemi, lui, se renforçait.

Les attentats du 11-Septembre firent voler en éclats les repères. L'ennemi n'était plus identifié et l'Amérique entra en guerre contre une menace diffuse à géométrie variable : le terrorisme. La CIA se mua en police militaire mondiale, jetant des centaines de suspects dans des geôles secrètes, torturant, espionnant à l'intérieur des frontières américaines, recrutant des mercenaires pour tuer des ennemis.

La traque de Ben Laden commença et, sous la pression, la Compagnie rendit un an plus tard un rapport actant de la présence d'armes chimiques, biologiques et bientôt nucléaires en Irak. Des informations d'une fiabilité absolue puisqu'elles avaient été obtenues soit sous la torture, soit *via* une source de renseignements des plus objectives : un dissident réfugié baptisé « Curveball » dont les travers affabulateurs avaient été pointés.

Ce qui n'empêcha pas les États-Unis d'envahir l'Irak. Le conseiller spécial du département de la Défense, Richard Perle, n'avait-il pas expliqué à la CIA que l'Irak devait payer pour ces attentats ?

En 2014, Barack Obama déclara que la CIA avait terni l'image de l'Amérique, dénonçant les méthodes employées, au premier rang desquelles la torture, outil de choix de son programme d'interrogatoires poussés.

Les révélations de plusieurs lanceurs d'alerte finirent par inciter la CIA à se montrer plus discrète, au besoin en sous-traitant des pans entiers de son activité. L'externalisation de ses actions avait débuté dès 2004, lorsqu'elle avait engagé des professionnels extérieurs en liens avec Blackwater, une société militaire privée, pour tuer des activistes sur le terrain, mais le fiasco qui en avait découlé convainquit ses dirigeants de redoubler de prudence. La Compagnie employa de grands cabinets d'intelligence économique et des laboratoires lui permettant de s'adonner si besoin au déni plausible. En cas d'échec, externaliser certaines missions éviterait qu'on puisse prouver qu'elle avait commandité une opération. D'autant plus si les paiements étaient effectués *via* des sociétés off-shore.

Le déclin des capacités américaines de collecte et d'analyse du renseignement n'en finissait pas lorsqu'une nouvelle forme de terrorisme émergea : le terrorisme domestique sous la houlette d'Américains biberonnés à l'hymne national et au drapeau étoilé, prêts à mourir non pour la patrie, mais pour la Oumma. Internet et la propagande extrémiste avaient permis de fournir des réponses à certains jeunes en quête de valorisation personnelle et d'un sentiment d'appartenance à un groupe. La marginalisation des communautés musulmanes et l'association entre religion islamique et terrorisme dont les médias faisaient des gorges chaudes alimentèrent leur haine de l'Occident et suscitèrent chez les éléments les plus vulnérables un désir de violence et de représailles. Loin des stéréotypes rassurant du barbu en kamis récitant des sourates l'index pointé vers le ciel, ces apprentis terroristes prônaient le renoncement aux valeurs capitalistes et au confort de l'Occident au volant d'un SUV, l'iPhone à la main.

Pour lutter contre des terroristes, musulmans avant d'être américains, voire musulmans au lieu d'être américains, qui avaient trouvé un sens à la vie en ôtant celles des autres, la CIA décida de reprendre contact avec l'un des plus brillants scientifiques avec lesquels elle avait travaillé, presque trente ans auparavant.

3

Au mois de mai 1988, Matthew Fowley venait de fêter ses vingt-trois ans et son doctorat en chimie de Yale lorsqu'un ami de ses parents lui avait proposé un contrat de quelques mois dans un laboratoire non loin de la frontière canadienne. Matthew, qui avait toujours projeté de travailler dans la technologie et la recherche, mais envisageait de prendre une année sabbatique, changea immédiatement d'avis en avisant la somme d'argent proposée. Mieux, le Dr Sidney Gottlieb avait insisté pour lui donner une avance. Qu'il s'en serve pour acheter une voiture, ce serait plus pratique. En sortant du rendez-vous, il avait foncé acheter une Corvette décapotable. Une très bonne occasion, lui avait garanti le vendeur. Une semaine plus tard, près de Lebanon, au fin fond du New Hampshire, le moteur de la très bonne occasion avait lâché. Il arriva deux jours après la date prévue et se mit immédiatement à l'ouvrage.

*
* *

En ce mois d'octobre 2014, le jeune prodige qui, cet été-là, avait créé un protocole expérimental testé sur des groupes d'enfants de huit à seize ans, habitait un immense penthouse dans l'Upper East Side avec sa troisième femme et leurs deux garçons. Il sortit de sa voiture, se redressa et se composa un sourire radieux lorsqu'il passa devant le portier de l'immeuble.

— Bonsoir, Johnny.

— Bonsoir Dr Fowley.

Il desserra sa cravate dans l'ascenseur et se demanda si Johnny soupçonnait que le propriétaire du plus grand appartement de l'immeuble se débattait avec des dettes monstrueuses. Matthew versait deux pensions alimentaires, payait les frais de scolarité délirants de ses six enfants, et ce penthouse, qu'il avait acheté uniquement pour faire plaisir à sa nouvelle épouse, lui coûtait une fortune. Lorsque sa fille aînée lui avait annoncé qu'elle comptait faire médecine, il avait été au bord de la crise d'angoisse et s'était retrouvé à hocher la tête frénétiquement tandis qu'une calculatrice imaginaire défilait sous ses yeux : il allait devoir trouver un argument solide pour éviter la ruine des vacances annuelles à Aspen. Bien que très confortable, son salaire de chercheur chez AP2, l'une des plus grosses entreprises pharmaceutiques du pays, ne lui permettrait jamais de continuer de mener un train de vie aussi délirant. Mais il savait d'expérience que faire des coupes franches dans le budget familial lui vaudrait à court terme de payer une troisième pension et la perspective de se retrouver seul sans ses garçons lui était insoutenable.

Voilà pourquoi, un peu plus tôt dans l'après-midi, il avait accepté de rencontrer, après plusieurs semaines d'hésitation, celui qui s'était présenté comme un vieil ami du Dr Gottlieb. Durant ce temps, il avait multiplié les insomnies et s'était réveillé à plusieurs reprises trempé de sueur en se rappelant ce mois d'août 1988.

Pourtant, les deux premiers mois avaient été idylliques. Les tests menés sur les singes avaient montré un accroissement de leurs facultés mnésiques au-delà de toute prévision et les premiers essais sur les enfants s'étaient révélés extrêmement prometteurs. Mais la cinquième semaine du protocole avait marqué le début d'une tragédie que Fowley s'efforçait d'oublier. Les cinq enfants du groupe que Gottlieb avait baptisé les « Aigles royaux », auxquels étaient administrées les doses les plus fortes, avaient commencé à présenter des signes inquiétants.

Le soir du 5 août, il regagnait sa chambre lorsqu'il avait entendu un hurlement venant des dortoirs. Il s'était précipité juste à temps pour empêcher un jeune de se jeter dans le vide. En tailleur sur son lit, un adolescent gringalet qui aimait se déguiser en fille regardait la scène, impassible. Il n'avait pas réagi lorsque Fowley lui avait demandé ce qu'il s'était passé. Le lendemain, juste avant l'immersion, un autre l'avait fixé droit dans les yeux avant de s'entailler le bras avec le scalpel qu'il pensait avoir égaré. Fowley avait réussi à maîtriser l'hémorragie avant que l'un des médecins prenne le relais. Le Dr Crowe avait injecté un tranquillisant à l'enfant avant de recoudre la plaie et s'était engouffré dans le bureau de Gottlieb. Les éclats de voix qui avaient suivi avaient été instructifs. Gottlieb avait balayé les protestations de son confrère d'un revers de main. Certes cinq enfants n'avaient apparemment pas supporté les doses prescrites, mais les expériences menées sur le second groupe, les Hérons bleus, avaient permis de créer des individus dotés d'une mémoire extraordinaire et de capacités cognitives hors du commun. Le protocole devait être mené jusqu'à son terme. Ce n'était pas négociable. On s'occuperait des conséquences ultérieurement. Conséquences qui seraient de toute façon beaucoup plus graves si le protocole était stoppé.

Souhaitait-il vraiment que les enfants se souviennent de l'intégralité de ces deux mois de camps d'été ? Avait-il envie de faire la une des journaux afin de finir de ruiner sa réputation ? Une erreur médicale sous l'emprise de l'alcool ne lui suffisait pas ? Qui lui avait permis de s'en tirer sans même une mise à l'épreuve ? Il lui était redevable, qu'il ne l'oublie pas.

La réponse de Crowe avait glacé Fowley.

— Peut-on au moins retirer mon fils des essais ? Le changer de groupe ?

Quinze jours plus tard, la voiture à bord de laquelle avaient pris place le Dr Crowe, son épouse et son fils de quatorze ans avait été repêchée au fond du lac Champlain et Gottlieb s'était fendu auprès de son équipe d'un discours sur les ravages de l'alcoolisme.

Aux enfants qui demandèrent où étaient le Dr Crowe, sa femme et Max, la réponse fut toute trouvée : ils avaient voulu quitter le camp, le chaousarou les avait rattrapés. Conditionnés depuis des années pour craindre la créature, les jeunes cobayes n'avaient pas demandé de plus amples explications. L'immersion allait débuter, ils étaient attendus dans la grande salle. Par petits groupes, les enfants s'étaient dirigés vers les caissons et Fowley avait commencé les réglages. Il ne restait qu'une semaine, la plus importante, selon le Dr Gottlieb. Il allait toucher son chèque et s'efforcerait d'oublier cet été.

Mais aujourd'hui, tout était différent. Il faisait ça pour sa famille, l'avenir de ses enfants. Il était entré dans ce minuscule café de Manhattan Beach sans l'ombre d'une hésitation. Un quadragénaire en costume s'était levé, lui avait serré la main et l'avait entraîné vers les quais. Tout en marchant au milieu des sportifs et des promeneurs, il lui avait expliqué ce qu'on attendait de lui. Le pays avait besoin d'un patriote et ses problèmes d'argent seraient résolus. Fowley n'eut même pas le temps de lui demander comment il était au courant de ce qu'il appelait « ses légers soucis financiers » que l'homme enchaîna. L'attaque du centre de San Bernardino en Californie en décembre dernier par deux partisans de l'État islamique, saluée par Daech et qui avait coûté la vie à quatorze personnes, n'était que le début de ce que le gouvernement considérait comme une vague d'attentats terroristes.

Le président des États-Unis avait assuré que son pays ne se laisserait pas « terroriser » après la fusillade meurtrière. « Nous sommes américains. Nous défendrons nos valeurs, celles d'une société ouverte et libre. Nous sommes forts. Nous sommes résistants. Et nous ne nous laisserons pas terroriser. »

Fowley se laissa imprégner par le discours émaillé d'envolées lyriques messianiques. L'homme lui proposait ni plus ni moins de devenir partie intégrante d'un combat du Bien contre le Mal. Le monde musulman était ravagé par une inéluctable pandémie islamiste qui submergerait l'Occident chrétien. Les États-Unis sombreraient sous une déferlante idéologique radicale s'il n'intervenait pas. Le mouvement islamiste voulait imposer ses catégories d'analyse et son verdict au reste du monde, imposer un califat universel. Le premier pas consistait pour eux à bannir du monde des pensées interdites dans le califat. Les États-Unis, pays de la liberté, devaient prendre la tête de cette croisade sous la houlette de leur président, justicier mondial.

— Nous devons anéantir l'ennemi et pour ce faire, nous avons besoin de vous, répéta l'homme avant d'entrer dans le vif du sujet.

La demande était simple : dans un premier temps, Fowley serait chargé de sélectionner une dizaine d'adolescents et de les rendre capables de s'infiltrer dans n'importe quel environnement, d'y être parfaitement à l'aise et en mesure de mémoriser et de restituer toute information utile à la défense de la nation. Ils devraient être physiologiquement incapables de déloyauté. Le gouvernement était au courant des expériences qu'il avait menées, presque trois décennies auparavant. Il n'y avait aucun doute : Matthew Fowley était l'homme de la situation.

L'homme de la situation avait mis moins d'un mois pour élaborer un sérum sur lequel il n'avait en réalité jamais cessé d'œuvrer, obsédé par les effets secondaires de son premier protocole. Les facultés cognitives des patients seraient décuplées. Et surtout, si en 1988 il avait utilisé des électrodes et autres implants pour stimuler le cerveau des patients, un quart de siècle de recherches lui avait permis de développer des neurones artificiels, reliés entre eux par des réseaux complexes. Fowley ambitionnait de connecter ces lacis neuronaux aux neurones humains, *via* une connexion par fil dans un premier temps, puis d'ici quelques années, sans fil. En augmentant le câblage, la capacité du cerveau serait démultipliée et les personnes dont le cerveau serait connecté pourraient télécharger leurs pensées à partir d'un ordinateur. Une série de mots clés serait directement implantée dans le cerveau de ceux que Fowley avait toujours choisi d'appeler « ses patients ». L'homme du gouvernement venait de lui offrir la possibilité de régler toutes ses dettes, mais surtout d'arrêter de cantonner ses expérimentations aux macaques rhésus.

Trouver des sujets s'était révélé une autre paire de manches. La nouvelle génération de parents surimpliqués dans l'éducation de leurs enfants avait complètement changé la donne.

L'émergence des parents hélicoptères, incapables de lâcher leurs gamins sans les doter d'un portable pour mieux les surveiller à distance, rendait nécessaire la mise en place d'un recrutement totalement nouveau. Fowley s'était donc mis en quête de structures dénuées de parents surprotecteurs et avait repris contact avec un ancien camarade de lycée, John Osborne, qui dirigeait une pension huppée en milieu fermé au fin fond du New Jersey, la Livingston Academy. Même s'il ne le voyait que peu souvent, il appréciait beaucoup John. Lui aussi payait deux pensions alimentaires et pouvait comprendre que, même en gagnant bien sa vie, les fins de mois étaient difficiles. Contre quelques billets, il avait immédiatement accepté de lui envoyer des sujets.

Les résultats étaient plus que prometteurs lorsque deux anciens patients avaient failli tout faire capoter.

Vendredi 29 janvier 2016

4

Washington, 11 heures

Le bureau de Martin se trouvait dans l'aile ouest de la Maison-Blanche, non loin du bureau ovale. Pendant que Lynch se tordait le cou dans l'espoir d'apercevoir le président, je tentais de convaincre Peter que ce n'était pas le moment de réclamer une habilitation pour accéder à je ne sais quelle interface.

— J'ai de bons arguments, protesta-t-il.

— Je n'en doute pas.

— Je me suis beaucoup investi dans cette enquête, je mérite cette autorisation.

— Ça ne fonctionne pas ainsi.

— J'accède déjà à XKeyscore. Comme je te l'ai dit, ce n'est qu'une formalité.

— Si tu y accèdes déjà, où est le problème ?

— Ça me permettrait de rester dans la légalité, rétorqua-t-il, oublieux de l'air inquiet de l'assistante de Martin.

— C'est quoi ce machin, d'abord ?

— Une interface permettant de faire des recherches dans les données de la NASA *via* PRISM et d'y effectuer des croisements.

— Tu vois la porte, au fond ? C'est le *cabinet room*. Et à côté, ce sont les bureaux des plus proches collaborateurs du président des États-Unis. Tu crois vraiment que c'est l'endroit idoine pour déclarer que tu pirates des interfaces gouvernementales ?

Peter allait répliquer lorsque James Cooper sortit du bureau de Martin.

— Où est votre chef ? nous demanda-t-il en guise de préalable.

Devant nos airs ahuris, il secoua la tête d'un air agacé avant d'éclaircir :

— L'agent Lewis. Où est-il ?

— À New York, où Maggie Exton et Ahmad Mir ont été aperçus pour la dernière fois.

— Évidemment. À se demander pourquoi vous n'y êtes pas.

Les tensions entre le FBI et les polices locales étaient légendaires et dire que la NYPD, dotée de sa propre unité de lutte antiterroriste, n'avait pas accueilli Lewis à bras ouverts était un doux euphémisme. Lorsque avec la conviction euphorique de son importance il leur avait déclaré que le département du contre-terrorisme du FBI allait prendre en charge l'enquête, il s'était fait rembarrer, et nous avec. Le temps qu'il active les rouages hiérarchiques, nous étions convenus d'aller voir Martin.

— Remarquez, je pense que vous avez raison. Le FBI est parfaitement capable de gérer cette affaire sans vous, conclut-il avant de mettre fin à cette effusion communicationnelle et de nous planter là.

— Je bénis le ciel d'avoir Guildenstein comme chef, murmura Lynch. Je ne tiendrais pas cinq minutes avec un connard pareil.

Quelques jours auparavant, Cooper avait exigé que Martin rentre à Washington, décrétant qu'il avait fait perdre suffisamment de temps à l'administration et qu'il fallait désormais passer à autre chose. Cinq minutes après avoir raccroché, Martin remerciait mes parents et bouclait sa valise.

Nous patientâmes cinq minutes avant que la porte du bureau ne s'ouvre et que Martin en sorte. Il nous serra la main et se tourna vers moi :

— Il y a du nouveau ?

— Comme je te l'ai dit l'autre jour, l'homme avec lequel Maggie a été vu pour la dernière fois s'appelle Ahmad Mir, un ingénieur canadien d'origine afghane.

— Tu penses que c'est un terroriste ?

— Nous ne sommes pas certains que ça ne soit pas le cas. Mais que personne n'ait revendiqué l'enlèvement de Maggie ne plaide pas en faveur d'un kidnapping terroriste. L'unité du contre-terrorisme du FBI s'en occupe. La seule chose dont nous soyons sûrs, c'est que Maggie l'a côtoyé lorsqu'elle était enfant en colonie de vacances.

— Elle ne m'en a jamais parlé. Est-ce que tu penses que ma femme est morte ? demanda-t-il en s'efforçant de garder une voix égale.

— Le 25 janvier en fin d'après-midi, Ahmad Mir et Maggie ont déposé leur voiture dans l'un des parkings de l'aéroport JFK. Nous avons passé les listes des voyageurs ainsi que les caméras de sécurité au crible. Ils ne sont montés à bord d'aucun appareil, ni le 25 janvier ni les jours suivants. Nous avons de bonnes raisons de penser que tous deux ont fait partie d'une expérimentation menée par la CIA durant les années 1980.

— Une expérimentation ?

— Un projet secret de la CIA destiné à développer les techniques de manipulation mentale. J'ai besoin que tu me dises tout ce que tu sais sur AP2.

— Tu m'annonces que ma femme a été un cobaye de la CIA et tu me demandes des informations sur Abbott & Pantheon Pharmaceuticals ? s'étrangla Martin.

— Je sais que ça fait beaucoup d'informations d'un coup, Martin, mais je ne te le demanderais pas si ça n'était pas urgent.

Il hocha la tête et se pinça l'aile du nez avant d'expirer et de répondre d'une voix égale :

— C'est l'un des plus gros clients du cabinet Peabody, Sherman et Hawles, mais tu dois le savoir puisque tu me poses la question. Je m'étais occupé à l'époque de la mise en place et du suivi de leur département dédié aux pays en développement.

Faciliter l'accès des pays en développement aux médicaments et à la santé n'avait jamais fait partie du cœur de métier des laboratoires pharmaceutiques, mais AP2 avait compris, bien avant ses concurrents, qu'être perçu comme partiellement responsable du délabrement sanitaire de certaines régions du monde risquait d'avoir des conséquences néfastes sur son activité principale dans les pays développés. Désireuse de se racheter une image, la firme avait établi une stratégie spécifique allant bien au-delà d'une simple politique de charité. Dès la fin des années 1990, elle avait consacré d'importants budgets à la découverte de nouveaux traitements contre des maladies négligées. Donner une érection à un homme blanc rapportant infiniment plus d'argent que de guérir un homme noir, AP2 s'était mis en quête de financements complémentaires de grandes fondations humanitaires.

— Ont-ils reçu des dons de la fondation Exton ?

— Oui, et je pense que c'est toujours le cas. J'ai reçu le bilan annuel il y a une dizaine de jours, je peux vérifier si tu veux.

— Tu l'as sur toi ?

— Tout est dématérialisé. Je le reçois par mail, tous les ans, à la même date.

Peter commença à s'agiter et seul un coup de pied dans le tibia l'incita à ne pas annoncer à la cantonade que c'était sans doute cette boîte mail que Maggie avait piratée.

— Je ne comprends pas. Je ne vois pas de subventions à AP2 alors que je suis certain que la fondation continue de les financer, annonça Martin en examinant le fichier qu'il venait d'imprimer.

Nos questions fusèrent :

— Auprès de qui pourrais-tu te renseigner ?

— Monsieur Exton, intervint Lynch, ne serait-il pas plus simple d'appeler votre père ?

Non, cela ne serait pas plus simple. Pas depuis quatre ans.

5

— Vous savez certainement que ma mère a été tuée lors de la fusillade de Sandy Hook en décembre 2012, commença Martin en se concentrant sur ses chaussures.

Lynch hocha la tête nerveusement. Lorsqu'il avait appris dans le dossier constitué par Higgins que la mère de Martin faisait partie des vingt-six victimes alors qu'elle visitait l'établissement en compagnie de son mari, il s'était senti minable. Minable d'avoir cru que cette famille bénéficiait d'une chance insolente. Minable d'avoir été agacé par la réussite de cette famille parfaite.

— Ce que vous ne savez pas, c'est que mon père ne m'adresse plus la parole. Personne ne le sait. Sauf Jack.

Lynch se tourna vers moi l'air interrogateur.

— Vous mettre au courant ne me semblait pas indispensable dans le cadre de l'enquête, éclaircis-je.

Les funérailles avaient eu lieu une semaine après l'attaque en présence de tout ce que le pays comptait comme gratin politique et entrepreneurial. Mes parents, Sarah et moi y assistâmes et nous vîmes John fondre sur Martin sitôt la foule dissipée.

— Je te tiens personnellement pour responsable de la mort de ta mère. Elle ne se serait jamais trouvée là si tu n'avais pas insisté. C'est toi qui as choisi cette école. Sur les cent mille écoles publiques que compte ce pays, tu as décrété que celle-ci était idéale pour une réunion avec l'administrateur de l'Agence de protection de l'environnement.

Martin avait tenté de protester que ledit administrateur y avait suivi sa scolarité, mais déjà son père s'éloignait. Mes parents avaient échangé un regard stupéfait et l'avaient immédiatement emmené à Sag Harbor.

Lynch hocha la tête pensivement.

— Je suis désolé. Pensez-vous néanmoins qu'il serait possible d'aller vérifier sur place ? Au siège du groupe Exton.

Martin acquiesça. John Exton avait vite compris qu'afficher une unité de façade était médiatiquement indispensable. Hormis mes parents et moi, personne n'était au courant de leur brouille et John était actuellement en Europe en voyage d'affaires. Une demi-heure plus tard, nous n'eûmes effectivement aucune difficulté à entrer dans l'immense bâtiment où la secrétaire de son père nous accueillit à bras ouverts.

Ellen Eastman avait toujours eu un faible pour Martin et nous laissa accéder à absolument tout.

— Lorsque l'on ne souhaite pas que les dons apparaissent, surtout lorsque, comme mon père, on ambitionne de devenir maire de New York, on passe par une société off-shore. Une société écran, si vous préférez, expliqua Martin, les yeux rivés sur l'un des écrans du bureau de son père.

— C'est légal ? s'enquit Lynch.

— Évidemment. Toutes ces sociétés off-shore ont une réelle activité économique dans le pays dans lequel elles sont implantées. Regardez, il y a des mouvements de fonds, mais AP2 ne figure nulle part, compléta Martin en lançant une impression.

— On vérifiera ça dans la voiture. Mieux vaut y aller, ordonna Lynch en jetant un coup d'œil inquiet par la fenêtre vitrée du bureau.

— Vous avez déjà fini ? s'étonna Ellen. Martin, je prie tous les jours pour que Maggie soit retrouvée saine et sauve. Quand je pense qu'elle est passée me voir trois jours avant sa disparition, j'en suis malade.

— Trois jours avant ? s'étonna-t-il.

— Oui, le mardi précédent, pour m'apporter un petit cadeau pour la nouvelle année. Quelle femme attentionnée ! Elle n'avait pas besoin de faire ça, elle n'a fait qu'imprimer un mémoire de recherche pour l'un de ses étudiants, après tout !

— Imprimer un mémoire de recherche ? Mais ça n'a aucun sens, protesta Martin. Nous habitons à vingt minutes à pied d'ici et nous avons une imprimante à la maison !

— C'était urgent, apparemment. Elle l'avait sur clé USB, donc je lui ai prêté mon bureau le temps de déjeuner. Quand je suis revenue, elle était déjà partie en me laissant un petit mot de remerciement. Martin, vous auriez pu consulter tous ces documents de chez vous, maintenant que nous vous avons créé un accès sécurisé !

— Un accès sécurisé ?

— Comme vous nous l'avez demandé, par courrier recommandé, il y a quelques mois.

— Un courrier recommandé ? Papier ?

Ellen fronça les sourcils :

— Oui, une lettre avec votre en-tête et votre signature. Désormais, vous avez accès à l'intégralité de notre réseau *via* l'accès que notre informaticien a créé pour vous. Et même depuis votre téléphone.

— Mais c'est pour ça qu'elle l'a drogué, s'écria Peter. J'ai horreur de ne pas comprendre. Les pièces du puzzle se mettent enfin en place, se réjouit-il, totalement oublieux du regard noir que je lui lançai.

— Qui a drogué qui ? s'étrangla Martin que nous tirâmes vers la voiture non sans nous répandre en remerciements sous les yeux interloqués d'Ellen. J'obligeai Peter à monter à côté de Lynch et m'installai avec Martin à l'arrière pendant que Lynch prenait le volant.

— Nous devons vérifier quelque chose.

— Est-ce que je pourrais savoir ce qu'il se passe ? Ma femme travaille tous les mardis de 9 heures à 20 h 30 à Baltimore, donc j'aimerais savoir ce qu'elle faisait à Washington en pleine journée au siège du groupe Exton. Et qu'est-ce qu'il a à parler de drogues ? Est-ce que quelqu'un pourrait m'expliquer ?!

Le portable de Lynch interrompit la salve de questions de Martin. Il se gara sur le trottoir, sortit de la voiture et revint au pas de charge cinq minutes plus tard.

— Lewis a envoyé au commissariat l'intégralité des vidéos de surveillance du parking de l'aéroport JFK. Higgins et Jane viennent de finir de les visionner. On voit un deuxième homme non identifié pousser Maggie dans une voiture. Le FBI lance un avis de recherche.

— Comment cela se fait-il que vous n'ayez les vidéos que maintenant ?

— Lewis n'a pas su me le dire. Il a parlé de problèmes techniques et d'incompréhension avec la NYPD.

J'examinai l'extrait de vidéo que me montrait Lynch sur son portable.

Comparé au mètre soixante de Maggie, l'homme paraissait très grand, dépassant allégrement le mètre quatre-vingts. De corpulence mince, il était blond cendré et avait les yeux bleus.

Lorsque je lui demandai s'il le reconnaissait, Martin secoua la tête.

— AP2 ne figure pas au nombre des organismes subventionnés par la fondation, mais une société appelée Chaousarou, si, nous interrompit Lynch, sans lever les yeux de l'épaisse liasse de documents imprimés par Martin.

— Qu'est-ce que c'est ?

— La preuve que le projet MK-Ultra version 2.0 a repris et qu'il est financé par ton père. Intégralement.

6

Newark, 13 h 45

Après avoir déposé Martin à la Maison-Blanche, nous partîmes à Newark, New Jersey, où se trouvaient les locaux d'Abbott & Pantheon Pharmaceuticals. En apercevant le complexe installé au milieu d'un immense parc arboré protégé par des grilles et un système de sécurité que la plus paranoïaque des agences de renseignements n'aurait pas renié, nous nous résolûmes à appeler Lewis. Il arriva une heure plus tard, traînant à ses basques trois agents excédés qui semblaient alterner entre l'amusement et l'effarement lorsque leur collègue prenait la parole.

— Oh, des alliés, ricana Lynch lorsque l'un des agents lui lança un regard alarmé.

— Vous m'avez dérangé alors que je participais à une réunion importante avec le directeur Stern et le commissaire de la NYPD, commença Lewis.

— Vous chantiez pendant l'entracte ?

— Nous avons besoin de vous pour accéder à ce bâtiment et poser des questions à ses dirigeants, éclaircis-je. Nous pensons que le deuxième homme que l'on voit sur la vidéo que vous nous avez fait parvenir travaille ou a travaillé chez AP2. Qu'il est impliqué dans la reprise du projet MK-Ultra et que Maggie Exton le sait.

— Êtes-vous en traïn de me dire que vous m'avez fait déplacer la moitié des forces armées du pays parce que vous pensez quelque chose ?

Lynch jeta un coup d'œil circulaire :

— Vous êtes quatre.

— C'est une expression, s'agaça Lewis.

— La dernière vidéo montre un homme poussant assez violemment Maggie dans une voiture, intervint Lynch.

— Un avis de recherche a été lancé, mais je reconnais qu'une identification précise accélérerait le processus, admit Lewis d'un ton obséquieux.

Le directeur d'AP2 leva un regard circonspect lorsque nous lui présentâmes la photo de l'homme blond.

— C'est à cause de ses dettes ?

Lewis prit un air énigmatique avant de demander :

— Vous le connaissez, donc.

— Dr Matthew Fowley. Il travaille au département recherche. Un très grand professionnel, mais je crains que sa vie privée ne soit pas aussi brillante que ses capacités professionnelles.

— Il est dans vos locaux ?

— Probablement pas, il préfère travailler dans nos locaux de Springfield Gardens, beaucoup plus proches de son domicile.

— Dans le Queens ?
— Oui, à côté de JFK.

*
* *

New York, 15 heures

Quarante-cinq minutes à rouler à tombeau ouvert nous permirent d'arriver dans ce quartier du sud-ouest du Queens jouxtant l'aéroport. Une ambulance était garée devant deux voitures de la NYPD. Accoudés aux barrières, les badauds observaient la scène avant de rendre leurs pronostics. Je soulevai la rubalise, enfilai une paire de gants et au son de la radio de police qui crachotait qu'il n'y avait pas besoin de renfort et que c'était trop tard, me dirigeai vers l'entrée du bâtiment.

Ce qui avait dû être un laboratoire ultramoderne était désormais sens dessus dessous. Je marchai sur du verre brisé et constatai que le sol en était recouvert. Deux paillasses et toutes les étagères étaient renversées et au fond de l'immense pièce de deux cents mètres carrés, trois caissons d'immersion avaient été fracassés, probablement à la hache, comme nous l'apprit un technicien de l'identification judiciaire accroupi devant une mare de sang.

— Combien de temps faudra-t-il pour déterminer le groupe sanguin ?

— J'ai un kit, je vous fais ça tout de suite. Vous pensez que c'est la femme du chef de cabinet adjoint de la Maison-Blanche ? Personne ne peut survivre à une telle perte de sang.

— J'espère que non.

Il s'activa tout en m'indiquant que la réaction serait rapide : les anticorps présents sur les bandelettes provoquaient une réaction au contact des globules rouges de l'échantillon.

— Groupe B, annonça-t-il.

— Ce n'est pas celui de Maggie.

— Ahmad Mir ? intervint Lynch.

— Possible.

— Le père de Martin est bien à la tête du département de la protection de l'environnement à la mairie de New York depuis les élections ?

— Oui, pourquoi ?

— C'est un poste à responsabilités énormes pour quelqu'un qui continue de diriger sa propre compagnie.

Principal acteur de la politique environnementale de la ville, le DPE gérait l'intégralité du réseau d'approvisionnement et de distribution de l'eau. Un réseau unique au monde, efficace et peu coûteux. Chaque jour, après avoir été stockés dans dix-neuf réservoirs et trois lacs hautement contrôlés, près de quatre milliards de litres d'eau potable étaient acheminés jusqu'à leurs neuf millions de consommateurs *via* un vaste réseau d'aqueducs et de tunnels. Une eau d'une excellente qualité dont le coût d'exploitation bas s'expliquait par sa provenance, à plus de deux cents kilomètres au nord-ouest de la ville, au cœur des monts Catskills qui formaient une sorte d'immense filtre naturel. Un programme collectif de planification agricole intégrale entre la ville et les agriculteurs des Catskills avait été établi, assurant une excellente qualité de l'eau, mais au fil des années, la densité de population et l'urbanisation de la région dégradèrent sévèrement la qualité de l'eau et menacèrent les écosystèmes. Une usine de filtration fut donc bâtie sous le golf du parc Van Cortlandt dans le Bronx et mise en service en 2015.

Que le père de Martin arrive à cumuler deux postes pareils m'avait toujours épaté, mais il faisait partie des gens pour lesquels la vie est trop excitante pour dormir, comme il le répétait à l'envi dans les médias. J'allais expliquer à Lynch que, de toute évidence, John Exton et nous n'étions pas de la même espèce lorsque Lewis arriva, décomposé, son téléphone sous les yeux, et annonça d'une voix blanche :

— La voiture dans laquelle Maggie Exton et le Dr Fowley se trouvaient a été retrouvée brûlée près d'Irvington. L'identification judiciaire pense qu'il y a au moins deux corps calcinés à l'intérieur. Une caméra de sécurité de la station-service de Yonkers montre Fowley en train de faire le plein pendant que Maggie Exton est assise sur le siège passager, nous informa-t-il.

J'avais une idée, une théorie totalement folle que je voulais exposer au plus vite à Peter et Lynch.

— Je pense qu'un représentant aussi éminent du FBI que vous devrait se rendre sur place.

Lewis acquiesça avec gravité et s'éloigna en trottinant.

Pendant que Peter se balançait d'une jambe sur l'autre, l'air pensif, Lynch s'approcha et me mit la main sur l'épaule :

— Il vaudrait mieux que je vous ramène à Washington. Martin Exton ne peut pas apprendre la mort de sa femme par téléphone et la presse ne devrait pas tarder à diffuser l'annonce de son décès.

Je secouai la tête.

— Le corps ne sera pas identifié avant plusieurs heures. Je veux vérifier quelque chose avant et j'ai besoin de vous deux.

*
* *

Je voulais vérifier quelque chose car six ans auparavant, lorsque Martin avait emmené Maggie à Muddy Gap, il n'est pas tout à fait exact que nous n'avions rien appris sur elle ou presque. Nous avions appris qu'elle avait perdu ses parents peu de temps avant son entrée à Harvard, adorait lire et travaillait énormément, mais j'avais appris beaucoup plus. Alors que je préparais les chevaux pour une randonnée, Maggie était venue me donner un coup de main pendant que Martin et Sarah discutaient à l'écart. La conversation avait rapidement viré sur les velléités politiques du père de Martin.

— La seconde fois sera peut-être la bonne, avait souri Maggie en sellant une jument.

— La seconde fois ? Je pensais que c'était une nouvelle lubie, pas un recyclage.

— J'ai peut-être confondu, avait-elle répondu précipitamment.

L'histoire m'était complètement sortie de la tête jusqu'à il y a quelques jours. Quatre heures de recherches et quelques coups de téléphone avaient permis à Peter de découvrir ce que Martin et moi *a fortiori* ignorions : en 1994 John Exton avait largement financé la campagne sénatoriale du candidat démocrate de New York, espérant lui succéder au terme de son mandat, mais Hillary Clinton lui avait ravi la place. Une minuscule poignée d'initiés évoluant dans le cercle très fermé des proches de John Exton étaient au courant. Plus Maggie qui, apparemment, avait fait des recherches très poussées.

J'extirpai de la boîte à gants une carte de l'État de New York et l'étalai sur le capot de la voiture de Lynch. Je me sentis blêmir : Boiceville se trouvait à côté du réservoir Ashokan, l'un des dix-neuf réservoirs alimentant New York en eau potable.

Samedi 30 janvier

7

Washington, 3 h 15

Etalé avec Lynch sur les fauteuils de mon bureau de Foggy Bottom, au milieu de boîtes de pizza à moitié vides, de cartons de traiteurs chinois et de bouteilles de soda – une nuit blanche se prépare comme un combat de boxe, avait décrété Lynch en prenant son téléphone et commandant de quoi ravitailler une armée entière –, j'exposai ma théorie.

Lorsque nous étions passés chez Martin l'informer de la découverte de la voiture carbonisée, Edward Stern était déjà sur place pour l'assurer de son implication personnelle dans l'expertise afin que les résultats lui soient communiqués le plus rapidement possible. Il avait ensuite ouvert un épais dossier avant de nous jeter un regard noir et de nous préciser qu'il comptait passer une bonne partie de la nuit à évoquer des parties confidentielles du dossier pour lesquelles il doutait sérieusement que nous ayons une accréditation. Tassé sur un fauteuil, en état de choc, Martin n'avait même pas semblé remarquer notre présence.

— Partons du principe qu'Ahmad Mir et Maggie veulent faire cesser définitivement le projet MK-Ultra. Ils n'ont jamais cessé d'y penser. Ils sont aux aguets depuis des décennies. Maggie a sans doute épousé Martin parce qu'elle savait que son père finançait les essais. Souvenez-vous des photos du carton et de toutes les informations qu'elle a récoltées depuis sa sortie du lycée sur Martin et sa famille. Elle sait que Charles Mitchell et Max sont en vie. En 2015, elle découvre que le projet a repris. Des cobayes à la mémoire prodigieuse et au comportement alarmant se baladent dans la nature presque trente ans après les derniers essais.

— Essais qui ont entraîné la mort de plusieurs enfants et adolescents, intervint Lynch.

— Maggie découvre, *via* les séances d'hypnose sur Max, que le géant de l'industrie pharmaceutique AP2 est lié à cette reprise. Comme elle pirate régulièrement la boîte mail de son mari et s'est fait ouvrir un accès au nom de son mari à tout le réseau du groupe Exton, elle a la confirmation de l'identité du pourvoyeur de fonds. Son beau-père. Encore une fois.

— Un rendez-vous est fixé avec Ahmad le 8 janvier au soir.

— Avec Ahmad et Charles Mitchell, dont je pense et espère qu'elle ignore les activités parallèles. Ils vont voir Mitchell et réalisent que les expériences lui ont bousillé le cerveau, à lui aussi : il a kidnappé une jeune femme. Ils se disputent, Mitchell tombe mal. Ils n'ont peut-être même pas réalisé qu'il était mort. Ils récupèrent l'escort que Mitchell avait kidnappée et droguée, Maggie la colle dans un taxi, direction les urgences, et ils repartent.

— Le 20 janvier, ils sont dans la région des Catskills. Maggie pirate le portable de son mari et revérifie que le groupe Exton, *via* une de ses sociétés off-shore, a bien versé des fonds à AP2. Sur le listing, elle voit que des versements ont été faits à une société nommée Chaousarou. Elle sait ce que ce nom représente…

— … et découvre donc l'identité du scientifique en charge des expérimentations. Scientifique dont le corps calciné vient d'être retrouvé dans une voiture. Probablement avec celui de Maggie Exton, si l'on en croit la caméra de sécurité qui les a filmés à moins de vingt kilomètres du lieu de l'accident. Fin de partie, compléta Lynch.

— Le père de Martin est responsable de l'approvisionnement en eau potable de neuf millions de consommateurs. L'année dernière, il a inauguré en grande pompe l'usine de filtration du réservoir Croton, sous le parc Van Cortlandt, dans le Bronx. En 2017, il espère devenir maire de New York. Le 20 janvier, lorsque le téléphone de Martin a été piraté, Peter a réussi à identifier la position de Maggie : Boiceville.

— Boiceville qui est à côté du réservoir Ashokan, l'un des réservoirs alimentant New York en eau potable, termina Lynch.

*
* *

La CIA se trouvait dans l'œil du cyclone depuis des décennies et quelles que soient les révélations des lanceurs d'alerte ou des officiels, elle semblait indétrônable. Tarir définitivement une source capable d'aligner plusieurs centaines de millions de dollars tous les ans en ruinant sa réputation était sans doute la stratégie la plus efficace pour mettre un terme définitif au programme MK-Ultra.

— Attaquer un réseau d'eau ? C'est possible ? demanda Lynch.

Non seulement c'était possible, mais cela n'avait rien de nouveau.

Vers 590-600 avant Jésus-Christ, éclata en Grèce la première guerre sacrée menée par la ligue amphictyonique, la coalition des cités cogestionnaires du sanctuaire d'Apollon à Delphes. La cause ? Les habitants de Cirrha, le port de Delphes, s'étaient approprié un terrain appartenant au temple d'Apollon. La guerre leur fut donc déclarée. Solon, poète et homme d'État athénien, l'un des Sept Sages de la Grèce, découvrit un aqueduc caché qui approvisionnait la ville de Cirrha en eau du fleuve Plistus. Il le détourna dans un canal qu'il fit creuser, puis, constatant que les Cirrhéens, bien pourvus en puits et citernes, continuaient à se défendre, fit remplir ce nouveau canal de racines d'ellébore avant de rouvrir le cours de l'aqueduc. Les Cirrhéens se ruèrent sur l'eau. Les vertus purgatives des racines d'ellébore leur causèrent une diarrhée si violente qu'ils abandonnèrent leurs postes sur les murailles et que les Amphictyons s'emparèrent de la ville. Les hommes furent tués, les femmes et les enfants vendus en esclavage.

— Honnêtement, je vois mal Maggie Exton et Ahmad Mir, qui n'ont pas l'air très manuels, détourner un canal. Et nous ne sommes ni avant Jésus-Christ ni au fin fond de la Grèce antique, rétorqua Lynch.

— En 1984, un groupe de disciples du pseudo-maître spirituel indien Bhagwan Shree Rajneesh a contaminé à la salmonelle les bars à salades de dix restaurants à The Dalles, dans l'Oregon. Près de huit cents personnes ont été intoxiquées. Ils voulaient empêcher les gens de se rendre aux urnes et ainsi remporter les élections locales. C'était la première attaque bioterroriste sur sol américain, la plus importante. Imaginons que j'aie raison.

— Imaginer, on peut toujours, mais comment empoisonne-t-on l'eau potable de neuf millions de consommateurs ?

— De neuf millions, c'est compliqué, même si des groupes terroristes ont déjà manifesté leur volonté de le faire.

L'US Surface Water Treatment Rule fixait des normes draconiennes en matière de turbidité, de pathogènes et de polluants, ce qui nécessitait quelque soixante-dix mille tests chimiques, physiques et microbiologiques annuels effectués sur une cinquantaine de localisations clés le long des aqueducs. En amont, la zone de captage faisait l'objet d'un programme de contrôle strict de lutte contre la pollution et les risques de contamination.

— Alors que foutait-elle près du réservoir Ashokan ?

— Peut-être cherchait-elle une faille ? Son trajet – aéroport JFK, Springfield Gardens dans le Queens, Yonkers et Irvington – passe par le parc Van Cortlandt.

— Où se trouve l'usine de filtration du réservoir Croton, compléta Lynch.

L'usine de filtration d'eau Croton, plus de 3 milliards de dollars, destinée à filtrer un tiers de l'eau potable consommée par la ville de New York et qui fournissait quatre cents millions de litres d'eau par jour aux quartiers de l'ouest de Manhattan et d'une partie du bas du Bronx.

Dix pour cent de l'eau potable distribué par le département de la protection de l'environnement.

Un million de consommateurs.

Je me tournai vers Peter :

— C'est maintenant que nous avons besoin de tes lumières. Admettons qu'un beau matin, tu décides d'empoisonner l'eau issue de ce réservoir, comment t'y prends-tu ?

— Les infrastructures hydrauliques sont impossibles à sécuriser entièrement. Si je voulais empoisonner un million de personnes, je piraterais le SCADA, répondit Peter avec une rapidité qui me fit craindre un instant qu'il avait déjà sérieusement envisagé cette option.

Comme il nous l'expliqua, l'eau était distribuée et contrôlée par un système de contrôle et d'acquisition de données, un SCADA. Un système de télégestion à grande échelle permettant de traiter en temps réel un grand nombre de télémesures et de contrôler à distance des installations techniques. La plupart des systèmes SCADA étaient vulnérables à des attaques électroniques, preuve en était le virus Stuxnet.

— Le quoi ? demanda Lynch avant que j'aie eu le temps de le faire.

— Comment peut-on se désintéresser de l'actualité à ce point ? s'étrangla Peter. Stuxnet est un ver qui a ciblé les centrifugeuses utilisées par l'Iran dans le cadre de son programme d'enrichissement d'uranium.

— Mon cerveau se met automatiquement en veille lorsque vous parlez. Appelez ça de l'autoprotection, se défendit Lynch. Vous parlez d'un piratage mené par deux États. Là, on parle de deux personnes !

— Un groupe de hackers, Dragonfly, a réussi à corrompre les sites de trois constructeurs de systèmes de contrôle en infectant les sites web des fournisseurs. Lorsque leurs clients ont téléchargé les mises à jour de leurs logiciels, celles-ci étaient vérolées.

— Pourquoi ont-ils fait ça ?

— Officiellement, pour récupérer de l'information. Mais à mon avis, ils cherchaient surtout à implanter des malwares dormants sur des SCADA en vue d'opérations de sabotage ultérieures, quand ils disposeraient de suffisamment d'informations pour faire de gros dégâts.

Car, d'après Peter, c'était à ce moment que la bêtise humaine entrait en jeu. Les adeptes des selfies sur le lieu de travail avec en arrière-plan des systèmes SCADA étaient susceptibles de livrer, malgré eux, de précieuses informations aux hackers sur le nombre et le type d'équipements, les connexions entre eux, les plans, voire la liste du personnel qu'il suffisait ensuite de croiser sur les réseaux sociaux.

— Lorsque les États-Unis et Israël ont décidé de saboter la centrale des centrifugeuses de Natanz en visant les SCADA, ils se sont notamment servis des photos prises par le service de presse de l'ancien président iranien.

Et les techniques de piratage des terminaux d'administration des SCADA étaient les mêmes que pour n'importe quel autre système puisqu'ils étaient reliés à des ordinateurs sous Windows. Pour un hacker un tant soit peu aguerri, prendre la main sur un de ces systèmes industriels n'était pas compliqué. La plupart d'entre eux n'étant pas connectés à Internet, la menace était essentiellement interne : il suffisait qu'un utilisateur clique sur un lien ou ouvre la pièce jointe d'un e-mail ou d'un fichier infecté sur un support amovible pour que le pirate réussisse à prendre le contrôle d'un de ces systèmes industriels, pouvant causer d'importants dommages.

— Ce que vous devez comprendre, c'est que les SCADA sont des systèmes de télégestion, permettant de prendre des mesures et d'intervenir à distance, en temps réel, sur des équipements sensibles. Alors imaginez les possibilités de détournement ! Ils peuvent couper l'approvisionnement en eau ou l'empoisonner en augmentant la quantité de chlore ou en déversant dans l'eau une substance toxique après avoir désactivé les alertes. On trouve très facilement des tutoriaux sur la fabrication de cyanure et de ricine, un agent biologique extrait du ricin, six mille fois plus toxique. Il se présente sous forme de poudre blanche soluble dans l'eau sans que cela en altère le goût. Les premiers symptômes ressemblent à ceux d'une intoxication alimentaire classique mais la substance est létale à moins de 1 mg/kg.

Je lançai un regard à la pendule accrochée au-dessus du canapé et attrapai mon portable.

8

New York, 1 heure

Alexander Olmstead sortait du Writing Room, l'un des restaurants les plus en vue de New York où il avait passé une excellente soirée à refaire le monde avec deux de ses collègues et d'excellentes bouteilles, lorsqu'il aperçut un adolescent dégingandé lui faire signe.

— Vous êtes Monsieur Olmstead ? Alexander Olmstead ? Du *New York Times* ?

Il hocha la tête et le jeune lui remit trois enveloppes d'une quinzaine de centimètres chacune.

— J'espère pour vous que c'est intéressant, parce qu'imprimer autant à l'ère de la dématérialisation me rend malade, conclut-il avant d'enfourcher son vélo.

Alexander héla un taxi et se fit conduire au numéro 620 de la 8th Avenue à Manhattan. Il salua le portier, prit l'ascenseur et les trois bouteilles d'eau qu'il trouva dans la salle de réunion jouxtant son bureau. Tout en s'efforçant de faire dégringoler son taux d'alcool, il ouvrit la première enveloppe et commença sa lecture.

Deux heures plus tard, parfaitement dégrisé, il avait fini la lecture des dossiers contenus dans les deux premières enveloppes et appela le rédacteur en chef du *New York Times*.

— J'espère que tu apprécies ton nouveau maire, parce que, sauf alternance, je doute que les démocrates changent de candidat pour 2017, annonça-t-il, sans préambule, après avoir entendu le grognement caractéristique qu'émettait systématiquement son patron lorsqu'il répondait au téléphone.

— Ça peut attendre quatre heures ?

— Je ne t'appelle pas à 3 heures du matin pour quelque chose qui peut attendre. Le Watergate, c'est de la roupie de sansonnet à côté. John Exton a financé la reprise du projet MK-Ultra, un projet secret illégal de la CIA qui a débuté dans les années 1950. Les cobayes sont des enfants et des adolescents. J'ai une liste de noms et ma source indique qu'elle est non exhaustive. J'ai des photos grand format de toutes les archives d'un camp d'expérimentation situé sur l'Isle La Motte, près de la frontière canadienne, au bord du lac Champlain. Et tiens-toi bien, le Cinéphile était l'un d'entre eux.

— J'arrive.

Alexander s'étira, ouvrit la dernière enveloppe et décida qu'une pause-café s'imposait. Il passa d'abord aux toilettes, espérant que l'eau fraîche décuplerait les effets de la caféine. Il ouvrit le robinet et avisa son reflet en grimaçant. Il avait pris une bonne dizaine de kilos depuis son divorce et s'il ne levait pas sérieusement le pied sur les restaurants et l'alcool, il intégrerait bientôt la catégorie des « vieux beaux ». Tout en avisant le quinquagénaire épuisé qui lui faisait face, il s'inonda le visage et poussa un hurlement.

*
* *

Le responsable du contre-terrorisme du FBI débarqua à l'usine de filtration du réservoir Croton et constata avec soulagement que les équipes du SWAT et de l'unité des services d'urgence de la ville de New York l'avaient précédé. Moins de vingt minutes s'étaient écoulées depuis que l'un des pontes de la CIA, Terry Christensen, l'avait informé d'une possibilité de cyberattaque contre l'usine de filtration du réservoir Croton. La réputation de Christensen était suffisamment établie pour qu'il n'ait pas hésité à déployer le ban et l'arrière-ban.

Bien lui en avait pris : quelques heures plus tard, les opérateurs du 911 ne savaient plus où donner de la tête et tous les services d'urgence de la ville étaient saturés.

Hystérie collective, annonça laconiquement l'équipe de scientifiques immédiatement dépêchée pour analyser l'eau. Le colorant rouge déversé dans les cuves sans que le système SCADA soit en mesure de détecter d'anomalie s'était révélé parfaitement inoffensif.

— Et les milliers de personnes qui défilent aux urgences en se grattant la peau jusqu'au sang ?

— Je peux me faire couler un bain de cette eau rouge pour vous convaincre. Dans ce genre de cas, l'effet suggestif peut être très rapide. La propagation de ces épisodes se fait par le son et la vue. Des milliers de personnes se sont précipitées aux urgences après avoir été en contact avec cette eau colorée et poireautent toutes dans la même salle d'attente. Pas étonnant qu'elles présentent les mêmes symptômes ! La majorité des phénomènes psychogéniques ne dure que quelques jours, quelques semaines au grand maximum, ne vous ne faites pas.

*
* *

Le phénomène dura bien plus longtemps, soigneusement entretenu par les médias qui, chaque jour, gratifiaient l'opinion d'un rebondissement supplémentaire. Le public se passionna pour l'affaire. Il pleura la disparition tragique du Dr Maggie Exton lorsque les résultats des analyses ADN menées par l'équipe de légistes du FBI furent divulgués : les restes calcinés retrouvés à bord de la Lexus étaient ceux de Maggie Exton et de son kidnappeur. Maggie Exton était une héroïne qui avait tenté l'impossible pour faire cesser ces odieuses expérimentations sur de jeunes adolescents, comme le confirma d'un air grave Edward Stern lors d'une conférence de presse. Il voua aux gémonies celui que les médias baptisèrent tout d'abord « l'empoisonneur de New York » puis « le financeur du Dr Mengele » lorsqu'il fut avéré que John Exton était l'unique pourvoyeur de fonds de la société de Fowley. Le communiqué des Sentinelles pointant chacune des failles de sécurité et accusant ouvertement le directeur du DPE de négligences fut diffusé en boucle sur toutes les chaînes de télévision et de radio. John Exton fut acculé à la démission. L'action de son groupe dégringola. Les familles des adolescents cobayes du nouveau protocole créé par le Dr Fowley défilèrent sur les plateaux télé, vociférant qu'elles espéraient juste qu'il lui reste suffisamment d'argent pour leur verser les dommages et intérêts que le procès, qui s'ouvrirait d'ici quelques mois, leur accorderait.

Bien que les analyses toxicologiques quotidiennes n'aient décelé aucune anomalie et que chaque jour le maire se fendît d'un communiqué certifiant que l'eau distribuée à plus d'un million de New-Yorkais était propre à la consommation, l'affaire continua à faire la une des journaux pendant plus d'un mois. Le rôle tenu par Ahmad Mir divisait les journalistes, certains n'hésitant pas à en faire un terroriste radicalisé ayant servi de complice à Fowley, pendant que d'autres préféraient ne pas le mentionner.

L'examen des caméras de sécurité de l'usine de filtration ne nous révéla rien. Peter passa deux jours d'affilée à tenter de comprendre comment Maggie et Ahmad avaient réussi à déverser ce qu'il nous expliqua être de la poudre de cochenille :

— *Dactylopius coccus*. Un insecte rond et mou d'Amérique latine dont les femelles sécrètent un acide, l'acide carminique, rouge pour se protéger des prédateurs.

— Des insectes ? grimaça Lynch.

— L'immonde donut prétendument à la framboise dont vous vous goinfrez présentement en est recouvert, répliqua Peter. *Idem* pour le soda à la cerise que vous avez dans la main. La cochenille est présente dans énormément de produits alimentaires, mais comme « insectes broyés » ne serait pas vendeur, elle est renommée « colorant E120 ».

Lynch soupira, jeta pâtisserie et boisson dans la poubelle et s'installa, bras croisés, devant Peter.

— Puisque Monsieur est si malin, Monsieur va peut-être pouvoir m'expliquer comment deux personnes ont pu déverser suffisamment de chenilles broyées pour colorer des centaines de millions de litres ? La flotte a coulé rouge pendant des heures !

— Il y a quatre-cinq ans, plusieurs chaînes – Starbucks en tête – se sont débarrassées de leurs stocks d'E120 pour les remplacer par du lycopène de tomate après que des consommateurs vegan eurent hurlé que leur faire bouffer des chenilles à leur insu n'était pas très éthique, proposa Peter.

— Monsieur le dictateur alimentaire ne me convainc pas.

— Votre question est mauvaise de toute façon, répliqua Peter. Si Maggie Exton et Ahmad Mir préparent leur coup depuis des années, voire des décennies, mettre la main sur des tonnes de colorants n'est pas particulièrement complexe.

La seule question qui mérite d'être posée est la suivante : où le colorant a-t-il été déversé ?

Lynch soupira et se frotta longuement le visage avant de regarder Peter :

— Où le colorant a-t-il été déversé ?

— Avant d'avoir été déconnectées, les caméras de surveillance situées au niveau du réseau de collecte des eaux usées et des eaux pluviales montrent un camion municipal qui se gare.

— Et ?

— J'ai fait une capture d'écran du camion et j'ai travaillé l'image pour que vous puissiez distinguer au mieux le visage du conducteur et de sa passagère. C'est très loin d'être parfait, devant un tribunal ça ne pourra pas faire office de preuve, mais avec un peu d'imagination, on peut deviner assez facilement l'identité des adeptes de poudre de cochenille.

Lynch observa la photo avant de tapoter la date et l'heure inscrites en haut à droite de la capture d'écran et rendit son verdict :

— J'ai quelques coups de téléphone à passer.

Épilogue

Que l'agent Lewis soit sensible à la flatterie se confirma lorsque après l'avoir chaleureusement félicité de sa promotion, nous réussîmes à le convaincre de nous laisser accéder au sous-sol du bureau du FBI à Washington où avaient été entreposés les vestiges de l'enquête.

Quelques heures plus tard, le Dr Brenner nous présenta ses plus sincères condoléances, ajoutant qu'il espérait que nous n'étions pas trop attachés au porc dont le sang de groupe B+ avait été répandu sur le sol du laboratoire utilisé par Fowley. Il corrobora cependant l'expertise du FBI : personne ne pouvait survivre à une telle perte de sang. Dans la voiture calcinée, il confirma l'identification du conducteur. Il s'agissait effectivement d'un jeune quinquagénaire de type caucasien, mais il était décédé d'une balle dans la tête. De neuf millimètres. Savions-nous que le retraité dans l'appartement duquel avait été découvert le corps du Cinéphile possédait un Glock chambré en neuf millimètres dont il avait déclaré le vol à son retour de Floride ?

À ses côtés ? Une octogénaire souffrant d'ostéoporose avancée et probablement décédée depuis plusieurs mois. Elle avait dû léguer son corps à la science. Sur l'un de ses tibias, on voyait nettement que des broches avaient été posées *post mortem*. Un carnage. Cette nouvelle génération de médecins n'allait certainement pas le faire changer d'avis sur la nature humaine.

En lui donnant du « directeur Lewis » à tout bout de champ, nous réussîmes même à avoir accès aux vidéos de surveillance du parking de l'aéroport et de la station-service où Maggie et Fowley avaient été aperçus peu avant leur fatal accident de voiture. Après avoir passé au crible chacune d'entre elles, Peter poussa un sifflement d'admiration. Le visage de Fowley avait été parfaitement incrusté dans la vidéo de l'aéroport et la Maggie installée sur la place passager de la voiture était aussi réelle que possible. Ça avait dû prendre beaucoup de temps pour arriver à un pareil résultat capable de bluffer n'importe quel informaticien de haut vol. Sauf lui, évidemment.

Peter, qui devrait bientôt déménager. Avec moi. Pas dans ma fuste qui en est toujours à l'état de projet lointain, mais dans un duplex aux entrées séparées. Vers 2030, peut-être serait-t-il capable de voler de ses propres ailes, mais comme me l'a dit Lynch, lors d'une de ses visites régulières, n'espérez pas trop.

Neuf mois après les funérailles de Maggie, Martin a reçu un spam lui enjoignant de cliquer sur un lien qui lui assurait dix centimètres de pénis en plus grâce à une technique révolutionnaire mise au point par les très confidentiels laboratoires Chaousarou. Ce mail comportait une unique citation de Machiavel : « Les hommes doivent être caressés ou détruits, car ils se vengent des offenses légères, mais des graves ils ne le peuvent pas. L'offense qu'on fait à un homme doit être faite de telle sorte qu'on n'ait pas à craindre la vengeance. »

Lorsque Peter finit par en découvrir la provenance, il m'expliqua que le mail comportait deux séries de sept chiffres qui, une fois encore, n'étaient pas des numéros de téléphone.

12418

Composition
NORD COMPO

Achevé d'imprimer en Slovaquie
par NOVOPRINT SLK
le 7 juin 2021

Dépôt légal : juillet 2021
EAN 9782290217344
L21EPNN000469N001

ÉDITIONS J'AI LU
87, quai Panhard-et-Levassor, 75013 Paris

Diffusion France et étranger : Flammarion